HUMO BLANCO

HUMO BLANCO

TIFFANY D. JACKSON

Traducción de Sara Villar Zafra

Argentina – Chile – Colombia – España
Estados Unidos – México – Perú – Uruguay

Título original: *White Smoke*
Editor original: Katherine Tegen Books, un sello de HarperCollins*Publishers*
Traductor: Sara Villar Zafra

1.ª edición: enero 2024

© 2021 by Tiffany D. Jackson
All Rights Reserved
© de la traducción 2024 *by* Sara Villar Zafra
This edition is published by arrangement with The Bent Agency Inc.
through International Editors' Co. S.L. Literary Agency
© 2024 *by* Urano World Spain, S.A.U.
Plaza de los Reyes Magos, 8, piso 1.º C y D – 28007 Madrid
www.mundopuck.com

ISBN: 978-84-19252-00-5
E-ISBN: 978-84-19413-53-6
Depósito legal: M-31.036-2023

Fotocomposición: Ediciones Urano, S.A.U.

Impreso por: Rodesa, S.A. – Polígono Industrial San Miguel
Parcelas E7-E8 – 31132 Villatuerta (Navarra)

Impreso en España – *Printed in Spain*

Para mi hermanito Duane Jackson,
a quien siguen sin gustarle las películas de miedo
y que seguramente no se leerá el libro.

PREFACIO

Ah, ahí estáis. Dijeron que vendríais pronto. Me abandonaron, y llevo todo este tiempo pudriéndome, arruinándome... muriéndome. Y ahora, aquí estáis. Una familia que está intentando reemplazarme. Borrarme. A nosotros.

Pero eso no ocurrirá jamás, porque esta es mi casa. Da igual cuántas capas de pintura nueva echen o cuántas veces cambien el suelo... Esta será siempre mi casa. Nunca me la quitaréis. Es mía. Está pagada con la sangre de mi familia. Siempre será mía. Mía, mía, mía. Toda mía. No me la pueden quitar.

Pronto os enteraréis: mi casa, mis normas. Todo lo que es vuestro ahora es mío. Y obedeceréis mis normas hasta el día en que os marchéis. Eso es, no os vais a quedar mucho tiempo por aquí. Me aseguraré de ello.

¡Anda, mirad! Me habéis traído a una amiguita.

Uno

ALARMA: ¡Hora de las pastillas!

Echo de menos el calor del sol.

Echo de menos los cielos despejados y azules, las playas de piedra, las vistas de la montaña, las palmeras y las espinas de los cactus; sentir la tierra húmeda en las palmas de las manos, las espinas de las hojas de aloe vera… Los recuerdos me atraviesan como trozos de cristal afilados que se acaban de romper.

El cambio es bueno. El cambio es necesario. Necesitamos un cambio.

En los últimos tres días no he visto más que carreteras interminables de cemento desde el asiento trasero del monovolumen, el cielo cada vez más gris con cada estado que vamos dejando atrás. Y, joder, lo que daría por ver cualquier otra cosa que no fueran moteles sospechosos, restaurantes de carretera grasientos y baños de gasolinera.

—Papi, ¿hemos llegado ya? —pregunta Piper, que va en el asiento del medio y tiene un libro sobre el regazo.

—Casi, cariño —dice Alec desde el asiento del conductor—. ¿Ves la ciudad en el horizonte? Estamos a unos ocho kilómetros.

—Nuestro nuevo hogar —dice mamá con una sonrisa esperanzada mientras entrelaza sus dedos trigueños con los de Alec, que son pálidos.

Piper los observa con la mandíbula tensa.

—Tengo que ir al baño. Ya —dice la niña con una altanería que contamina el aire del monovolumen, que va hasta los topes.

—¿En serio? ¿Otra vez? —pregunta Sammy entre dientes, haciendo un esfuerzo para no pagar su frustración con el cómic que anda leyendo. Buddy, nuestro perro mezcla de pastor alemán, le da un golpecito en el brazo para exigirle que siga acariciándole detrás de las orejas.

—Pero ya casi hemos llegado, cariño —le dice mamá, con una sonrisa radiante—. ¿Puedes aguantar un poco más?

—No —espeta Piper—. No es bueno aguantarse el pipí, lo dijo la abuela.

La sonrisa de mamá se vuelve una mueca, y mira hacia delante. Está haciendo lo imposible para que la relación con Piper no sea tan fría, pero la niña continúa siendo como un bloque de hielo, da igual lo que hagamos.

Sammy, que está masticando una chuche bio de frutas, se quita uno de los auriculares y se inclina hacia delante para susurrar:

—Esta lista nos debería haber durado todo el viaje, según Google Maps, y ya la he reproducido dos veces. Debería haber añadido un día más para doña Vejiga Floja.

Piper se queda quieta, estira el cuello y finge que no lo ha oído, pero está escuchando. Siempre lo hace. Durante estos últimos diez meses me he dado cuenta de que ella escucha, se guarda la información y trama algo. Piper es rubia, con pecas de color cobre y unos labios rosas que rara vez parecen sonreír. La mires por donde la mires, es blanca como un fantasma. Razón suficiente para creer que, quizá, deberíamos habernos quedado en California, aunque solo fuera para que el sol le diera algo de color a sus mejillas.

—Vamos a tomar la siguiente salida y buscaremos una gasolinera —le dice Alec a mamá—. No pasa nada, ¿no?

—Mmm… Vale —contesta mamá, que se suelta de la mano para recogerse las rastas en un moño alto. Cuando se siente incómoda, se toca el pelo. Me pregunto si Alec se ha dado cuenta ya de eso.

El cambio es bueno. El cambio es necesario. Necesitamos un cambio.

He repetido este mantra por lo menos un millón de veces desde que nos hemos empezado a alejar del pasado en dirección a un futuro incierto. La incertidumbre no tiene por qué ser algo malo, pero me hace sentir atrapada en una prisión que yo misma he inventado. Mi gurú me dijo que cuando los pensamientos comenzaran a ahogarme, debería aferrarme al mantra, un salvavidas, y esperar a que el universo mandara ayuda. Y lo cierto es que me ha resultado de ayuda durante estos últimos tres meses, en los que no he tomado medicación para la ansiedad.

Pero entonces veo algo: una mota negra sobre el vestido marrón que llevo puesto.

—No, no no no... —gimoteo y me sacudo mientras me inunda el dato que he memorizado.

DATO: La chinche hembra puede poner cientos de huevos a lo largo de su vida, cada uno del tamaño aproximado de una mota de polvo.

Todos los vehículos que hay en la autopista chocan y mi cuerpo estalla en llamas.

Cientos de huevos, puede que miles, puestos sobre mi vestido, sobre mi piel, a cada segundo que pasa. Incubando, apareándose, eclosionando por todo mi cuerpo, no puedo respirar, necesito aire, no, necesito agua caliente, calor, sol, fuego, quemar el coche, ¡quitármelo quitármelo quitármelo!

Arranco la mota con las uñas, la sostengo a la luz y froto las fibras, que son suaves.

No es una chinche, es simplemente una pelusa. No pasa nada. Estás bien. Bien bienbienbien...

La tiro por la ventanilla y agarro el terrario de cristal que llevo sobre el regazo antes de que lo golpee con la rodilla, porque no dejo de moverla. Necesito un porro, un *brownie*, una gominola… Joder, ahora mismo me bastaría con oler el humo, así de desesperada estoy por atontarme. Estoy inquieta, como si los nervios intentaran abrirse paso desde debajo de la pesada piel que los ahoga. No puedo explotar aquí dentro. No enfrente de Sammy. Y, sobre todo, no enfrente de mamá.

Tengo que centrarme. Sí, eso es lo que necesito. *Tú puedes, Mari. ¿Lista? Venga.* Cinco cosas que puedo ver:

1. Una ciudad sobre el cielo azul, enfrente de mí.
2. Una iglesia incendiada con árboles que le dan sombra.
3. Una torre del reloj vieja que da mal la hora.
4. A la izquierda, bastante lejos, cuatro edificios blancos grisáceos sin ventanas que parecen bloques gigantescos de cenizas.
5. Cerca de la autopista, algún tipo de fábrica abandonada. Se nota que hace años que nadie va por ahí por el grosor de las malas hierbas que han salido en las grietas que hay en la zona de aparcamiento y por la señal neón de *art déco* —Motor Sport— que cuelga del tejado. El aire que sopla por las ventanas rotas debe sonar como el canto de las ballenas.

Me pregunto cómo debe ser por dentro. Seguramente sea un armazón decrépito y espeluznante del viejo Estados Unidos, sucio que te cagas y lleno de pósters de la Segunda Guerra Mundial con mujeres vestidas con trajes de una sola pieza sujetando una remachadora. Levanto el teléfono para encuadrar una foto, y entonces vibra con un mensaje de Tamara:

T-Money: Oye, ¿has llegado ya?

Yo: No. Estamos yendo rápido hacia la nada.
Creo que Alec nos está secuestrando.

T-Money: Bueno, activa la localización para que pueda encontrar tu cuerpo.

Yo: Y me he quedado sin aquello que me regalaste.

T-Money: ¡¡¡Qué dices!!! ¿¿Ya??

Yo: No me ha durado ni dos estados.

T-Money: Pensándolo mejor, sal de ahí por piernas.

Echo de menos a Tamara. Y ya está. El resto de la gente que he dejado atrás, que se muera lentamente. Un poco agresivo, ¿no? ¿Ves por qué me vendría bien un porro?

—Papi, ¿me pasa algo?

Piper podría resquebrajar la porcelana con ese tono de voz tan agudo que tiene.

Alec mira por el espejo retrovisor a su hija, que, con su resplandor angelical, lo ciega ante la realidad.

—¡Claro que no! ¿Qué te hace pensar que sí?

—Sammy dice que tengo la vejiga floja. ¿Qué quiere decir eso?

—¿¡Qué!?

Esa es Piper. Ella tiene visión a largo plazo, y espera el momento adecuado para soltar las bombas. Es una partida de ajedrez, no de damas.

Mientras mi hermano pequeño discute con la unidad parental sobre el tema de los insultos, Piper dibuja una sonrisa satisfecha y observa la ciudad con la que, sin duda, arrasará.

¿Has visto el primer episodio de The Walking Dead? Ya sabes, ese en el que Rick Grimes se despierta en una cama de hospital, ajeno a lo ocurrido durante las últimas cuarenta y ocho horas, y luego va con su caballo por las calles devastadas por el apocalipsis y se queda desconcertado al descubrir que el mundo se ha ido a la mierda del todo. Bueno, pues así mismo me siento yo al tomar la inhóspita salida de la autopista hacia Cedarville.

Piper, con el ceño fruncido, se acerca más hacia la ventanilla.

—Papi, ¿ha habido un incendio?

Sigo su mirada hasta el conjunto de casas quemadas que hay en la avenida.

—Mmm, puede que sí, cariño —dice Alec entrecerrando los ojos—. O puede que… simplemente sean muy viejas.

—¿Por qué no las arreglan?

—Bueno, esta ciudad ha tenido… problemas financieros en el pasado. Pero cada vez va a mejor. ¡Por eso estamos aquí!

Sammy me da un codazo y me dice:

—Mira, Mari.

A su lado hay más edificios abandonados, tiendas, incluso escuelas. Por la señalización que hay, se entiende que llevan cerrados, por lo menos, desde los noventa.

—¡Cielos! —grita mamá. Esto es muy distinto de la ciudad costera en la que creció. En la que yo crecí. A donde no puedo volver nunca.

Alec gira en una esquina y baja por Maple Street. Me doy cuenta de que se llama así por un cartel torcido que cuelga frente a una mansión victoriana de tres plantas y ladrillo rojo. El edificio tiene el tejado puntiagudo hundido, las ventanas tapiadas y enmarcadas con hollín, y enredaderas muertas trepando a los lados.

La casa de al lado está peor. Es un chalé de una sola planta, de color blanco. El tejado parece una bolsa de patatillas medio abierta y hay un árbol que crece dentro de la estructura. La siguiente parece una casa de muñecas bastante *creepy*… Y así todas las casas.

Mamá y Alec intercambian una mirada intranquila.

—¿Dónde... estamos? —masculla Sammy mientras va asimilándolo todo.

—¡Oh! —dice mamá señalando algo—. Allí enfrente. ¡Ya estamos!

Aparcamos frente a una casa-cochera de un color blanco vivo que tiene un porche ancho y sin terminar, ventanas saledizas, césped verde esmeralda y una puerta azul cobalto. Supone un duro contraste con el resto de las casas que hay en la manzana, y es la única que, con los obreros trajinando por ahí, parece mostrar algo de vida.

Desde los escalones de la entrada, una mujer blanca con traje de falda gris y una carpeta de cuero en las manos nos saluda.

—Esta debe ser Irma —dice mamá devolviéndole el saludo—. Es la representante de la fundación. Sed amables. Todos.

Sonreímos de manera falsa, salimos del monovolumen y nos quedamos en la esquina mientras observamos nuestro nuevo hogar. Pero no puedo evitar echar un vistazo a los alrededores, que se están desmoronando, a la espera de que salga un zombi dando tropezones de entre las matas.

Irma baja por la entrada para vehículos y, con el taconeo, le rebotan las ondas castañas del cabello. De cerca, es mayor de lo que se hace pasar con ese color de pelo impostado.

—¡Hola, hola! ¡Bienvenidos! Usted debe ser Raquel. Soy Irma von Hoven, hemos hablado por teléfono.

Mamá le da la mano.

—Sí, Irma. Es un placer conocerla en persona.

—Enhorabuena de nuevo por haber ganado la residencia Crece Donde Te Hayan Plantado. Nos alegramos mucho de tenerla aquí, en Cedarville.

—¡Gracias! Este es mi marido, Alec. Nuestro hijo, Sam. Y nuestras hijas, Marigold y Piper.

—Hijastra —la corrige Piper.

Alec le aprieta los hombros sofocando una risita y dice:

—Recuerda, cariño: ahora somos una familia, ¿a que sí? ¿Puedes saludar a la señora Von Hoven?

—Creía que ya lo habíamos hecho.

Irma abre mucho los ojos y abraza la carpeta. Luego levanta la mirada hacia mí.

—Pero bueno, ¡qué alta eres!

Suspiro.

—Me lo han dicho unos cuantos millones de veces.

—Oh… Vaya. Bueno, ¿qué os parece si os enseño la casa?

—Sí, genial. Gracias —dice mamá un poco desanimada—. Sammy, deja a Bud en el coche.

—Venga, pasad. Y no hagáis caso a los obreros, están terminando un par de cositas aquí y allá. Hemos tenido algunos deslices durante las últimas semanas, pero ahora todo va de maravilla.

La puerta chirría y entramos en fila hacia el recibidor. Por dentro es enorme. Es tres veces más grande que nuestra caseta de playa, como le gustaba decir a mi padre.

—La casa se construyó a principios de la década de los setenta. Pero, obviamente, la hemos renovado: electrodomésticos de acero inoxidable, tuberías nuevas, suelos… todo. A la izquierda está el salón, no hagáis caso de las herramientas. A la derecha, un comedor formal, fantástico para celebrar cenas. Acaban de barnizar la escalera, ¿no os parece increíble?

Madera. Eso es todo lo que veo. Madera por todas partes. Nuevos lugares en los que meterse las chinches…

DATO: A las chinches les encanta acomodarse en colchones, maletas, libros, grietas en las paredes, enchufes y cualquier cosa que sea de madera.

—Ahí atrás hay una cocina preciosa que da hacia la sala de estar, un lugar genial para que jueguen los niños. Este rinconcito para el desayuno tiene un montón de luz natural. Hay una despensa, mucho espacio en los armarios…

Un millón de armarios de madera de cerezo, ventanas saledizas con ribetes de madera, suelos abrillantados... Madera, madera y más madera.

Con las manos temblorosas, dejo el terrario al lado de una cesta de bienvenida con embutidos, quesos, nueces y galletitas. Agarro los frutos secos y los lanzo haciendo un mate en la papelera, algo que sobresalta a Irma.

—Perdona —interviene mamá—, es que Sammy es alérgico.

—Ah, ya veo —dice Irma batiendo las pestañas—. Mmm, en la primera puerta de ahí hay una pequeña biblioteca. Podría servir como espacio de oficina.

Doy un golpe en la pared. Está hueca. El lugar tiene una buena estructura, pero el aislamiento es una mierda. Doy un pisotón en el suelo y resuena una vibración.

Irma echa una mirada mordaz a mamá.

—Mmm, es que su padre es arquitecto —dice mamá de manera avergonzada.

—Ah, ya veo.

No sé por qué todo el mundo me está mirando como si fuera yo la que está loca. Si los inviernos en el Medio Oeste son como en las películas, ¡nos moriremos por congelación en cuanto llegue noviembre! Meto una nueva alarma en el teléfono:

ALARMA a las 10:25 a.m.: Pedir mantas eléctricas.

—¿Qué es eso? —pregunta Sammy señalando una puerta que hay bajo las escaleras. La madera oscura y combada sobresale entre lo pulido y abrillantado que está el interior.

—Ah, sí. Mmm... Es el sótano, pero está prohibido ir ahí. El señor Watson os lo explicará. Es el supervisor. ¿Vamos a ver los dormitorios?

Subimos por las escaleras y nos congregamos en el pasillo, que no tiene ventanas. Se oye un fuerte golpetazo encima de nosotros. Piper chilla y se agarra a Alec.

—¡Tranquila! Es que están trabajando en el tejado. Bueno, pues hay cuatro dormitorios: uno principal con baño y tres individuales. El principal da al jardín delantero y tiene una luz espectacular...

—¿Qué te parece? —me susurra mamá, sonriente—. Está bien, ¿verdad?

—Tiene... mucha madera —mascullo rascándome la cara interna del brazo.

—Y ahí tenemos el baño de la planta de arriba. ¿A que es enorme? Eso que veis ahí es una bañera con patas auténtica y funcional.

Mientras ellos se apelotonan para admirar las baldosas blancas y negras, yo me alejo para llamar a papá. Ya casi es medianoche en Japón, pero debería estar despierto aún.

No hay señal. ¿En medio de una ciudad? Eso es... imposible.

El suelo cruje a mis espaldas, como si alguien hubiera pisado con fuerza la madera envejecida. Envuelta en la oscuridad, un escalofrío me recorre los brazos. Aquí dentro parece que hace más frío que ahí fuera. Me doy la vuelta justo a tiempo para ver una sombra pasar por debajo de la puerta de uno de los dormitorios.

Pensaba que había dicho que estaban en el tejado.

—¿Hola? —digo, acercándome más, dando pasos ligeros.

Es casi imperceptible, pero noto que alguien inhala lentamente mientras la sombra se aleja. Luego, silencio.

Compruebo el pomo, y la cerradura hace un ruido seco. La puerta se abre despacio por su cuenta, y yo medio espero ver a alguien de pie justo detrás.

Pero no hay nadie.

La habitación está vacía. Las paredes son blancas y no tienen nada. Ni siquiera hay cortinas en las ventanas que dan al jardín trasero, lleno de pinos enormes y cuyas ramas se mecen al viento.

—Oh —digo y me río de mí misma. Viento, sol, ramas... Evidentemente, habrá sombras en el suelo.

¿Ves por qué tengo que relajarme?

La habitación, inundada por el sol, es tranquila y acogedora, con su pequeño armario y los suelos de madera ladeada. Mi gurú me dijo en una ocasión: «El hogar no es un sitio, sino un sentimiento». Puede que este sitio no esté tan mal. Pero, en un momento, me distraigo por el enorme agujero que se está abriendo en la moldura de la ventana.

Bueno, no se está abriendo. Es estrecho, pero hay espacio suficiente para que las chinches se establezcan ahí.

Saco una tarjeta de crédito de la cartera y la deslizo por la grieta.

Seguramente podré sellar esto con algo...

Irma entra en la habitación con mi familia tras ella.

—Y aquí está... Cielo, ¿qué haces?

Me enderezo.

—Mmm... Comprobar si había chinches.

Mamá sonríe haciendo una mueca.

—Mari es muy... mmm... proactiva en cuanto al cuidado de la casa.

Irma se queda boquiabierta, pero luego sonríe de manera falsa y contesta:

—Ah, ya. Bueno. ¿Nos reunimos en la cocina?

Sammy me mira y gesticula «rarita» con una sonrisa de superioridad mientras bajamos por las escaleras.

—Anda, señor Watson —dice Irma saludando al caballero entrado en años que está en el vestíbulo—. Esta es la familia Anderson-Green. Les estaba enseñando su nuevo hogar.

El señor Watson suelta un bufido y no consigue esconder lo molesto que se siente con Irma. Es calvo, tiene una barba espesa cana y la piel chocolateada. Mide más de metro noventa. Se quita el casco y asiente de manera seca con la cabeza.

—Hola —dice—. Cuidado con el motor del agua. No lo forcéis, es nuevo. Tengo que ver cómo están los demás.

Asiente otra vez, se pone el casco y se va por la puerta principal.

—Bueeeeno —suelta Alec, riendo por lo bajo.

Es un hombre de pocas palabras. Ya me cae bien.

—En fin —suspira Irma—. ¿Continuamos?

Irma deja la carpeta sobre la isla de cocina hecha de granito, y de ella saca varios documentos y panfletos.

—Bueno, pues aquí está el contrato para firmar. Y, por motivos legales, tenemos que volver a revisar las normas.

—Sí, claro —dice mamá mientras Alec, a su lado, le da un masaje en el cuello.

En un instante, Piper se coloca detrás de él y le tira de la camisa. Me haría gracia su constante necesidad de que Alec le haga caso, pero resulta muy molesto.

Irma se coloca bien las gafas para leer lo que pone el papel:

—Como se dijo, los artistas que participen en la residencia Crece Donde Te Hayan Plantado, CDTHP en adelante, pueden vivir en una de las casas históricas restauradas sin coste alguno durante el período de la residencia, con opción a compra. Se espera que cada cuatrimestre, el artista, esa eres tú, acuda a cenas para recaudar fondos, eventos para establecer contactos y galas, que ayudarán a promocionar los esfuerzos de la Fundación Sterling para reconstruir la comunidad de Cedarville. Al final de la residencia, el artista debe crear al menos un gran proyecto, por ejemplo, tu nuevo libro. Finalizar el acuerdo conllevará el desalojo inmediato y el artista deberá devolver la hipoteca con intereses, además de cualquier daño ocasionado de acuerdo con la duración de la estancia.

—Papi, ¿qué significa «desalojo»?

Alec le acaricia el pelo a Piper y se lo pone por detrás de la oreja.

—Significa que tendríamos que irnos de la casa en ese momento. Pero no te preocupes, eso no va a pasar nunca —dice Alec con un tono de alarma envuelto en sus palabras.

Mamá respira hondo.

—Entonces, ¿dónde firmo?

Mientras mamá y Alec terminan el papeleo, me quedo frente a una puerta de cristal que da a un jardín trasero estrecho y vallado e intento llamar a papá, como le prometí, pero con una sola barra de cobertura apenas puedo mandar un mensaje. Fuera, uno de los obreros está pintando el suelo de madera de un color cerezo oscuro. Las pinceladas que da son rapidísimas e irregulares, y el sudor le chorrea desde la nuca.

Colega, ¿estás nervioso o qué?

Mamá se acerca hasta mí y me pasa el brazo alrededor de los hombros; tiene un aura que desprende paz y calidez.

—Hay espacio suficiente para montar un jardín. Podemos poner unos parterres elevados en esa esquina; con vallas, para que Bud no los estropee.

Está intentando mostrarme la parte buena de todo esto, y yo no soy capaz de ver ni un atisbo. Pero está feliz, y yo siempre he querido que fuera feliz.

—Anda, ¿te gusta la jardinería? —pregunta Irma detrás de nosotras—. Cedarville tiene un programa de jardinería fantástico que lo lleva la biblioteca. Es el último domingo de cada mes.

Salimos tras Irma hacia el porche y, mientras contemplamos el vecindario, casi que me espero que pase una planta rodadora por ahí.

—Señora Von Hoven, sin ofender, pero… mmm… ¿dónde está todo el mundo? —pregunta Sammy rascándose la cabeza—. ¿Es que hay una barbacoa en otro estado y no nos han invitado o algo así?

Con Sammy, me ha tocado la lotería de los hermanos pequeños. Tiene el doble de años mentalmente, un sentido del humor estupendo y es sarcástico hasta decir basta. Y puedo contar con él para que siempre rompa la tensión del ambiente diciendo lo que pensamos todos.

Irma suelta una risita y dice:

—Bueno, tú eres nuestra primera artista residente, pero habrá muchos más. La Fundación Sterling es propietaria de todas las casas que hay en esta acera de Maple Street. ¡Venid! Voy a poneros al tanto. —Entrelaza su brazo con el de Sammy y se dirigen hacia el final de la entrada para vehículos. Piper se mete entre mamá y Alec, y agarra a su padre de la mano mientras seguimos.

»¡Muy bien! Usted, joven caballero, vive en Maple Street, entre las avenidas Division y Sweetwater, en la zona Maplewood de Cedarville —dice señalando mientras habla—. Está compuesta por unas quince manzanas más o menos, y tiene una población de unos dos mil habitantes. Tres manzanas más allá de Maple Street está Cedarville Park. Detrás del parque está el cementerio. En Sweetwater, girando a la izquierda y subiendo cuatro manzanas, se llega al instituto Kings; girando a la derecha y subiendo tres manzanas, a la escuela de enseñanza primaria Benning, justo al lado del colegio Pinewood. En Division, girando a la izquierda, encontraréis el supermercado local y fácil acceso a la autopista. Estáis a un cuarto de hora más o menos del centro y de Riverwalk.

—¿*River*? ¿Hay un río? —pregunta Piper. Por algún motivo, le resulta interesante.

—¡Desde luego! Y un sendero muy bonito. Hay muchos restaurantes nuevos, casinos y una sala con máquinas recreativas. Y ahora, si me lo permitís, algunos consejos para los padres. La avenida Sweetwater es algo así como… la zona chunga, ya me entendéis. Vuestro vecindario está en una zona emergente. —Y, con un tono más grave, añade—: Cerrad puertas y ventanas por la noche. Nunca dejéis nada que queráis conservar en el coche o en el porche, y no dejéis que los niños deambulen por ahí. Sobre todo, por estas casas viejas.

Se hace el silencio más absoluto y nos quedamos todos helados. Irma suelta una risita.

—Pero, de verdad, Cedarville es una de las ciudades más apacibles del país. Estas cositas lo que hacen es darle más personalidad.

—Es una manera de verlo —dice Sammy entre dientes.

—Muy bien, creo que con esto más o menos lo cubrimos todo. El mes que viene, al señor Sterling le gustaría organizar una cena de bienvenida en su casa para vosotros. Os mandaré los detalles. Las obras deberían terminar en una o dos semanas. Tienes mi número, así que, si surge cualquier cosa, avísame. Y, de nuevo, ¡bienvenidos a Cedarville!

Irma se despide con la mano de camino al coche y nos deja a todos anonadados, cargando con toda la información que nos ha soltado.

Cuando se marcha con el coche, me adelanto a Sammy:

—Entonces… no nos vamos a quedar aquí, ¿verdad?

—¿Por qué no? —se burla mamá.

—A ver, para empezar, ¿has echado un vistazo a tu alrededor? —pregunta Sammy señalando la calle desierta.

La casa de ladrillo que hay a nuestra derecha y que está cubierta de enredaderas no parece más que un seto gigante, y tiene todas las puertas y ventanas tapiadas con planchas de madera.

—Bueno —dice Alec—, ha dicho que vendrán más familias. Pronto.

—Chicos —suplica mamá—. Se trata de una gran oportunidad. Y, más importante aún, ¡la casa es GRATIS!

—Ya —suelto una risa ahogada y me cruzo de brazos—. Pero lo barato sale caro.

—Que sea gratis también significa que no tenemos deudas —añade Alec, en su faceta de contable tras esa mirada de ojos azules—. Vamos a tomárnoslo como una aventura. ¡Seremos pioneros!

—Querrás decir colonizadores, ¿no? —suelto—. Ya que está claro que todo esto ya pertenecía a alguien antes.

Ahora es Alec quien hace una mueca, y me parece justificado después de todas las veces que Piper ha hecho que mamá se sintiera incómoda.

Piper tira del brazo de Alec.

—Papi, ¿puedo elegir mi habitación ya?

—Ehh… Claro, cariño. Claro. Vamos a verlas.

Alec toma a Piper de la mano y vuelven a entrar en la casa, sin molestarse en preguntar a sus otros hijos si también quieren escoger sus habitaciones. Pero a quién quiero engañar, Piper siempre va a ser su prioridad.

Mamá examina nuestros rostros y levanta ambas manos.

—Bueno. Sé que ambos estáis… preocupados. Pero mirad el lado bueno: si esto no sale bien, solo nos piden que nos quedemos aquí tres años.

—¡Tres años! —gritamos.

—Así funciona la residencia. Esto va a ser un nuevo comienzo, y uno libre de deudas. Para todos nosotros, que es precisamente lo que necesitamos. —Me mira—. ¿A que sí, Marigold?

Ah, claro. No podemos permitirnos tener deudas porque mi estancia en el centro de rehabilitación Strawbery Pines no fue exactamente barata. Costó casi lo mismo que la matrícula de una universidad de la Ivy League. Esto es una prueba. A partir de ahora, las cosas serán así por lo general. Y no puedo equivocarme. De lo contrario, perderé la mínima libertad que han prometido darme, por lo que me muerdo la lengua y suelto el mantra que he estado practicando:

—El cambio es bueno. El cambio es necesario. Necesitamos un cambio.

Sammy pone los ojos en blanco.

—Si tú lo dices, Oprah.

¡Piiii!, ¡piiii!

El camión de la mudanza aparca detrás de nosotros.

—Justo a tiempo —dice Sammy—. Nuestra antigua vida ha llegado.

Mamá se sacude las manos.

—Sammy, corre adentro y ve a por Alec. Marigold, ¿puedes empezar a sacar las cosas del coche? No quiero que las hierbas se marchiten ni que Bud se derrita.

Las puertas del monovolumen se abren y Buddy sale de un salto para chuparme la cara como si nos hubiéramos ido hace muchísimo tiempo. Hay que querer a los perros por su amor incondicional.

—Ey —dice mamá acercándose a los conductores—, se suponía que teníais que llegar esta mañana, ¿no? ¿Qué ha ocurrido?

Uno de los de la mudanza al que reconozco de California sale del camión mientras los otros levantan la puerta trasera y bajan la rampa.

—Sí, es que la cobertura aquí es malísima. Nos hemos parado para preguntar por la dirección, pero nadie ha oído hablar de esta tal Maple Street.

—¿En serio? ¿A quién habéis preguntado?

—A vuestros vecinos —contesta riéndose entre dientes y señalando detrás de nosotros.

Al final de la calle, cruzando la avenida Sweetwater, parece que ha vuelto a surgir la vida, y vemos cuerpos saliendo poco a poco de sus casas y que se quedan quietos en los jardines medio muertos mientras nos miran fijamente en silencio.

—¡Guau! —mascullo. Como provengo de una ciudad pequeña llena de blancos, nunca he visto a tanta gente negra en mi vida.

¡Tamara tiene que ver esto!

Saco el móvil del bolsillo y mamá me baja el brazo.

—Marigold, no saques fotos de personas sin pedirles permiso —susurra—. Es de mala educación.

—¿No crees que son ellos quienes están siendo maleducados? Nos están mirando como si fuéramos monstruos de circo.

—Puede que nos estén mirando por la ropa de playa que llevas, las chanclas y las joyas de cáñamo —se ríe Sammy, que baja de la acera de un salto. Se queda de pie en medio de la calle y saluda con la mano—: ¡Hola!

Silencio. No hay respuesta, ni siquiera por parte de los niños. Solo son un montón de maniquíes.

—¡Ostras! —murmura Sammy—. Creía que había dicho que Cedarville era la ciudad más apacible del país.

—Claro, Sammy. ¿No te impresiona el comité de bienvenida?

—Venga, chicos, ya basta —dice mamá entre risitas—. ¡A trabajar!

Ayudamos a los de la mudanza a descargar el camión y llevamos los muebles y las cajas adentro. Antes de marcharnos, yo revisé la mayoría de las cosas que se empaquetaron y envolvieron para asegurarme de que ninguna chinche llegara hasta nuestro nuevo hogar.

¡Din, din, din!

Un coro de alarmas suena en la parte de arriba de la casa, en la de abajo y fuera. Son alarmas de teléfono. Todos los obreros tienen la alarma puesta a la misma hora: las cinco y treinta y cinco de la tarde. Las herramientas se caen todas al mismo tiempo y los hombres se dispersan y salen corriendo por la puerta, de cabeza al coche.

—¿Qué pasa? —pregunta Sammy mientras empuja una maleta por el salón.

—No… No tengo ni idea —dice mamá desde la cocina, donde está desempaquetando una caja llena de platos.

El señor Watson baja al trote por las escaleras y se detiene en el vestíbulo.

—Hemos terminado por hoy, volveremos mañana. Puede que tengáis internet y televisión por cable a finales de la semana que viene.

—¡La semana que viene! —exclama Sammy, llevándose las manos al corazón.

—La compañía eléctrica ha tenido que volver a cablear toda esta parte del vecindario. Hace treinta años que aquí no vive nadie.

—¿De verdad? —susurro—. Nadie lo diría.

El señor Watson asiente una vez y sale corriendo por la puerta. Al marcharse en coche, oímos el chirrido de las ruedas.

—Supongo que tendrán prisa por llegar a casa —dice mamá encogiéndose de hombros—. O puede que todos vayan a una fiesta.

No da la sensación de que estén yendo a toda prisa a algún lugar, sino que parecen estar huyendo.

DOS

Siempre he detestado el olor de las casas de otras personas.

Esta casa huele a madera húmeda. Pero no es como ese olor que se aprecia con el rocío de primera hora de la mañana, sino como el olor de los troncos quemados en una hoguera y que luego han apagado con agua, imposible de enmascarar por muchas capas de pintura y barniz que se le eche.

La velita que tengo bajo el quemador de aceite parpadea. Es aromaterapia, uno de los trucos que he aprendido para rebajar la ansiedad. Música suave, plantas, velas... Da igual lo que sea, lo tengo. Los sitios nuevos como este me pueden desestabilizar, y tengo que demostrar que puedo controlarme. Me alegro de haber traído un paquete extra de incienso y un frasquito de aceite de menta piperita de mi apoteca favorita en California.

Pero ¿a dónde iré cuando me quede sin? ¿Dónde está el supermercado Trader Joe's más cercano? ¿Y el estudio de yoga? ¿La cafetería? ¿Los sitios veganos? ¿Un sitio en el que me hagan las trenzas? Y, aún más importante, ¿dónde voy a conseguir hierba? Seguramente podría encontrar la respuesta a todas estas preguntas si al menos tuviera una barra de cobertura móvil decente. Bueno, a lo del Trader Joe's por lo menos. Agarro el teléfono para poner un recordatorio...

ALARMA a las 11:00 a.m.: Preguntar por las tiendas.

Buddy salta a los pies de mi cama y se acurruca entre las mantas. Se pasa la mayor parte del tiempo con Sammy, pero le encanta dormir conmigo.

Me pongo a cuatro patas y empiezo a andar a gatas por la habitación para inspeccionar los rodapiés con la linterna del móvil. Los friego con agua caliente y jabón, relleno los huecos y añado unas gotas de aceite de canela.

DATO: Las chinches no soportan el olor de la canela.

Lo mejor para erradicarlas sería utilizar un tratamiento con calor, pero todavía tengo el secador de pelo y la plancha de vapor en el fondo de alguna caja en alguna parte, por lo que, por el momento, tendré que conformarme con estas medidas sencillas y preventivas.

¡Cof!, ¡cof!, ¡cof!

—¡Papi! ¡Marigold está fumando otra vez!

Alec recorre el pasillo con pasos enfurecidos hasta el umbral de mi puerta. Llega con los morros apretados y a punto de soltar alguna acusación. Desde el suelo, respondo a su mirada feroz con el mismo desdén. Él suspira y da media vuelta hacia la habitación de Piper, que está al otro lado del pasillo.

—Cariño, Marigold no está fumando. Son solo esos palitos olorosos que comentamos, ¿te acuerdas?

Piper finge toser otra vez.

—No puedo respirar.

—¿Quieres que cierre la puerta?

—¡No! Tengo miedo.

Cierro la puerta de golpe y me tomo un momento para apreciar el hecho de que vuelvo a tener un pomo. Mamá quitó el pestillo que tenía en la última puerta y no me dejó más que un agujero enorme. ¿Privacidad? Menuda ridiculez. «Es solo por seguridad, corazón», me dijo con la mirada llena de lástima. Ni siquiera pude discutírselo, me lo merecía.

Tras otra hora de limpieza, la casa queda acomodada y yo me pongo los auriculares para escuchar una aplicación de meditación que me ayuda a serenar la mente.

Clinc. Clinc. Clinc.

Desde mi nueva habitación se oye todo: las tuberías llorando, la madera susurrando, los árboles rozando contra el cielo raso; las cigarras cantando en el jardín trasero, el ruido de los platos.

Alguien que se mueve en la planta de abajo.

Buddy se pone en guardia, levanta las orejas y puedo oír un suave gruñido en su garganta.

—Uf, Buddy. Tranquilo —refunfuño, aturdida por el sueño, mientras me cubro la cabeza con las sábanas—. No es más que el viento.

—¿Quién he dejado este vaso fuera?

Mamá está en la cocina con uno de sus vasos de cristal Waterford en alto, un regalo de boda que recibió por parte de su abuela. Bueno, un regalo de su primera boda. No creo ni que creara una lista de regalos para la ceremonia civil que celebró con Alec.

—Yo no —dice Sammy, que va a por la granola que hay en el armario de al lado.

—Recordad: nada de platos en el fregadero. Cada quien es responsable de sí mismo.

—Eso ya lo sabemos… nosotros. Pero ¿el resto? —se ríe Sammy.

Me encojo de hombros.

—No sé qué decirte, mamá, pero anoche alguien se levantó y se puso a caminar de un lado a otro.

—Yo no fui —dice Sammy—. He dormido como un tronco.

Mamá mira el vaso y luego al lugar que le corresponde en la balda más alta del armario.

—Está demasiado alto para Piper…

—Puede que se subiera a la encimera.

—Nada de culos en la encimera —nos reprende Piper desde las escaleras—. Lo dijo la abuela.

Me río por lo bajo. Pues claro que nos iba a estar escuchando desde algún lugar. Qué bien se le da el teatro.

Mamá carraspea y sonríe.

—Buenos días, Piper. ¿Has dormido bien? ¿Qué quieres para desayunar?

Piper se sienta con nosotros en la cocina con una sonrisa traviesa.

—Huevos con beicon.

—Cariño —dice mamá cruzándose de brazos—, ya lo hemos hablado… Nosotros no comemos eso.

—Yo sí. Y papi también, pero cuando no está contigo.

Mamá se endereza. Su sonrisa se está desvaneciendo. Se da la vuelta y se sirve una taza de café, seguramente para no contestar.

¡Piii, piii, piii!

ALARMA a las 08:05 a.m.: ¡Hora de las pastillas!

Maldita sea, casi se me olvida.

—Marigold —dice mamá agitando dos inyecciones de epinefrina de Sammy que luego coloca en el armario que hay encima de la nevera—. Las inyecciones… Aquí.

—¿No está demasiado alto para que Piper llegue sin poner el culo en la encimera?

Mamá exhibe una sonrisa de satisfacción y dice:

—Ya basta.

—¡Buenos días a todos! —Alec entra con un aspecto lleno de energía, no como alguien que se haya pasado toda la noche bebiendo del vaso de cristal de mamá.

—Buenos días —contestan mamá y Sammy.

—¡Ha amanecido un día precioso en el vecindario! —le dice Alec a mamá en el oído, y ella se ríe.

A Piper se le enrojece la cara, parece que su cabeza esté a punto de salir disparada de los hombros.

—Papi, tengo hambre —se queja.

—Yo también, cariño —responde Alec, que todavía está agarrando a mamá, y le pregunta—: ¿Qué planes tienes hoy, cielo?

—Desempaquetar y más desempaquetar —responde—. Quiero, por lo menos, dejar listo el despacho. Voy atrasadísima con la entrega. ¿Y tú?

—Bueno, iba a llevar a Piper a desayunar.

Mamá se queda parpadeando.

—Ah, ¿sí?

—Sí. He pensado que la llevaría a comer algo y luego iría a hacer la compra.

Mamá sorbe el café.

—Ajá. ¿Para todos o solo para Piper?

Alec se endereza.

—¡Para todos, cielo! Por supuesto. Mmm, ¿me haces una lista?

—Claro.

—Eh, oye, Sammy, ¿quieres acompañarnos?

Sammy sacude la cabeza y saca la leche de avena de la nevera.

—Gracias, pero no. Aún estoy organizando mi habitación. Quiero estar listo para cuando tengamos internet.

—Muy bien. —Alec mira a Piper—. Bueno, cariño, vámonos.

No se molesta en preguntarme a mí. Ya me conoce.

Mientras Alec y Piper salen de la entrada para vehículos dando marcha atrás, los obreros llegan y se detienen lentamente. Todos ellos se quedan mirando la casa con pavor en los ojos. Por algún motivo, conozco esa sensación.

—Buenos días, señora —balbucea el señor Watson al entrar en la cocina—. Usted, mmm… ¿no habrá visto un martillo por ahí? Más o menos así de grande, con el mango de color rojo y negro.

Mamá sacude la cabeza.

—No.

El señor Watson se pone a la defensiva.

—Oh, eh... Vale. Entonces, alguno de los muchachos... debe haberlo perdido en algún lugar.

El hombre acude al jardín delantero para reincorporarse al resto y darles la noticia, a lo que le sigue un debate tenso, aunque en voz baja. Todos los obreros parecen superrecelosos de poner un pie dentro de la casa.

El resto del día, voy ayudando a Sammy y a mamá a vaciar las cajas. Como nueva minimalista que soy, no tengo muchas cosas que desempaquetar: unas cuantas camisas, pantalones cortos y vestidos, todos ellos de color blanco o *beige*; fotografías con marcos de plástico blanco, un juego de sábanas blancas y un altavoz *bluetooth*. Todo lo demás se quemó.

Con mamá en su despacho y Sammy tomándose un descanso para jugar a videojuegos, decido centrarme en las zonas comunes de la casa. Rocío una mezcla de alcohol de limpieza y agua destilada en los rincones y en las grietas al ritmo de Post Malone.

DATO: Rociar con una solución al 91 % de alcohol isopropílico directamente en superficies infestadas ayuda a matar o repeler a las chinches, ya que disuelve sus células y seca sus huevos.

El salón, tan acogedor, es el lugar perfecto para que las chinches campen a sus anchas. Lanzo un ataque por los marcos de las ventanas y las estanterías empotradas, con cuidado de no manchar.

Craaaaaccc...

No oigo el crujido, lo siento, y el suelo que tengo detrás de mí se dobla bajo un gran peso.

—Ya lo sé, Sammy —me quejo sin darme la vuelta—. Sé que parece una locura, pero todos me daréis las gracias cuando no tengamos que tirar los colchones a la hoguera.

Me saco uno de los AirPods y echo un vistazo por encima del hombro. Estoy sola, pero, al mismo tiempo, no lo estoy. Porque sigo sintiendo la esencia de alguien... que está ahí, como una niebla baja.

—¿Sammy?

Al final del pasillo, una puerta chirría. Atravieso corriendo el salón y entro en la cocina. Está vacía. La sala de estar, la cocina y el rinconcito, incluso el vestíbulo.

—¿Mamá?

La puerta de su despacho está cerrada, pero oigo el canto de Fela Kuti a través del bajo de la puerta, lo que quiere decir que está concentrada.

Al dar media vuelta, me sube por la espalda un escalofrío helado y me detengo en seco. La puerta del sótano está entreabierta, y el silbido del viento se cuela por ahí.

¿Esto estaba ya abierto?

Compruebo la puerta, las bisagras chirrían de manera suave, y miro escaleras abajo hacia la oscuridad interminable. Le doy al botón para encender la luz dos veces. Nada.

—¿Hola? —grito.

Mi voz hace eco, pero solo me responde el silencio. Empujo la puerta para cerrarla y me dirijo al salón, incapaz de sacudirme la sensación de que me están siguiendo, y entonces algo que hay en la esquina se dirige hacia mí, rápido.

—¡Ahh! —chillo y tropiezo hacia atrás.

Buddy se queda en medio de la habitación moviendo la cola y con una sonrisa burlona, como diciendo: «¡Hola! ¡Te he echado de menos!».

Me río y le acaricio la cabeza. Llevo demasiado tiempo aquí dentro. Llega un punto en el que no se puede estar más tiempo sin tener contacto con el exterior, porque empiezas a volverte loca.

Una barra. Todavía. Ya he comprobado todas las esquinas de la casa para ver si encontraba cobertura. Buddy me sigue como si estuviéramos jugando a algo y olfatea todos los sitios por los que paso.

Es hora de ir a explorar, y parece que se puede caminar con facilidad por el vecindario. Algo útil, dado que mamá y Alec han dejado bien claro que ni en sueños voy a volver a tener un coche. Apenas me permitían ir caminando a casa de Tamara a solas. Y si a eso le añadimos que tengo toque de queda a las ocho y media y que me inspeccionan la mochila sí o sí... Alguien podría confundirse y considerar que estoy en arresto domiciliario.

—¿A dónde vas? —pregunta Sammy desde la parte de arriba de las escaleras.

Le pongo la correa a Bud y me calzo las zapatillas.

—Voy a salir a pasear con Bud. Voy a ver si tengo más cobertura en la esquina o algo así. ¿Quieres venir?

Sammy se encoge de hombros y baja las escaleras pesadamente.

—Claro. No me puedo creer que Alec aún no haya vuelto con Piper. Se han ido hace horas.

—Oye, cuanto más tiempo esté fuera esa mocosa, mejor —digo y abro la puerta de par en par. Me como un puñetazo.

—¡Mari! —chilla Sammy, y luego me sujeta cuando me caigo de culo.

Buddy ladra de manera frenética y yo veo destellos blancos.

—¡Mierda! ¡Diablos!, ¿estás bien? —pregunta una voz grave desde... algún lugar. La habitación da vueltas demasiado rápido como para que pueda localizarlo.

Un momento, ¿localizarlo? ¿A él?

—¡Mamá! —exclama Sammy—. ¡Mamá, ayuda!

Mamá sale apresurada del despacho.

—¡Marigold! ¿Qué ha pasado?

—Eyyy, ¡culpa mía! Estaba a punto de llamar a la puerta, el timbre está roto... y... Oye, lo siento mucho. Deja que te ayude.

Dos manos rugosas me agarran del brazo e intentan ponerme de pie, pero yo me aparto de un tirón.

—Pero… qué diablos —suelto y vuelvo a fijar la mirada.

Quien me ha dado un puñetazo en el ojo derecho no es exactamente un hombre: no puede tener muchos más años que yo. Tiene los ojos de color marrón claro y unas rastas gruesas que le llegan hasta el cuello. De repente me doy cuenta de que estoy despatarrada frente a él, como esos contornos de tiza en las escenas policiales, y enseguida me incorporo. Mamá viene a ver cómo estoy; la habitación me da vueltas.

—¿Qué quieres? —pregunta mamá algo molesta.

—Ehh… Soy Yusef Brown. De la empresa para cortar el césped Brown Town. Mmm… Conocimos a su marido en la gasolinera que hay a la vuelta de la esquina. Dijo que querían hacer algo con el jardín y nos pidió que nos pasáramos.

Su color de piel es moca intenso, marrón como el chocolate caliente con leche de coco que te tomarías en un día fresquito en la playa. Dios, espero que estas cosas tan tontas y empalagosas que se me están pasando por la cabeza no se me estén escapando por la boca.

Mamá resopla.

—Ayúdame a levantarla, Sammy. Tenemos que caminar y asegurarnos de que no tenga una conmoción cerebral.

—No, déjeme a mí —insiste Yusef.

—Estoy bien, est…

Fiuuuuuuuuu… Y me encuentro de pie, como una peonza que se tambalea.

—Ya está. ¿Estás bien? ¡Diablos, muchacha…! ¡Qué alta eres!

—Gracias, Míster Obvio —refunfuño.

Pero él también es alto. Por lo menos medirá uno noventa y cinco. No sabía ni que hubiera chicos de esa altura. En California, yo era prácticamente la más alta entre mis compañeros de clase.

—Qué sitio más guapo —dice Yusef de manera pensativa mientras camina conmigo alrededor de la isla de cocina—.

¿Quieres un poco de agua? Cuando me llevo un porrazo, siempre pido agua. Es lo primero que hago.

—Agua, sí —gruño, poco dispuesta a hablar con frases completas.

Mamá sacude la cabeza.

—Te voy a preparar un paquete con hielo. Sammy, dale agua a tu hermana —le pide.

Sammy cruza la cocina con el rostro palidecido y arrastrando los pies, sin quitarme el ojo de encima. Tiene el mismo aspecto que hace seis meses, cuando me encontró. Pobrecito, lo he asustado. Otra vez.

—Estoy bien, Sammy. No pasa nada.

Él asiente con la cabeza y me da un vaso de agua con la mano temblorosa. Yusef le ofrece el puño para que se lo choque.

—Qué pasa, Sam. Soy Yusef. Ey, no te preocupes por tu hermana, es una campeona. —Se detiene para guiñarme el ojo—. Ayer le di un puñetazo a un pana en el barrio y todavía duerme.

Sammy abre los ojos de par en par. Yusef esboza una sonrisa radiante y le da un golpecito en el hombro.

—¡Te estoy tomando el pelo, hombre! ¿Quieres una chocolatina? Puede que esté un poco derretida, pero tengo una barrita de Snickers y…

—¡No! —grito.

—¡Suéltala! —chilla mamá.

Yusef suelta la barrita de Snickers y levanta ambas manos.

—Perdona, es que Sammy es alérgico a… Bueno, a todo —explico—. Pero sobre todo a los frutos secos.

—Seguramente por eso te habrá llamado mi marido. Anoche le dije que teníamos que recortar las hierbas por las alergias de Sammy.

—Ah, culpa mía. No estoy intentando acabar con sus dos hijos.

Mamá suelta una risita mientras me coloca con cariño un paquete de hielo sobre el ojo. Yo me aguanto un quejido y me estremezco por el frío.

Yusef me examina. Sin dejar de sujetarme el codo con una mano, se inclina hacia delante y se pone a olisquear.

¿Me está oliendo el pelo?

—Mmm… Qué bien huele —dice—. ¿Qué es?

—Lavanda —contesta mamá—. Le vendrá bien para la contusión.

Yusef asiente y pone la mano donde la tiene ella para aguantar el paquete de hielo y que no se mueva. Estando así de cerca, puedo echarle un buen vistazo. Es lindo, y sabe que lo es. Yo también soy alérgica a flipados como este.

Alguien llama a la puerta.

—Ay, seguramente será mi tío preguntándose qué estoy haciendo aquí.

—Ya voy yo —dice mamá y va medio corriendo.

—En fin, no me he quedado con tu nombre —dice Yusef con una amplia sonrisa.

—Marigold Anderson —contesto de manera inexpresiva.

—Marigold, como la planta —dice pensativo—. Una planta anual que florece y luego muere. Interesante.

No sé cómo tomarme lo que acaba de decir, así que cambio de tema:

—¿Vives por aquí?

—No muy lejos. Por Rosemary y Sweetwater, donde el colegio.

—¡Eh! La semana que viene empiezo yo allí —interviene Sammy.

—¿En serio? Yo también fui allí. Ten cuidado con la señora Dutton. ¡Menuda bruja! —Sonríe mirándome a mí—. Entonces, supongo que tú empezarás en el instituto Kings.

Pongo los ojos en blanco.

—Eso es.

—Empezar en otro instituto es duro, pero al menos ya contarás con un amigo ahí.

¿Quién ha dicho que seamos «amigos»?

Mamá vuelve con un hombre calvo y mayor. El parecido es sorprendente. El tío de Yusef capta el ambiente de la habitación —la barrita de Snickers en el suelo, su sobrino poniéndole hielo en la cara a una chica cualquiera— y resopla.

—Muchacho, ¿en qué te has metido ahora?

—¡Ey, tío! Esta de aquí es Marigold y este es mi panita Sam.

—Encantado de conoceros —dice riendo entre dientes—. Yo soy el señor Brown.

Mamá acompaña al señor Brown hacia el jardín trasero para enseñarle los setos que hay que podar, y Sammy saca a Buddy a la parte delantera para que se calme, por lo que Yusef y yo nos quedamos a solas. Sigue apretando el paquete de hielo sobre mi rostro mientras recorre con la mirada desde las luces del techo hasta el suelo, como si estuviera haciendo un inventario.

—Sabes que podría hacer esto yo sola, ¿no? —refunfuño.

—Claro, pero es mucho más divertido si yo te ayudo, ¿no? —Se inclina sobre mi hombro y hace un gesto con la cabeza hacia el terrario—. Menudo jardín de suculentas más guapo tienes ahí. Son las siemprevivas más grandes que he visto en mi vida. Y esas piedras son bastante… ¿qué? ¿De qué te ríes?

—Es que es gracioso oír a alguien como tú… No sé, hablar con tanto entusiasmo sobre la configuración de un terrario.

Yusef se encoge de hombros.

—Yo qué sé, todos tenemos nuestras cosas. ¿De dónde lo ha sacado tu madre? Estos cuestan una fortuna en internet.

—Lo he hecho yo.

—¡Ja! ¿En serio? ¡Pero qué habilidades tienes, Cali!

Un mote. Algo florece dentro de mi pecho y yo lo arranco de raíz.

—O sea que llevas un tiempo trabajando con tu tío, ¿no?

—Desde que era un crío. A él le va más el cuidado del césped, arrancar hierbas y eso. Yo soy el jardinero. El artista.

—Yo antes tenía un jardín —balbuceo, sorprendida de que haya soltado algo tan... personal.

—¿De verdad? Bueno, quizá podamos trabajar juntos en uno nuevo. —Sonríe—. Ya sabes que tengo todas las herramientas necesarias.

Creído, arrogante, y sabe que es guapo... Justo lo que no necesito ahora mismo. Le arrebato el paquete de hielo de las manos.

—Mmm, ya, creo que deberías irte.

Se ríe.

—¡Tranqui! Solo te estaba tomando el pelo.

Me cruzo de brazos.

—¿No deberías ir a ver si tu tío necesita ayuda o algo?

A Yusef se le pone la cara larga al sopesar las opciones que tiene: insistir o dejarlo estar. Escoge lo último y sacude la cabeza. Luego, al pasar delante de mí, me roza. La puerta trasera se cierra y yo respiro hondo.

No le des más vueltas, me digo a mí misma dándome palmaditas en los bolsillos. *No merece la pena y... Espera, ¿dónde tengo el teléfono?*

Algo positivo de haber tenido chinches es que ahora soy capaz de encontrar literalmente una aguja en un pajar con una precisión quirúrgica. Desando mis pasos en el vestíbulo, y atravieso el salón y la cocina. Debe haberse caído con todo el jaleo, pero el suelo está limpio y no hay nada en la encimera ni en las otras superficies. Sin wifi, no puedo utilizar la aplicación para encontrar el teléfono desde el ordenador, pero tal vez pueda llamarme con el teléfono de mamá. Si es que tiene, aunque sea, una barra de cobertura.

—¡Mamá! ¿Me prestas el teléfono? —pregunto desde el patio—. No encuentro el mío.

—Claro, cariño. Está en mi habitación.

Yusef me observa y yo vuelvo a entrar corriendo.

No le des vueltas. Las emociones de los demás no son tu responsabilidad, solo las tuyas.

En las escaleras está mi teléfono esperándome, tirado cuidadosamente boca arriba en medio del tercer escalón, como si se hubiera colocado él solo ahí. Me rasco la cabeza y me paso un poco con la fuerza. No estaba aquí. Sé que no estaba aquí porque he mirado. Es imposible que no haya visto esta enorme mancha blanca sobre una tabla de madera de roble. Alguien debe haberlo puesto aquí.

Sammy. Tenía que ser él.

TRES

—Primer día completo en la gran ciudad y ya te arrean una buena.

—Que te calles, Sammy —me río.

Sammy me salpica con el agua mientras voy secando los platos de la cena. Si estuviéramos en California, me habría saltado la cena y habría bajado la calle hasta llegar a casa de Tamara; entonces, me habría encendido un porro y le habría relatado el encontronazo con Yusef. Si tuviéramos wifi, por lo menos podría haberla llamado por FaceTime.

—Chicos, sabéis que tenemos un lavaplatos, ¿verdad? —dice Alec señalando la máquina que hay a mis piernas.

—Ah, es verdad. Se me había olvidado —digo encogiéndome de hombros—. Es que nunca hemos tenido uno.

—Y es mucho más divertido lavarlos juntos —dice Sammy salpicando el agua otra vez.

Piper nos está mirando desde la mesa con el rostro impenetrable. Seguramente esté intentando encontrar la manera de que termine nuestra juerga. Es como si fuera alérgica a la felicidad.

—¡Chicos, chicos! ¡Cuidado con el suelo! —advierte mamá—. Bueno, me voy a la cama. La espalda me está matando.

Alec da la vuelta a la mesa y le masajea los hombros.

—¿Chicos, estaréis bien mañana sin mí? —bromea Alec y le da un beso en la coronilla a mamá.

—Hoy hemos estado bien sin ti, cuando nos has mandado a un extraño para que dejara sin sentido a mi hermana y me envenenara a mí.

Alec y mamá le lanzan la misma mirada a Sammy, y luego mamá le da una palmadita a Alec en la mano.

—Estaremos bien, cariño. No te preocupes por nosotros. ¡Mañana es un gran día!

Cuando le concedieron la residencia a mamá, a Alec no le hacía demasiada gracia la idea de mudarse. Andábamos escasos de dinero y a él le estaba costando encontrar trabajo en la ciudad después de mi... incidente. Pero entonces la Fundación Sterling le consiguió un puesto como analista financiero en una de sus firmas asociadas. Después de eso, todo fue viento en popa.

—Papi, ¿me lees un cuento antes de dormir? —pide Piper con entusiasmo.

—Y si me lees tú uno a mí, ¿eh? ¡Pronto empezarás quinto curso!

Piper sonríe con una mueca. A ella tampoco le entusiasma la idea de empezar las clases. Por una vez tenemos algo en común.

—Ah, cariño, ¿has visto mi reloj? —pregunta Alec—. No lo encuentro por ningún lado.

—¿Has mirado en la cestita del baño?

—Ahí no había nada. Qué raro, si antes lo tenía.

Alec se lleva a Piper a la cama y mamá se dirige a su despacho, por lo que nos quedamos Sammy y yo para terminar con la cocina. Me miro fijamente en el espejo que hay en el pasillo y veo la roncha que tengo en la mejilla, del tamaño de un gran puño, y las ojeras. Cómo me ha envejecido este lugar en una sola noche.

—¡Puaj, Marigold! —Sammy arruga la nariz.

—¿Qué?

—Te has tirado un pedo. —Finge una arcada y se tapa la boca.

—¡No! —Olisqueo el aire y me tambaleo hacia atrás. ¡Puaj, qué demonios es eso!

El hedor es tan intenso que parece que vivimos dentro de un baño portátil. Nos tapamos la nariz y damos vueltas hasta que Sammy se detiene ante un conducto de ventilación que está justo debajo del espejo del pasillo, bajo las escaleras.

—Viene de ahí.

La mañana siguiente, el señor Watson olisquea desde una distancia prudencial y luego sacude la cabeza.

—Yo no huelo nada.

Levanto la vista de mi taza de café, pero no por su falta de interés, sino porque ni siquiera se acerca al conducto de ventilación. Incluso Piper, que está sentada en el taburete de la isla de la cocina balanceando las piernas y sorbiendo sus cereales de nueces y miel, parece tener curiosidad.

—¿Estás seguro? —pregunta mamá, perpleja—. Los niños dicen que han olido algo.

—Puede que ya haya pasado.

—O sea que hay animales que suelen pasar por aquí y se tiran un pedo. —Sammy suelta una risita—. Los pedos de Bud son mortales, pero no se parecen en nada a eso. Olía como si ahí dentro se hubiera muerto algo.

El señor Watson se pone tenso. Es sutil, pero se nota.

Mamá se seca las manos con un paño de cocina.

—Debe haber venido del sótano. ¿Vamos y lo comprobamos? —dice.

Después de unos segundos de silencio, el señor Watson contesta:

—Nosotros no bajamos al sótano.

Lo dice de una manera seria, incluso violenta. Mamá se lo queda mirando con la boca abierta. Él se baja el sombrero y se marcha rápido.

Sammy asiente con la cabeza.

—Pues qué bien ha ido.

¡Clic!

Con un fuerte chasquido, la televisión se enciende. El volumen está a mil. Aparece la imagen de un hombre blanco, mayor, vestido con un traje azul y sentado en un escritorio de caoba. Detrás de él, sobre una pantalla verde, está el horizonte de la ciudad, imposible de confundir. El hombre habla a voces:

—Y por eso te digo, ¡expulsa la maldad de tu corazón por el bien de tu vecino! ¡Purifica tu alma con fuego!

—¿Quién es ese? —pregunta Sammy al entrar en la sala de estar.

El encargado de poner la televisión por cable aparece por detrás del estante de la televisión sacudiéndose las manos.

—Scott Clark —dice mientras se enrolla un cable alrededor del brazo—. Es el que da el sermón diario en la televisión local, en el canal doce.

—¿Diario? —pregunto—. ¿Estás diciendo que el hombre vocea de esa manera todos los días?

El de la televisión por cable frunce el ceño.

—¿Es que no sois cristianos? —pregunta.

—No. Nosotros somos… espiritualistas.

—¿Como la Cienciología?

—¿Qué? ¡No! Nosotros… simplemente creemos en un poder superior.

Pone los ojos en blanco.

—Si tú lo dices… La televisión por cable ya está, pero el internet va a llevar algo de tiempo.

—Veo abundancia en tu futuro. Dios sabe dónde está el dinero y te lo quiere dar. ¡Dios quiere tocar tu vida! Pero necesita tu ayuda. Y si llamas ahora, pides las SEMILLAS SAGRADAS y sigues las instrucciones, te prometo que habrá una unción en tu vida. Créeme. No te voy a fallar.

A pesar de su retórica, me siento atraída por el hombre esquelético de cabello blanco y que parece estar a las puertas de la muerte gritando con su último aliento. Tiene el cuello colorado y palpitante; la piel pálida, los ojos grises y saltones, y las sienes cubiertas por unas venas azules, como enredaderas. Es como ver un accidente de tráfico y no poder apartar la mirada.

—Todo el mundo en Cedarville lo ve —añade el de la televisión por cable—. Es un gran profeta por aquí.

¡Piii, piii!

ALARMA a las 08:05 a.m.: ¡Hora de las pastillas!

—En el nombre de Jesús, te librarás de las drogas, de las deudas, de todos los males y pecados...

Al terminar la tarde, tenemos toda la casa desempaquetada, y el lugar empieza a parecer un hogar de verdad. Me planto frente al conducto de ventilación unas cuantas veces más, olisqueando. Nada.

Tal vez de verdad fuera solo algo... pasajero.

¡Din, din, din!

Botas aporreando el suelo. Los obreros salen de todos los rincones de la casa, bajan por las escaleras y atraviesan la puerta principal. En esta ocasión, el señor Watson no se molesta en despedirse.

Nos sentamos alrededor de la mesa para cenar y engullimos una menestra de verduras y una ensalada. Alec le prepara a Piper un sándwich de queso fundido y patatas fritas.

—Mamá, ¿comprarás más leche de avena? —pide Sammy entre bocados—. Nos hemos quedado sin.

—¿Qué? ¿Ya? ¡Si Alec compró ayer!

Sammy suelta una risita.

—Bueno, en esta casa no soy el único que la toma.

—Yo no bebo esa cosa asquerosa —declara Piper.

Puede que por eso Piper esté tan pálida, por la falta de nutrientes. Creo que nunca la he visto tomar ni una gominola de vitaminas.

Me ve que la estoy mirando, entrecierra los ojos y le quita la corteza al sándwich.

—Ayer vi a alguien —dice concentrándose en el plato.

Alec toma una patata frita.

—¿A quién?

—No lo sé. A alguien en el pasillo.

—¿Qué estaba haciendo? —pregunta Alec.

Piper se encoge de hombros.

—Estaba ahí.

—¿Era Marigold?

Entrecierro los ojos y le digo:

—¿Por qué piensas automáticamente que he sido yo?

—No es más que una pregunta —contesta él sin mirarme siquiera.

Ya. No es más que una pregunta *con trampa*. Eso es lo que quiere decir. Miro a mamá, que sacude la cabeza con la esperanza de evitar un enfrentamiento.

—No era Marigold, era… otra persona. Dijo que antes vivía aquí.

Alec sonríe y le guiña el ojo a mamá.

—Ah, ¿sí? ¿Se trata de alguna amiga nueva y especial?

Piper se queda callada y hace un pequeño fuerte con las patatas fritas, como si no acabara de mencionar que una desconocida estuvo merodeando por los pasillos mientras nosotros dormíamos.

¿Alguna vez te has despertado en la cama y has sentido que había… alguien más?

Me acurruco contra la pared con los ojos bien abiertos y una sensación de hormigueo en la piel provocada por el susurro de las voces que me rodean, distantes y apagadas. *Hay alguien a los pies de mi cama*, gritan mis sentidos. Ahí, de pie, mirando cómo sueño. Me incorporo rápidamente con el corazón acelerado. Estoy sola. Las sábanas están en el suelo, la habitación helada, las voces calladas…

Y la puerta de mi cuarto está abierta de par en par.

En el pasillo, no hay ninguna otra puerta abierta; solo la mía. Está todo en silencio, la casa todavía duerme. Pero escaleras abajo hay una luz encendida.

Buddy está dando vueltas sin parar alrededor de la cocina y de la sala de estar, con la nariz pegada al suelo, como un sabueso buscando algo.

—¿Cómo demonios has salido? —pregunto, y un destello de luz me llama la atención.

El vaso de cristal vuelve a estar sobre la encimera.

Lo recojo, echo un vistazo al lugar al que pertenece en el estante; su interior todavía tiene restos de agua sucia. O puede que sea… leche.

—Qué raro —balbuceo.

Craaaaaac.

Buddy se queda helado y pone la cola tiesa.

—No es nada, Bud, *chilla* —digo enjuagando el vaso para colocarlo luego en el estante.

La casa es vieja, y por eso hace ruidos. Lo normal en sitios así. Toco el suelo con los dedos de los pies. Descalza, puedo sentir a la perfección que la casa es extrañamente irregular; es como si el suelo la inclinara hacia delante, como si estuviera intentando que todo el interior de la casa terminara en la calle. Siento el frío mordaz sobre las piernas desnudas. Miro la hora: las 03:19 a.m.

—Bud, vámonos —le ordeno y me dirijo hacia las escaleras, pero me encuentro con un muro de hedor tan violento que me dan arcadas. Es un olor rancio, como de un animal en estado de descomposición, un cadáver podrido.

Craaaaaac.

En esta ocasión, el sonido es nítido. Agudo. Y se oye cerca, como si estuviera justo a mi lado.

Como si proviniera del armario del pasillo.

Un escalofrío me cubre los brazos y me los deja helados. El miedo está calentando motores.

Crac.

—Mierda —digo y salgo pitando; vuelvo como puedo hasta mi habitación, con Buddy pisándome los talones.

CUATRO

—¿Nada?

Bostezo y levanto el teléfono hacia el sol, como si fuera una espada. Estamos en la esquina de la avenida Division con Maple Street, y Sammy agarra bien la correa de Buddy porque está husmeando el borde de un jardín descuidado.

Consigo tres barras de cobertura y me llegan varios mensajes de texto de Tamara.

—Con esto podemos llamar a papá —digo, aliviada.

Sammy sonríe abiertamente.

—¡Hazlo!

Le doy a llamar y pongo el altavoz. Da tono, aunque con muchas interferencias, pero en cuanto papá descuelga...

—¡Por fin! Pensaba que te habías olvidado de tu viejo.

—¡Hola, papá! —decimos al unísono.

—¡Hola, hola! ¿Por qué suena como si estuvierais bajo el agua?

—En casa no hay cobertura.

—Ni internet —añade Sammy.

—De vuelta a la Edad de Piedra. Bueno, tengo una reunión en un cuarto de hora, pero ¡contádmelo todo!

Lo ponemos al día con respecto a la casa nueva y a los vecinos bastante poco agradables que tenemos. Papá vive en Los Ángeles, pero está colaborando en un proyecto de larga duración en Japón. Trabaja como arquitecto independiente y diseña edificios de apartamentos y oficinas.

—He oído hablar de Cedarville —dice—. A la mayoría de esos hogares se les ejecutó la hipoteca durante la crisis financiera y la gente huyó en manada. Fue algo espantoso, pero es interesante lo que está intentando hacer la Fundación Sterling: renombrar la ciudad, comprar todas las propiedades y urbanizar el lugar. Algunas de esas casas se construyeron a principios del siglo xx. Una pena que la mayoría se incendiaran durante los disturbios.

—¿Durante los disturbios?

—Sí. Ya os lo contaré más adelante, ahora mismo me tengo que ir, chicos. Saludad a mamá y a Alec de mi parte, ¿vale? ¡Os quiero!

—Y nosotros a ti, papá.

—Ah, esperad. Marigold, quita el altavoz un momento, por favor.

Echo una mirada a Sammy y me alejo unos pasos.

—Vale, papá. Ya está —digo, preparándome.

—¿Va todo bien? —dice papá con esa voz que indica que va súper en serio.

—Sí, todo va bien.

—Vale. Acuérdate de lo que hemos hablado: vamos a darle una oportunidad a esto… Y luego, ya veremos. Pero tienes que mantener tu parte del trato. Nada de deslices. Ya tienes bastante con una mancha en el expediente.

—Lo sé, papá. No tienes que recordármelo.

—Lo hago porque te quiero, mi niña —gruñe.

Papá cuelga y yo tecleo «Cedarville» en Google. No sé por qué no lo he hecho antes. Ante la perspectiva de dejarlo todo atrás, ni siquiera me había parado a pensar en el infierno en el que podría estar metiéndome.

—¿Y ahora qué haces? —pregunta Sammy.

—Comprobar unos datos —suspiro—. Oye, ¿no te parece raro que estemos en medio de una ciudad y tengamos esta mierda de cobertura?

Sammy se encoge de hombros al mismo tiempo que se le esboza una sonrisa en la cara.

—Ey —dice señalando con la barbilla por encima del hombro—, vamos a echarle un vistazo.

Sigo el recorrido de su mirada hasta llegar a la casa de la esquina, cuya pintura blanca está desconchada sobre la madera rojiza. Una cortina raída nos saluda a través de la ventana saalediza escacharrada.

—¡Estás loco! Ni hablar, yo no me meto ahí.

—Pero es una casa que está vacía, como las que diseñaba papá.

—Esas casas eran nuevas. Esta está abandonada y llena de la basura de otra gente.

—El motivo exacto por el que deberíamos ir a echar un vistazo. Será como ir a explorar. ¡Venga! ¡Solo quiero ver cómo es por dentro! ¿No sientes ni un poquito de curiosidad? Seguro que puedes sacar alguna foto bien chula.

En teoría, debería dar ejemplo como la hermana mayor que soy y decirle que no, que es demasiado peligroso. Pero tengo muchísima curiosidad. ¿Quién vivía ahí antes? ¿Y por qué lo dejaron todo atrás? ¿Qué prisa tenían?

Me quedo sin respiración cuando veo la puerta tapiada.

Seguramente habrá miles de chinches ahí...

Sammy contempla mi reacción.

—Te prometo que, en cuanto salgamos, quemamos la ropa que llevamos.

Asiento.

—Además, nos daremos una ducha caliente y nos examinaremos el cuerpo entero —añade.

—¡Trato hecho!

Sammy ata a Bud a un buzón roto que hay en el límite de la propiedad y atravesamos las hierbas que nos llegan hasta la cintura, donde las abejas y los jejenes luchan por su territorio. Estando ya cerca del porche, doy un traspié y me tropiezo con un escalón que no se veía.

—Cuidado —aviso a Sammy al subir. Ya me han entrado las dudas, pero de ningún modo voy a dejar que entre sin mí. Con un canutito, esta aventura habría sido un poco más manejable.

Sammy curiosea la ventana rota mientras yo examino las casas vecinas. Al ser los únicos que vivimos en esta manzana, hay un silencio inquietante. No es la misma sensación que estando en una cabaña en el bosque, sino que es algo más… perturbador, porque sabemos que debería haber gente cerca. Prácticamente podemos sentir la sombra de su presencia. Pero no hay nadie. Estamos aislados.

La puerta no es más que una vieja pieza de madera contrachapada, retorcida y desgastada por haber estado a la intemperie. Sammy la empuja con el hombro. La puerta suelta un resoplido y se abre con un crujido. Las ventanas rotas permiten que pase la luz suficiente para que veamos un salón pintado de color ceniza volcánica. O así de gruesa parece ser la capa de polvo gris.

—¡Guau! —susurra Sammy—. Es como si acabaran de marcharse… y lo hubieran dejado todo.

Nos separamos y navegamos entre muebles desechados, pintura desconchada, platos rotos, lámparas resquebrajadas, una mesa con dos patas, estanterías vacías y un televisor antiguo de madera con la pantalla hecha pedazos.

—¡Buah! Pero ¡qué pasada! —digo.

Saco el teléfono para encuadrar y hacer la foto perfecta. Hace décadas que nadie ve este tipo de televisores.

En la escalera que conduce a la segunda planta, todos los escalones están cubiertos por montones de trastos que bloquean el paso hacia arriba: zapatos llenos de agujeros, un colchón, peluches que se están pudriendo y ruedas.

Sammy comprueba una puerta cerrada con llave que hay cerca de las escaleras. Yo me froto los brazos para librarme de los escalofríos y nos adentramos más en el lugar.

Este sitio me resulta… familiar.

En medio del salón hay un sofá de color rojo, ladeado, medio quemado y cubierto de moho.

DATO: Las chinches dejan huevos en los pliegues y recovecos del sofá.

—¡Sammy, no toques nada! —grito.

Sammy se lleva un susto tremendo.

—¡Ah! ¡No voy a hacerlo, por Dios!

—¿Estás sorbiendo? ¿Es por la alergia? Deberíamos irnos.

Sammy pasa por encima de una parte rota en el suelo para echar un vistazo a un espejo que se ha caído.

—A ver, cálmate —responde—. ¡Este lugar es increíble!

Hay algo que cruje bajo mis pies. Son galletitas. Más bien, sus migas. Y son recientes. Sigo el rastro hacia la habitación de al lado. Desde la cocina abierta entra un sol radiante que ilumina un estrecho comedor con una chimenea de ladrillo. En la esquina hay un saco de dormir de color verde, viejo y cubierto de polvo.

Sammy se acerca lentamente detrás de mí.

—Okupas —murmuro mientras inspecciono una lata abierta de sopa con la punta del pie.

—¿Qué quiere decir eso?

—Que había alguien viviendo aquí; una persona sin hogar o así —explico—. Es como acampar en una casa que no es la tuya.

—Había alguien viviendo aquí… ¿Así? ¿Por qué?

Me encojo de hombros.

—Si no tienes ningún otro lugar al que acudir, ¿por qué no vas a refugiarte en una casa vacía?

Sammy echa un vistazo alrededor.

—Oye, este sitio como que me recuerda a nuestra casa.

Hay una chimenea ennegrecida con madera chamuscada en su interior. La repisa, llena de polvo, está esculpida con flores intrincadas y una especie de emblema familiar.

Saco una foto probando varios filtros hasta que oímos un crujido por encima de nosotros, por lo que giro el cuello con un movimiento brusco.

—¿Qué ha sido eso? —grita Sammy.

Se oyen pisadas. Son suaves y vienen de la parte de arriba. ¡Hay alguien en la casa! El saco de dormir, las latas abiertas... Mierda, debería habérmelo imaginado.

Empujo a Sammy detrás de mí y examino la habitación buscando un arma. Un bate, una piedra, una botella de cristal que pueda romper, cualquier cosa. Sammy se aferra a la parte trasera de mi camisa.

Otro crujido: alguien pisando cristales rotos. Esta vez se oye mucho más cerca. Con el corazón en un puño, doy otro paso atrás y nos escondemos detrás de la pared de la cocina. En la puerta trasera hay una barricada de sillas rotas y piezas metálicas. Sin un camino claro hacia la puerta principal, no conseguiremos salir de aquí antes de que esta persona llegue al final de las escaleras.

—Mari —gime Sammy.

Yo me llevo un dedo a los labios mientras señalo la ventana de la cocina, que está rota. Podría empujarlo para que la atravesara y tuviera la oportunidad de salir corriendo y pedir ayuda. Sammy sacude la cabeza, pero yo insisto en silencio. Él vuelve a suplicar mientras yo pongo la sudadera sobre el cristal roto para que Sammy no se corte. Y justo cuando estoy a punto de alzarlo, Piper dobla la esquina.

—¡MIERDA! —escupo—. ¡Piper!

—Has dicho una palabrota —chilla Piper y me señala.

—¿¡En qué carajos estabas pensando, jugando ahí arriba!?

—No estaba arrib...

—¡Pero si tienes diez años! —Sammy se ríe—. Cuando yo era pequeño, soltaba palabrotas sin pensármelo dos veces.

Piper entrecierra los ojos.

—No deberías decir palabrotas. La abuela dice que la gente que dice palabrotas es estúpida.

—Ya, bueno —contesta Sammy con los ojos en blanco.

—Esto no ha tenido gracia, Piper. Nos has dado un susto de muerte —vocifero.

—Eso —añade Sammy—. Y ¿por qué no haces ruido al caminar, como una persona normal, en vez de andar sigilosa como los gatos?

—Pensaba que eras alérgico a los gatos —contesta.

—¡Ja! Ahí te ha dado —me río entre dientes—. Pero, en serio, ¿qué haces aquí?

Piper no consigue inventarse nada, por lo que infla las mejillas.

—Eres tú quien no debería estar aquí.

—Ah, ¿sí? ¿Te lo ha dicho tu abuela?

Piper pone la cara larga, como si se hubiera quedado sin aire. Me mira, luego a Sammy, luego otra vez a mí, con los ojos anegados en lágrimas; después sale corriendo por la puerta principal. Sammy inclina la cabeza hacia atrás y suelta un silbido.

—Buah, te has pasado.

—Lo sé —refunfuño—. Un golpe bajo, pero estoy harta de sus tonterías.

—Sabes que la señora Chismosa nos va a delatar, ¿no?

Suspiro.

—Ya lo sé.

Piper se pasa el resto de la tarde sentada en los escalones del porche, esperando a que Alec vuelva a casa. Los obreros siguen trabajando con diligencia y se las arreglan para pasar por su lado, como cuando el agua pasa alrededor de una roca, mientras cargan con materiales nuevos para la construcción en una carrera imaginaria contrarreloj.

Mamá está ocupada en la cocina preparando lo que más nos gusta: hamburguesas de judías negras sobre rebanadas de boniato con patatas fritas de calabacín. Mamá comía carne antes de que naciera Sammy y nos enteráramos de que era alérgico al mundo entero. Entonces cambió el chip, estudió nutrición y aprendió a hacer de todo, desde masa de coliflor hasta mantequilla vegana.

—El viernes deberíamos tener internet —dice mamá agarrando un plato de la nevera con verduras y hummus de ajo para picotear que luego deja sobre la encimera.

—Es lo mejor que he oído en toda la semana —mascullo.

—Y no me extraña que Irma esté insistiendo en el tema —dice mirando el teléfono—. En serio, esta mujer me ha enviado más de diez correos electrónicos e invitaciones. Que si actos del distrito escolar, reuniones del consejo, una gala benéfica de inicio… No he escrito ni diez palabras para el artículo del *New York Times* que tengo para el viernes. Entre la mudanza, las entregas y estos obreros… Oye, ¿has visto el aparato para hacer espirales de calabacín?

—No.

—Mmm… Sé que lo saqué de la caja. Tengo la sensación de que me estoy volviendo loca, no dejo de perder cosas.

Echo un vistazo al porche. A Piper, sentada erguida en los escalones, claramente escuchando a través de la mosquitera.

Estúpida enana.

Voy a cerrar la puerta principal de golpe y veo al señor Watson en la sala recogiendo algunas herramientas. Cuando cambia de lugar la escalera que hay apoyada sobre la pared, me doy cuenta de los intrincados detalles tallados que tiene la chimenea, recién pintada.

—Ey, señor Watson —digo, atraída por ello.

Él levanta la mirada, asiente y continúa envolviendo la sierra; yo paso un dedo sobre el emblema familiar.

Igual que en la otra casa…

Si esta casa estaba en una condición similar a la que hay en la esquina, habría sido más fácil derribarla y empezar de cero.

Pero no lo hicieron, sino que la mantuvieron así. Es casi como si quisieran que se quedara igual.

—Señor Watson, ¿ha trabajado en todas las casas de este vecindario?

—No —contesta sacudiendo la cabeza—. Es la primera vez que estoy aquí desde que era un niño.

—¿Por qué han decidido renovar la casa en vez de derribarla y ya?

El señor Watson bebe un trago de agua y evita mi mirada.

—No sé. Yo estoy aquí cubriendo a Smith, que cubrió a Davis, que volvió a poner todas las tuberías que robaron.

—¿Que robaron?

—Sí, a la gente le gusta robar materiales de casa y llevarlos a la chatarrería. Se puede sacar un buen dinero por las tuberías de cobre. Davis lo cambió todo por plástico.

—Entonces, durante el último año, ¿ha habido tres empresas diferentes trabajando en esta casa?

—En los últimos cuatro meses, en realidad. Ha habido más.

—¿Por qué tantas?

El señor Watson vacila, luego se encoge de hombros y vuelve al trabajo.

Que tengamos una caldera nueva y tuberías de plástico quiere decir que conseguiré la temperatura perfecta para lavarme el pelo.

Mientras el vaho se arremolina y empaña los espejos del baño, me desenredo la trenza y examino la roncha que tengo bajo el ojo. Quizá pueda cubrirla con algo de maquillaje, como cuando me echaba una capa gruesa para tapar los cráteres que me dejaba el acné en la cara.

La última vez que me lavé el pelo fue con agua de California, y el peinado sobrevivió a la mudanza. Pero es imposible saber qué pasará aquí. Tendré que probar con unos cuantos estilos antes de que empiecen las clases para no terminar siendo el blanco de alguna broma estúpida, que bastante tengo ya con ir por ahí siendo la chica nueva del tercer curso. Otro motivo por el que me quiero tirar de los pelos es que me pregunto si coincidiré con Yusef en alguna clase. No debería andar preocupada por los chicos, no cuando estoy en el camino hacia la autosanación. Los chicos no son más que distracciones.

Aun así, Yusef no hace daño a los ojos.

Levanto la maneta del grifo. La alcachofa de la ducha hace un zumbido y luego suelta el agua con un chorro continuo. Me meto en la bañera y cierro la cortina, que tiene un dibujo de un girasol enorme. Mamá eligió decorar la mayor parte de la casa con tonos vivos de amarillo, azul y naranja para que nos recordaran a los días cálidos y soleados. Mi habitación se quedará completamente blanca, así podré comprobar si hay chinches.

El agua templada cayendo como una cascada y empapándome el cabello es como sentir el cielo en el cuero cabelludo. No me canso de esa sensación como de decir «ahhhh». Saboreo ese masaje natural con unas cuantas respiraciones profundas y, justo cuando inclino la cabeza hacia atrás y cierro los ojos, el agua se desvanece.

—¿Qué demonios?

La maneta de la ducha está bajada, el agua sale rápidamente del grifo y me golpea en los talones. Vuelvo a levantarla y continúo con mi régimen: lavar dos veces con un champú de menta piperita libre de sulfatos, quince minutos con un acondicionador intensivo y, luego, desenredar el pelo con un peine de púas anchas antes de aclarar con agua fría. Estoy enjabonada hasta la médula cuando la ducha vuelve a cerrarse y siento un viento frío en el cuello, por lo que me estremezco. Qué raro. Esto no ha pasado antes. Vuelvo a levantar la maneta y la meneo para que se quede en su sitio.

Aguanta solo hasta el último lavado…

Se queda en el sitio y me da tiempo suficiente para aclarar el jabón desde las raíces hasta las puntas. Dejo la cabeza bajo el agua chorreante y vuelvo a respirar hondo, deseando que fuera agua del mar en vez de agua del grifo de Cedarville.

¿Volveré a ver la playa? ¿Quiero volver a hacerlo?

Abro un ojo para alcanzar el acondicionador y veo una sombra a través de la cortina y una mano temblorosa que va hacia la maneta.

—¡AHHHH!

Retrocedo y me doy un golpe en la cabeza contra la pared embaldosada; me resbalo, salto en el aire y me caigo de culo. ¡Ufff! El agua me cae disparada sobre la cara y se me mete en la nariz y la boca hasta que consigo ponerme a cuatro patas y cerrar el grifo.

Abro de golpe la cortina con el corazón latiendo violentamente. No hay nadie. El baño está vacío. Pero la puerta está abierta de par en par y oscila suavemente contra la pared.

En cuestión de segundos, salgo de la ducha, me envuelvo con una toalla y voy corriendo hacia el pasillo.

Sammy está de espaldas a mí, se dirige a su habitación.

—¡Oye!

Se gira sobre los talones, y veo que lleva un montón de cosas para picar en las manos y una manzana en la boca, como si fuera un cerdo a punto de que lo asaran en una hoguera.

—¡Eso no ha tenido gracia, Sammy! Me has dado un susto de muerte.

—¿Eh?

—No me vengas con esas. Esa broma ha sido megafloja.

Sammy suelta dos bolsas de palomitas y las deja en el suelo, por lo que se queda con una mano libre para agarrar la manzana que lo mantenía en silencio.

—¿Una broma? ¿Tengo pinta de tener tiempo para bromas?

El pelo, lleno de espuma, gotea en la moqueta. Los latidos de mi corazón parecen tambores.

—Había ALGUIEN en el baño. ALGUIEN que no dejaba de cerrar el maldito grifo de la ducha.

—Puaj. ¿Por qué iba a estar en el baño contigo desnuda? ¡Menudo asco!

—¡Sammy, lo digo en serio!

Él pone los ojos en blanco.

—Está bien. Entonces, ¿qué pinta tenía ese ALGUIEN?

—¡No lo sé! ¡Tenía los ojos cerrados!

—¿Has visto a alguien con los ojos cerrados?

—Es… Es difícil de explicar, Sammy. —Jadeo y me doy cuenta de que estaba conteniendo la respiración. Me agarro el pecho en un intento por soltar la tensión que siento en los pulmones.

Sammy abandona el sarcasmo y el resto de la comida para acompañarme a mi habitación mientras yo aguanto la toalla e intento tomar aire con la mano libre. Me siento en la cama y dejo la cabeza entre las piernas. Luego inhalo el aceite esencial de citronela que me pongo en la palma.

Sammy me pasa el inhalador sacudiendo la cabeza.

—¿Estás segura de que no te ha entrado jabón en el ojo y te has vuelto loca tú sola?

Aspiro dos veces y dejo que el contenido del inhalador baje por la garganta. Lo cierto es que no se me había ocurrido. Pero, aunque la maneta se bajara sola… Sé que no era la única que estaba en el baño.

Joder, cómo me habría gustado no haberme fumado ese último porro.

—No, Sammy. Había alguien ahí. Había una mano…

—Bueno, pues no era yo.

A los dos se nos ocurre lo mismo por separado y nos dirigimos hacia la puerta de Piper, que está abierta.

Piper nos devuelve la mirada desde el borde de la cama, donde está sentada balanceando las piernas. No dice ni una palabra, pero hay algo que deja claro que no siente ni la más mínima curiosidad por lo que está ocurriendo.

Ya lo sabe.

CINCO

La cara radiante de Tamara aparece en la pantalla de mi MacBook después del tercer tono de la llamada.

—¡Por fin!

—¡Eyyy! —digo cerrando la puerta—. ¿Qué pasa? La cobertura sigue siendo una mierda, pero por lo menos puedo comunicarme con el mundo exterior. ¡Tengo la sensación de que llevamos muchísimo tiempo sin hablar!

—Pfff, ¡décadas!

—Siglos.

—Milenios.

—¡Eones!

Nos reímos, y me doy cuenta por un destello de que en la aleta derecha de la nariz tiene una tachuela plateada. ¿Un *piercing* nuevo? ¿Por qué ha esperado a que me fuera para hacérselo? ¿Se lo ha hecho con otra persona? ¿Con otra amiga? Me rasco la cara interna del brazo y me examino la piel.

DATO: Las picaduras de chinches aparecen como bultos rojos que producen picor, normalmente en los brazos o en los hombros. La mayoría de las picaduras de chinches son indoloras al principio, pero más adelante se convierten en ronchas que producen picor.

—¡Madre mía, tu habitación es enorme! —dice Tamara mirando detrás de mí—. Es como tres veces más grande que la de antes. ¿Es que ahora sois ricos o algo así? Pensaba que los escritores no ganaban nada de dinero.

—¡Anda ya! —digo lanzándole palomitas a la pantalla.

—Bueno, ¿y qué tal el resto de la casa?

—Está bien, supongo, pero es un poco *creepy*. Tengo la sensación de estar durmiendo en la cama de otra persona, con sus sábanas; la taza del inodoro sigue estando caliente, como si alguien acabara de cagar. Y te juro que, por la noche, oigo cosas moverse.

Tamara se ríe.

—¿Estás segura de que no es nadie de tu familia o Bud? —pregunta.

—Imposible. Hasta Buddy está de los nervios. Y no ayuda nada que a nuestro alrededor tengamos todas estas casas viejas y deterioradas. Ah, oye, antes de que se me olvide, mi padre ha dicho que puedes venir de visita a Los Ángeles durante las vacaciones de Navidad.

—Mmm… Vale, ya veremos —dice, esquivando mi mirada y mirando el teléfono—. Ya sabes que toda mi familia viene por esas fechas, así que… Ya sabes cómo va esto.

Tamara tiene, aproximadamente, mil millones de primos, tías y tíos. Echo de menos la calidez de su hogar, el arroz con frijoles y la crema de elote que prepara su madre. Viviendo tan cerca la una de la otra, más que mejores amigas, éramos familia. Pero creía que, por lo menos, podría venir a pasar unos días. Ella sabe que no puedo volver a Carmel… Puede que nunca.

—En fin, ¿qué más me cuentas? ¿Y qué demonios te ha pasado en la cara?

Le hago un resumen de lo ocurrido durante la última semana, incluyendo que Yusef me dejara K.O.

—¡Epa! Te estaba tirando, ¡literalmente! O sea, te estaba hablando de jardinería. Eso son preliminares casi casi. Mejor que el paleto de David.

—¡Ni lo nombres!

Tamara pestañea.

—Perdón. Es la costumbre.

El ventilador del techo da vueltas y hace un clic, por lo que se hace más evidente el silencio incómodo que se crea. Carraspeo y cambio de tema.

—Y, cómo no, Piper sigue siendo tan pesada como siempre.

—Eso es lo que se supone que hacen las hermanas pequeñas, tonta. Pero ¿qué vas a hacer con... mmm... el otro problema?

Bajo el volumen del ordenador y me acerco más.

—¿Te refieres a que no tengo maría? No sé. Pero, por lo que he leído, esta ciudad estuvo muy afectada por las drogas, así que voy a ver si encuentro a alguien en el instituto.

—A lo mejor te puede ayudar tu nuevo novio —se mofa.

Señalo la roncha que tengo en la cara.

—A ver, este no es el mejor comienzo para un romance.

—Tendréis una historia graciosa para compartir en el Insta en vuestro primer aniversario.

—Prefiero intentarlo con desconocidos.

Tamara suspira.

—Ve con cuidado, Mari. No pueden volver a encontrarte de aquella manera.

—No me encontraron de ninguna manera, Tamara —le digo con severidad—. Me envenenaron.

—Ya, bueno. Es verdad, perdón. ¡Ey! ¿Sabes...? ¿Por qué no cultivas la tuya propia?

Inclino la cabeza hacia la izquierda.

—Pero ¿tú estás fumada o qué?

—No, en serio. He visto un programa en YouTube sobre granjeros que cosechan marihuana y que han convertido sus patios en el jardín del bien y el mal. ¡Podrías ser tu propia proveedora! Así no tendrías que andar preocupada por conseguirla a través de algún desconocido.

—Que no, que no puedo cultivar maría en mi jardín. Mi madre me mata.

—¿Quién ha dicho que tenga que ser en tu jardín? —Sonríe con satisfacción—. Has dicho que estáis rodeados de casa vacías. Elige una.

Por un momento, me quedo muda de asombro ante lo brillante que es su idea.

—No puedo... O, bueno, necesitaría los suministros adecuados...

—¡Ja! Y parece que conoces al hombre adecuado para que te los proporcione.

Trago saliva, incapaz de contener lo que pienso por más tiempo.

—Bueno... ¿Lo has visto? —pregunto a regañadientes—. Al paleto.

Tamara se muerde el labio inferior y juega con su pelo negro y brillante.

—Solo en las redes. Esta semana han empezado los entrenamientos de atletismo.

—¿Qué? ¿Lo han dejado volver al equipo?

—Bueno, mmm... Es que consiguió llegar a los regionales el año pasado.

—¡Yo también! ¡Y soy el doble de buena que ese imbécil!

Tamara sacude la cabeza.

—¿Por qué no te metes en el equipo de ahí? Eres superrápida, seguro que te dejan entrar sin problema.

Vacilo.

—Paso.

—Vale —dice soltando una risita—. Entonces, ¿qué vas a hacer?

Nada. En absoluto. Después de los últimos meses, lo único que quiero es estar libre. Eso no significa que quiera irme de fiesta y beber un montón de cerveza y ponerme ciega de porros, sino que no quiero estar bajo el control de mis padres las veinticuatro horas del día, para variar. Por eso, cuanto más tranquila parezca estar, más tranquilos se quedarán ellos y más libertad ganaré yo.

La puerta de la habitación hace un ruido y se abre poco a poco. Tamara frunce el ceño y se inclina hacia delante para mirar detrás de mí.

—Ehh… Mari…

—Sí, ya lo sé. Aquí las puertas se abren a voluntad todo el rato. El de la obra dijo que es porque son «cerraduras antiguas».

—¡Por los Cazafantasmas y Batman! Esto no es normal.

—Ya lo sé —digo con un suspiro.

—Piper, ¿te encuentras bien? —pregunta mamá—. Pareces estar algo… cansada.

Mamá está mirando a Piper jugar con los cereales, con el rostro algo preocupado.

—Estoy bien —suelta ella.

La verdad es que Piper tiene pinta de estar cansada. Nunca he visto a una niña de diez años con ojeras. También parece estar más pálida y algo más delgada de lo que recuerdo. Aunque tampoco es que le haya prestado demasiada atención.

Mientras me pongo los zapatos, mi teléfono vibra sobre la encimera.

—¡Es papá! —dice Sammy y le da a aceptar—. ¡Hola, papá!

—Hola, papá —digo—. Está el altavoz puesto.

—¡Eyyy! Quería ver si hablaba con vosotros antes del primer día de clases.

—También está aquí mamá —dice Sammy con entusiasmo, empujando a mamá para que se acerque al teléfono.

—¡Anda! Ey, Raq —dice papá—. ¿Cómo están nuestros vástagos?

—¿Te refieres a cuando no se están comiendo todo lo que hay en la nevera? Están bien —contesta mamá haciéndole cosquillas a Sammy en el costado.

—Parece que han salido a mí.

Alec entra en la cocina con la bolsa del gimnasio y le da un beso a Piper en la cabeza.

—¿Quién es? —pregunta.

—Chay —contesta mamá—. Está llamando desde Japón.

—¡Oh! ¿Qué pasa, hermano? ¿Cómo estás?

—¡Alec! ¡Bien, bien! Comiendo mi peso en *sushi*. ¿Qué tal el nuevo curro?

Ojalá me diera rabia que papá y Alec sean algo así como colegas, pero... lo cierto es que es bastante chulo. No noto que haya nada raro ni tensión entre ellos, aunque en una ocasión saqué el tema durante una partida de ajedrez.

«Oye, papá, ¿por qué estás intentando llevarte bien con el cabrón que te ha robado la mujer y los hijos?», le pregunté. Él se rio: «Yo quiero mucho a tu madre y quiero que sea feliz. Nosotros no lo éramos cuando estábamos juntos, y nadie se merece que un tipo que viaja por todo el mundo la ame a tiempo parcial. Así que, si este tipo la hace feliz, quiero que sepa que, por mi parte, está todo bien».

Sammy arruga el ceño al ver a Alec hablar. No le entusiasma ni un poquito.

—Oye, Alec, ¿recibiste mi mensaje? —pregunta papá.

—¡Sip! Estaba a punto de dárselo. Espera, ya que estás al teléfono.

—No, hombre, tú dale. Luego hablamos.

Papá se despide y Alec va corriendo hacia el pasillo.

—¿Qué ha sido eso? —pregunta mamá.

Alec abre el armario y saca una caja de zapatos roja del estante superior. Vuelve rebosante de alegría y la planta frente a mí.

—¡Aquí tienes! Tu padre me ha pedido que te diera la sorpresa.

Me quedo mirando fijamente la caja y pestañeo. A mamá se le ilumina la cara.

—¿Qué es esto?

—Zapatillas nuevas —dice Alec, sonriendo—. ¡Para el atletismo! Ha pensado que necesitarías unas.

Ay, no.

Siento un torbellino de pensamientos y me paso la lengua por los labios.

—Mmm… Gracias, pero… no voy a apuntarme a atletismo.

Alec pone la cara larga.

—¿Qué?

—Las puedes devolver si quieres —respondo—. Estoy segura de que han costado un buen dinero.

A mi alrededor, la habitación se congela. Hay demasiadas miradas inquisitivas. Agarro la mochila rápidamente, agacho la cabeza al pasar al lado de Alec y me dirijo hacia la puerta.

—Mari —dice mamá mientras me sigue, con un tono entrecortado—. ¿No quieres apuntarte a atletismo?

—Quiero… Quiero centrarme en ponerme bien este año. No necesito distracciones.

Mamá abre la boca, pero la corto rápidamente.

—En cualquier caso, tengo que irme. ¡No quiero llegar tarde!

Esto es lo primero en lo que me fijo sobre el instituto Kings: que es viejo. Pero viejo rollo… que tiene sillas unidas a miniescritorios y pizarras de color verde. Las taquillas son de color rojo hígado, la mayoría de los libros de texto no tienen cubierta y hay una sala de ordenadores de la era del Pleistoceno. No hay mucha madera de la que me tenga que preocupar, así que, por lo menos, no seré una rarita inspeccionando su silla todos los días.

Lo segundo en lo que me fijo: el alumnado. A primera vista, cualquiera diría que se trata de un colegio femenino. No es que esté buscando chicos, pero es que prácticamente se puede oler el estrógeno permeando el aire. Cuando llega la hora de comer, no he contado a más de seis chicos en total. Y Yusef es uno de ellos. Tiene a su alrededor un grupito de admiradoras que parecen estar compitiendo por llamar su atención con los modelitos que llevan. Yo mantengo la cabeza gacha y bastante distancia.

Lo tercero en lo que me fijo: el olor. No es que apeste, pero hay un aroma a humedad que me recuerda a un hogar para la tercera edad. Y, aun así, me he pasado todo el día olisqueando por los pasillos desconocidos, las aulas y el gimnasio, pobremente iluminado. Eso me ha mantenido bastante ocupada y he podido ignorar los murmullos que oía a mis espaldas.

—Es la chica nueva que vive en Maple Street…

—¿Qué le ha pasado en la cara?

Pero no me he puesto a olisquear en el instituto por nostalgia, sino que andaba buscando… un olor específico.

Justo antes de la última clase, con los orificios nasales llenos de polvo, percibo un ligero olorcillo a eso. Una chica con unas trenzas largas y una cazadora vaquera *oversize* está envuelta en ese aroma dulce y ácido que tan bien conozco, ese olor intenso.

Justo el tipo de olor que estoy buscando.

La chica recorre el pasillo con los auriculares puestos y yo la sigo, y termino de lleno en un baño angosto con dos cubículos. *Mierda*.

—Ehh… hola —digo mientras me lavo las manos de manera torpe y me doy cuenta de que no tengo ninguna estrategia.

—Eyyyy —contesta ella mientras se echa unas gotitas en el rabillo del ojo. El olor es más fuerte aún con la mochila abierta.

Soy un desastre en eso de «hacerme amiga de completos desconocidos», por lo que suelto abruptamente lo único en lo que soy capaz de pensar.

—Mmm, ¿tienes un tampón?

Ella suelta una risita.

—Chica, ¡qué flojo ha sido eso! Tienes que intentar algo mejor. —Me mira de frente—. ¿Sabías que las hembras de elefante se pasan dos años preñadas y prácticamente dan a luz por el culo? Imagínate tener que acarrear con un montón de mierda durante dos años enteros. —Se detiene y sonríe abiertamente—. ¿Lo ves? Así es como se empieza una conversación. Por cierto, me llamo Erika.

Sonrío aliviada.

—Yo soy Marigold.

—Lo sé —se ríe—. No hay nadie en el instituto que no se sepa tu nombre.

—Soy el estereotipo de la chica nueva que ha llegado a la ciudad, ¿no?

—Sip. Eres una nueva rival.

—¿Rival?

—Por si no te has dado cuenta, hay muchos conejos por aquí.

—Me alegro de ver que no es mi imaginación. ¿Tú no te sientes amenazada?

Sonríe.

—Nosotras no jugamos en el mismo equipo, cari.

Vamos caminando hacia el pasillo y me siento reconfortada por su aroma conocido. Lo bastante reconfortada como para pedirle una calada. Pero… tengo la voz de Tamara en la cabeza diciéndome que vaya con cuidado. Erika sigue siendo una desconocida, y si algo he aprendido con esta mudanza es a ir con cuidado con las personas a las que no conozco.

Al terminar el día, me siento bastante orgullosa de mí misma por haber salido ilesa y habiendo hecho, al menos, una nueva amiga. Hasta que oigo a una voz conocida llamándome por el nombre.

—Cali, ¿qué tal?

Ay, no...

Yusef viene trotando en dirección hacia mí, sonriendo, y el pasillo entero se queda helado. Las miradas de todas y cada una de las chicas se dirigen hacia nosotros. Erika levanta una ceja.

—Bueno, esta es mi señal —se ríe entre dientes—. Nos vemos luego.

Me retuerzo cuando se aleja y me afano en recoger la mochila y alcanzar los AirPods. Una chica que pasa por mi lado se choca con mi hombro; tiene el ceño fruncido.

—¿En serio? ¿Qué tenemos, doce años?

Yusef se detiene detrás de mí cuando cierro la puerta de la taquilla de un golpe.

—Ey —murmuro y me dirijo a paso ligero hacia la puerta principal, pero Yusef me sigue.

—¿Cómo va eso? ¡No te he visto en todo el día!

—Es un instituto bastante grande —refunfuño esquivando su mirada.

—¡Diablos, muchacha! —dice rodeando con un dedo la roncha que tengo—. Qué fácil te salen los moratones.

Le echo una mirada furibunda.

—Me hace taaaan poca gracia.

—Bueno, al menos has venido al instituto con pinta de tipa dura.

—O como que me han dado una paliza.

Yusef suelta una risita.

—Yo les haría pensar lo otro y que adivinaran. Entonces, ¿te está gustando esto?

Atravesamos la puerta principal de golpe con todo el alumnado del instituto Kings mirándonos.

—Es el instituto. ¿Hay algo que pueda gustarme? —digo, tomando las escaleras de dos en dos.

—Bien visto —se ríe—. ¿Te acompaño a casa? Podemos ver cómo son nuestros horarios.

Me detengo en seco para mirarlo de frente y, manteniendo la voz baja, digo:

—Ni hablar.

—¿Qué?

—¿Quieres que me den una paliza de verdad?

—Muchacha, ¿de qué estás hablando?

Echo un vistazo por encima del hombro y siento voces susurrando a mi espalda. Hay grupitos de chicas reunidas en las escaleras principales, murmurando entre ellas, con la mirada gélida.

—Tú solo... Mantente alejado de mí, Yusef. En serio.

Yusef se me queda mirando, perplejo.

—Mmm, vale.

Entonces salgo corriendo, rápido, y una punzada de culpa amenaza con alcanzarme.

—Y tienen un club de ciencia. Y un club de ciencia ficción. ¡Y un club de programación!

Sammy habla a toda prisa mientras se come un plato de zanahorias, con la mochila todavía colgando de los hombros.

—¿Lo ves? Te dije que te gustaría —dice mamá pasándole un cuenco de avena por la encimera; es su merienda favorita—. ¿Y qué tal tu primer día, Piper?

Piper no levanta la vista de su paquete de galletitas saladas con queso y embutido, y se queda en silencio.

—Vaaaaa... le. ¿Y tú que tal, mi otro *minion*?

Me encojo de hombros.

—He sobrevivido.

—Debe parecerte... diferente —dice mamá—. Después de los últimos meses estudiando desde casa.

—Supongo —mascullo y me meto un puñado de uvas en la boca—. No aceptan tarjetas en el comedor, así que voy a necesitar algo de dinero.

Mamá se queda mirándome fijamente un momento, dándole vueltas a algo.

—El instituto tiene… tiene una cuenta. Les mandaré un cheque.

—¿En serio? Es para comprar la comida. ¿No te fías de mí ni para eso?

Mamá se gira rápidamente y pone a hervir el agua.

—Es más fácil si lo hacemos así, ¿vale?

Sigue sin fiarse de mí con el dinero. Supongo que no la culpo.

—Voy a salir a correr —anuncio con los dientes apretados.

Me ato los cordones de las zapatillas estando en el porche y estiro los gemelos. Correr libera toxinas en los órganos a través del sudor. No es como una competición de atletismo, pero es un buen sustituto. Y espero que al menos frene el antojo de hierba que tengo y que me carcome la lengua.

Cruzando Sweetwater, me encuentro con una parte de Maple Street que es idílica en comparación con la nuestra. Aquí, por lo menos, hay algo que se asemeja a la vida. Hay hombres mayores regando el césped medio muerto, mujeres en los porches, niños jugando en las entradas para vehículos, un olor a carbón quemado en el aire. Es una tarde cualquiera. Pero en cuanto paso trotando, toda ensoñación queda interrumpida, se apaga como si alguien arrancara el enchufe de la televisión.

Las miradas me golpean en la piel y penetran en mi torrente sanguíneo. Me recuerda al día después de que me arrestaran, cuando todo el colegio se detuvo para ver cómo vaciaba mi taquilla, flanqueada por escoltas policiales. Megan O'Connell amenazó con poner una bomba en el colegio y lo único que hicieron fue mandarla a la enfermería.

Subo el volumen de la música y aumento el ritmo, en un intento por quemar todos los pensamientos que tengo —las chicas del instituto, la cara de Yusef, la imagen de esa mano en la ducha— y sacarlos del lóbulo frontal. No era más que mi imaginación, me digo una y otra vez. El cansancio y el cambio de aires me la están jugando. No había ninguna mano.

Pero… tenía la piel oscura y chamuscada, como el plástico quemado; las uñas negras por la suciedad…

¿Cómo podría inventarme algo así? Si aún estuviera tomando oxicodona, le habría echado la culpa a un mal viaje. Joder, qué bien me vendría algo de hierba. Sé que se lo prometí a papá, pero es lo único que me ayuda con la ansiedad. Rodeada de casas destartaladas, sin cobertura móvil, un padrastro imbécil y desconocidos colándose en el baño, lo cierto es que no puede esperar que simplemente lidie con todo en este tipo de condiciones. Con la hierba, esto sería más llevadero, por lo menos, y yo sería un ser humano funcional.

El trote pasa a ser un esprint. Los músculos no han entrado en calor lo suficiente, pero los fuerzo aún más… Pensando mucho en la hierba.

Hay algo que está intentando entrar en mi habitación.

Está arañando la puerta, febril y desesperado. Hambriento. Conozco ese tipo de hambre.

Vale vale vale si consigo abrir la puerta de mamá, puedo agarrar esos sesenta dólares que vi ayer, y luego… ¡Venga! ¡Ábrete!

Me revuelvo y parpadeo en la oscuridad, con los labios secos y la boca reseca. Me incorporo en la cama y aprieto los puños para que dejen de temblar. La puerta se vuelve a sacudir de manera violenta. Ahora, totalmente despierta, me arrastro y acerco a los pies de la cama.

Buddy está haciendo la postura del perro boca abajo y araña el umbral de la puerta.

—¡Ay, Bud! ¡Me estás matando!

Nueva alarma a las 10:00 a.m.: Comprar juguetes nuevos para morder a Buddy antes de abandonarlo en la cuneta.

Buddy araña con más fuerza, se queja y vuelve a mirarme como diciendo: «¿De verdad te vas a quedar ahí sentada?».

—¡Buddy! Basta. No hay nadie...

Pero luego me acuerdo de la amiga que mencionó Piper... y de la mano en la ducha. La puerta hace un fuerte crujido cuando la abro un poco para mirar en el pasillo, que está oscuro. Buddy mete la nariz entre mis piernas, sale disparado y baja las escaleras corriendo.

—Buddy —grito en voz baja, en un intento por no despertar a toda la casa. Pero hay una luz escaleras abajo.

Creía que las había apagado.

Voy de puntillas tras él y sigo la luz hasta entrar en la cocina. Está vacía. También la sala de estar. Es imposible que mi madre, tan preocupada por el planeta, se haya dejado las luces encendidas de esta manera. Debe haber sido Alec.

El vaso vuelve a estar en la encimera.

Buddy va de un lado para otro frente a la puerta del sótano, husmeando y golpeando con la nariz en la parte de abajo. El microondas dice que son las 03:19 a.m.

¿Conseguiré pasar una buena noche en esta casa?

¿A quién pretendo engañar? Llevo más de un año sin pasar una noche decente.

Bostezo y me sirvo un vaso de agua. Las ventanas que dan al jardín trasero son como un enorme vacío oscuro, y a través de las rendijas se oye el silbido de la brisa. Ahí fuera hay algo que me está mirando fijamente. O alguien. No puedo verlo, pero siento que está ahí. Esperando...

¿Por qué hace siempre tanto frío en esta maldita casa?

Buddy se da la vuelta y me lanza la típica mirada de cachorro con un gemido.

—Nada de eso. No voy a bajar al sótano de la muerte en mitad de la noche.

Buddy deja caer la cola y vuelve a llorar.

—Ay, Bud, que no hay nada ahí abajo. ¡Mira!

Tiro de la puerta del sótano y esta me sacude hacia delante. Está cerrada con llave. Pero ¿cómo? ¡Si el otro día no lo estaba! El pomo es viejo, de latón, los tornillos están sueltos y la cerradura es antigua. Vuelvo a tirar de la puerta. Está cerrada, sin duda, pero parece que han echado la llave por dentro.

¿Cómo puede ser eso?

—Alec debe… tener la llave o algo —le digo a Buddy y suelto el mango.

Entonces, vuelvo a olerlo. Una mezcla de hedor y… muerte. Ahora es más fuerte, como una nube que se cierne sobre mi rostro.

Craaaac.

¿Me estoy volviendo loca o hay algo que… se acaba de mover detrás de la puerta?

Doy dos pasos atrás y escucho el silencio.

Un fuerte ¡pum! golpea la puerta y la sacude en el marco. Se me escapa un aullido y Bud lloriquea. Sin duda, algo ha sacudido esa puerta. Pero eso son disparates, porque no hay nada ahí abajo.

Es una ráfaga de aire. Seguramente habrá una ventana abierta…

—Bud, vamos —mascullo sin quitar la mirada de la puerta—. Es tardísimo para ti.

Lo agarro del collar y me dirijo a las escaleras, pero al dar el primer paso…

—¡AHHH!

Piper está en lo alto de las escaleras, con su pijama rosa, fulminándome con la mirada y la cara escondida en las sombras.

—¡Joder, Piper! ¿Qué estás haciendo?

Se queda ahí unos momentos en silencio. Está mirando fijamente, sin moverse. Doy un paso hacia ella y, detrás, parece que se mueve una gran sombra. Me pongo rígida.

—¿Piper?

De su boca sale un ruido largo e imposible, como metal desmoronándose. Un sonido estridente y aterrador. Luego da un salto, flota a través del aire y aterriza posándose sobre mi pecho, por lo que me estrello contra la puerta principal. Me doy un golpe en la cabeza contra la madera y, de manera breve, veo las estrellas; luego nos caemos al suelo, Piper encima de mí. Sus ojos son agujeros negros, tiene las cuencas llenas de venas sangrientas que parecen raíces arrancadas; la boca le rezuma sangre negra. Yo intento chillar, moverme, pero me he quedado petrificada.

Me rodea el cuello con sus manitas y me aprieta la laringe. Tiene fuerza y sus dedos son glaciales. Forcejeo, incapaz de sentir las piernas, los brazos, algo. La habitación está cada vez más oscura y yo abro la boca como si fuera un pez que no puede respirar.

Y entonces estoy de pie, dándole manotadas al aire, jadeando y sudando. Buddy deja de mirar la pelota que tiene a los pies de la cama y me mira a mí, enfadado por haberlo molestado.

Ha sido un sueño. No ha sido más que eso.

Con el corazón latiendo violentamente, salgo de la cama de un salto y echo el pestillo para comprobar el bolsillo secreto de mi mochila. Es el sitio en el que solía guardar el alijo.

Está vacío. Ya lo sabía, pero esperaba un milagro.

Dios, cómo necesito algo de hierba.

Miro fijamente la puerta del sótano sentada en el taburete de cocina, que al ser de metal y yo no poder dejar de mover la rodilla arriba y abajo, hace ruido. La puerta está cerrada con llave, igual que anoche. Normalmente, las protagonistas de mis pesadillas son las chinches, por lo que... ¿y si no ha sido un sueño?

Basta. ¡Parece que estás loca!

—Bueno, ¿y cómo se llama su «amiga»? —pregunta mamá.

—Señora Suga —contesta Alec metiéndose un puñado de frambuesas en la boca—. Es bonito. Dice que es una mujer mayor negra a quien le gusta preparar tartas de manzana.

Necesito fumar necesito fumar necesito fumar.

Mamá está cortando plátanos para prepararnos un batido de desayuno, con la frente arrugada por la preocupación.

—Alec, tiene diez años —dice—. ¿No es un poco... mayor para tener amigas imaginarias?

Un porro, una gominola, un bong, una calada. Algo. Todo. Necesito hierba hierba hierba.

Alec se pone derecho, salta rápido a la hora de defender a Piper:

—Con todos los cambios recientes... El matrimonio, la mudanza, la escuela nueva... De alguna manera tenía que salir, ya me lo esperaba. No es la primera vez que tiene amigos imaginarios, ya ocurrió cuando murió mi madre.

—Sí, pero... Tal vez deberíamos llevarla a que hablara con alguien. Estoy de acuerdo con que ha habido muchos cambios, pero dada la relación tan cercana que tenía con su difunta abuela...

hierba hierba hierba hierba

Alec deja la taza de café sobre la mesa, de manera brusca, y se aleja caminando.

—Claro —masculla—. Podemos mandarla al mismo sitio al que va Marigold.

Tengo que hacer un gran esfuerzo para no reaccionar al alejarme de la isla de cocina. Estoy perdiendo el control. Y si pierdo el control, lo verán, lo sabrán... y no pueden. De lo contrario, volverán a confinarme. El terrario está en el alféizar, de cara al jardín trasero, donde la luz es menos intensa. Antes tenía decenas, y ocupaban todas las superficies extra de la casa. Todas las ventanas, escritorios y encimeras de baño tenían un pedazo del paraíso que había creado. Ahora, este es el último que me queda, el único que sobrevivió a... Bueno, a mí. Y me estoy aferrando a él como a una cuerda salvavidas.

«Puedes volver a construir», me sugirió mi gurú después de que barriera el cristal y la tierra.

Puede que sí. Tal vez pueda construir un tipo de jardín completamente nuevo.

En el borde del jardín trasero, clavo una pala en el suelo, saco un trozo de tierra y la restriego entre los dedos. Está húmeda, como si fuera barro pedregoso. Aunque Tamara me mandara las semillas por correo mañana mismo, el tiempo aquí es diferente al de California. Necesitaría por lo menos ocho semanas para recolectar, pero un frente frío y temprano podría matar todas las plantas del semillero en una mañana.

También necesitaré sustrato fértil, abono, una manguera para regar, contenedores y una jardinera elevada de 240 × 120 para pasar a la acción con este plan. Seguramente podría encontrar restos de madera y clavos en las casas cercanas, pero no llegaré demasiado lejos con eso. De haber sabido que volvería a meterme en la jardinería tan pronto, no le habría dado todas mis cosas a la madre de Tamara. Voy a necesitar herramientas, pero no me puedo gastar el dinero con mamá vigilando hasta el último de mis centavos. También necesito pasar un tiempo lejos de Sammy y de la entrometida de Piper.

... el último domingo de cada mes.

Agarro mi bolsa de tela y voy corriendo hacia la puerta antes de que alguien pueda venir conmigo.

—¡Me voy a la biblioteca!

La biblioteca de Maplewood está cruzando la calle de la escuela primaria, a unas manzanas de distancia de nuestra casa. Es un edifico antiguo de ladrillo rojo, con un cartel que tiene las letras de metal oxidadas y una puerta de cristal empañada llena de rajas. Al lado de la entrada hay un tablón de anuncios con panfletos de diversas empresas, avisos para asistir a reuniones que ya han pasado y protestas programadas. En la esquina superior derecha hay una tarjeta de la empresa para cortar el césped Brown Town. Debajo de ella, un panfleto para el club de jardinería que mencionó Irma.

—¡Hola! ¿Has venido por el club de jardinería?

Una mujer vestida con una camiseta de color azul fuerte que va a conjunto con sus ojos y sus vaqueros raídos me mira sonriendo.

—Mmm… sí.

—Genial, ¡bienvenida! Estamos a punto de empezar.

La reunión se celebra en una sala de conferencias que hay en la sección de historia. Apenas ha acudido gente. Un par de mujeres mayores, cuatro estudiantes de universidad y tres señores mayores negros. Al frente de la sala está Yusef preparando las cosas.

Nuestras miradas se cruzan y él asiente de manera vacilante. Yusef ha guardado las distancias, mientras que yo he esquivado el contacto visual de manera torpe, simplemente para que las chicas no me digan nada. Incluso visto de manera más informal y me esfuerzo por mimetizarme con el entorno para evitar que haya *beef*. Se supone que esto es un nuevo comienzo.

El cambio es bueno. El cambio es necesario. Necesitamos un cambio.

Me siento en una fila vacía en el medio, cerca de una de las abuelas. Vale, sí, ya lo sé, habría sido muchísimo más fácil si simplemente le hubiera pedido a Erika que me pusiera en contacto con alguien, pero, como he dicho, no la conozco. No puedo arriesgarme. Un fallo más y me mandarán al centro de rehabilitación como si tuviera un problema de verdad o algo así, lo cual no es mi caso, para nada. Los tiempos desesperados necesitan medidas desesperadas.

La mujer que me ha dado la bienvenida se pone al frente.

—¡Hola a todos! ¡Bienvenidos! Hoy tenemos a una persona nueva, así que ¡hola! Me llamo Laura Fern. Fern significa «helecho» en inglés, y la verdad es que ¡me encantan! Bienvenida a nuestro club de jardinería urbana.

Laura nos pone al día sobre las novedades que hay para los próximos proyectos, las últimas tendencias a la hora de plantar y las visitas planificadas a una granja en las afueras.

—También tengo el gusto de anunciar que estamos muy cerca de que nos aprueben una casa en Maple Street, donde se alojará nuestra iniciativa sin ánimo de lucro para el embellecimiento de la ciudad, con una generosa donación por parte de la Fundación Sterling. Las reformas empezarán este mismo noviembre.

Vaya, la Fundación Sterling está en todos lados.

—Y creo que eso es todo. Como siempre, las herramientas están en el cobertizo.

Un cobertizo para las herramientas… Perfecto.

—Nos vamos en un cuarto de hora. En el tablón está la hoja con la asignación de los vehículos compartidos. ¡Nos vemos ahí!

Se da por terminada la clase y la gente se congrega frente al tablón. Me dirijo a una vecina, una mujer mayor negra que lleva una peluca castaño-rojiza preciosa y que sonríe de manera radiante.

—Mmm, disculpe, ¿dónde está el cobertizo?

—Fuera, donde el aparcamiento.

Poco a poco voy saliendo de la sala arrastrando los pies, intentando no llamar la atención sobre mí misma. Una vez que estamos fuera, rodeo el edificio caminando a toda prisa hasta llegar a un cobertizo que hay en las lomas cubiertas de césped al borde de un aparcamiento en ruinas. Con el candado colgado de un lado, abro la puerta y me quedo asombrada. Las herramientas son preciosas. Hay rastrillos totalmente nuevos, mangueras, cizallas de jardinería, palas de todos los tamaños. Incluso una podadora.

—Perfecto —balbuceo.

—Oye, ehh… Espero que no te importe ir conmigo.

Yusef está de pie detrás de mí, agitando las llaves de su camioneta mientras la gente de la reunión se va metiendo en los vehículos.

—El resto van todos llenos —explica—. No esperábamos que viniera un nuevo miembro hoy.

—Ir… ¿a dónde? —pregunto.

—Por lo del proyecto de hoy. Vamos a plantar unos árboles en la autopista.

—Oh, ehhh… Lo siento. Tal vez en otro momento.

Yusef frunce el ceño y su voz se vuelve seria.

—Oye, las cosas funcionan así, Cali: tú te prestas voluntaria y, a cambio, puedes utilizar las herramientas de manera gratuita y todo el compost y tierra que quieras. Así que ¿vienes o pasas?

Sopeso las opciones que tengo y resoplo.

—¿Los asientos son de cuero?

DATO: Las chinches prefieren la tela antes que el cuero.

Conducimos unos minutos en silencio y me vuelvo a sorprender deseando que el alcohol fuera mi droga preferida para no tener que pasar por todo esto. Pero odio las resacas, y la cerveza parece pis espumoso.

Aun así, no me importa ir a dar una vuelta, porque me permite captar bien los alrededores: la basura que hay en los terrenos abandonados, las viejas iglesias desmoronándose, los escombros de los cimientos que se atisban entre los hierbajos altos. Durante un instante brevísimo me olvido de que no estoy de vacaciones, sino que de verdad vivo aquí, en otra ciudad, a kilómetros de distancia de todo y de todas las personas que conozco, entre los escombros de... ¿qué? Ni siquiera estoy segura. Es como si aquí hubiera explotado una bomba y nadie hubiese informado de ello.

—Supongo que, después de todo, has decidido empezar con ese jardín —dice Yusef.

—Ah, sí —admito, rascándome el brazo por costumbre.

—Bueno, mi oferta sigue en pie. Vas a necesitar un buen cultivador para trabajar en ese jardín. En el cobertizo no tenemos ninguno, pero te puedo prestar el mío, el de casa.

Estoy a punto de ignorarlo cuando me doy cuenta de algo: lo necesito. Sabe cómo trabajar la tierra de aquí. Seguramente sea el mejor recurso a quien pueda acudir después de Google.

—Sí, estaría bien. Gracias. Y... perdona por que todo sea... raro y así en el instituto. Es que soy nueva y de verdad que no quiero problemas, ¿sabes?

Yusef sigue la caravana de vehículos por la autopista.

—Sí, lo entiendo. Supongo.

Me río.

—¿Supones que el setenta y cinco por ciento de las chicas de nuestro instituto te desee? Qué humilde.

Yusef sonríe con satisfacción y sube el volumen de la música.

—No mola tanto como parece.

Estando cerca del centro, aparcamos al lado de un estadio, detrás de una gran camioneta que lleva ocho arbolitos en la parte trasera. El club de jardinería empieza a descargar montones de tierra y herramientas. A este lado de la autopista, estamos más cerca de esos grandes bloques de cemento que vi cuando llegamos por primera vez a Cedarville.

—Oye, ¿qué son esos edificios de ahí? —le pregunto a Yusef—. ¡Es que son inmensos! ¿Son fábricas?

Yusef sigue mi mirada y pierde la sonrisa. Además, se le tensa la mandíbula.

—Son cárceles —dice, serio.

—¿TODOS?

Yusef agarra una pala, la saca de la parte trasera de la camioneta y se aleja enfurecido.

—Sí.

El club de jardinería se pasa la tarde cavando agujeros profundos y plantando los nuevos árboles a lo largo de la salida de la autopista, y gracias a ello el lugar tiene un aspecto mejor de manera instantánea. Es bastante agradable hacer algo útil y ser un miembro productivo de la sociedad, en vez de una inútil. Por lo menos, así es como me siento, como me hacen sentir mis padres y lo decepcionados que están. No lo dicen, pero yo lo sé. Lo llevan escrito en la cara.

Yusef está callado y de espaldas a los bloques mientras trabajamos. Se quita la sudadera y… Maldita sea. Está bastante mazado bajo la camiseta.

¡Deja de mirarlo, idiota!

Cuando terminamos, me sonríe de manera cansada.

—¿Lista para ir a casa? —me pregunta.

La manzana donde vive Yusef, que está bordeada de árboles, es prácticamente idéntica a la nuestra. La única diferencia es que las casas no son vestigios abandonados. Son viviendas acogedoras, tranquilas, con porches estupendos para tomar un té helado de menta recién hecho. Pero la calma se ve interrumpida por la voz sobrecogedora del reverendo, que resuena desde las ventanas abiertas.

—Y yo te digo: cuidado con los pecadores disfrazados de ángeles, pues te llevarán por el camino equivocado.

La casa de Yusef está en medio de la manzana. Es una construcción colonial de color marrón y una sola planta con un césped perfecto, un jardín en la parte frontal exuberante y un buzón con un pajarito encima. Reconozco la camioneta del señor Brown en la entrada para vehículos; la acaban de lavar y se está secando.

—¿Es la chica nueva? —pregunta el señor Brown emergiendo de las sombras y limpiándose las manos—. Creí haberte reconocido.

—Hola, señor Brown.

—Bueno, entrad. ¿Quieres un refresco?

El interior de la casa es como un viaje agradable y hogareño al pasado. En la puerta hay un tarro de cristal lleno de caramelos de fresa y pastillas de menta de la casa Life Saver, y en el vestíbulo, recubierto con papel de pared, tienen fotos colgadas en marcos de latón dorado. Hay un conjunto de sofás de color amarillo canario con una butaca reclinable de color verde claro frente a un viejo televisor, donde veo la parte de arriba de una cabeza calva morena mientras la voz de Scott Clark brama…

—¿Eres una persona de fe? ¿Crees en la sanación? Confía en la Iglesia de Jesucristo…

—¿Quién es? —pregunta una voz áspera.

Al principio pienso que el abuelo de Yusef se refiere a Clark, pero gira la butaca en dirección hacia mí.

—Yayo, esta es Marigold —dice Yusef—. Su familia se acaba de mudar a Maple Street.

El hombre me echa un vistazo.

—Con que Maple Street, ¿eh? ¡Bah!

El señor Brown sale de la cocina con dos latas de *ginger ale*.

—Aquí tenéis. Sentaos.

El sofá parece sacado de principios de la década de los ochenta: la tela está desgastada y tiene un estampado de flores que se está desvaneciendo. Siento un nudo en la garganta; me rasco el brazo.

—Ehh… No, gracias. Estoy bien de pie.

—¡No vayas por ahí regalando mi bebida! —grita el abuelo con una tos seca.

—¡Tranquilo, yayo! Tenemos mucha.

—Gracias —digo con una media sonrisa mientras asiento en dirección al abuelo. Él gruñe y vuelve a su programa.

—Escuchad el testimonio de uno de los fieles hijos de Dios…

La pantalla corta a una imagen de una mujer negra hablando a cámara. Parece estar en una de esas megaiglesias con cientos de personas a su alrededor.

—Tenía una deuda de cuarenta mil dólares. Estaba arruinada y no tenía a nadie a quien acudir. Entonces, un día, llamé al número y planté las SEMILLAS SAGRADAS como me dijo que hiciera el reverendo Clark. Tres semanas más tarde empezaron a crecer. Cuando me quise dar cuenta, tenía cuarenta mil dólares en mi cuenta bancaria y me salvé por la gracia de Dios.

La multitud aclama y la cámara corta y vuelve a Scott Clark detrás de su escritorio.

—¿Lo veis, hijos míos? ¡Dios mueve montañas! ¡Es un salvador! Renunciad a vuestros pecados y confiad plenamente en Él y en sus profetas. Yo no os voy a llevar por el mal camino, confiad en mí.

El señor Brown se ríe entre dientes y vuelve a la cocina.

—Será mejor que me ponga con la cena antes de que empiece a bramar sobre esto también.

Yo resoplo y le susurro a Yusef:

—¿Qué ha sido esto tan raro?

—¿Te refieres al yayo?

—¡No! Al tipo ese, Scott Clark.

Yusef se fija en la televisión y se pone tenso.

—Ah, ese y sus «semillas milagrosas».

—Eso es. ¿De qué va todo eso?

Yusef suspira.

—Vale. Esto funciona así: tú llamas al número directo de Scott Clark y haces un pedido. Ellos te mandan un sobre que contiene un paquete de semillas y una carta que te dice específicamente cómo plantarlas y regarlas. Te mandan incluso un rezo que tienes que decir frente a ellas. A cambio, tú envías el sobre de vuelta con tu donación «desinteresada». Cuanto más grande sea, más grande será la bendición. Si tus semillas no brotan, es porque no estás rezando ni pagando lo suficiente.

Suelto una risa sofocada.

—Pero nadie se creerá esta tontería, ¿no?

Yusef sacude la cabeza.

—No sabes la cantidad de jardines que he labrado para que la gente pudiera plantar esas semillas.

—¡Guau! Ese tipo es como un genio del mal. ¿Y qué son? ¿Habichuelas mágicas que conducen al cielo?

—Ahora sí que estás preguntando lo que toca, Cali —dice con una sonrisa de satisfacción—. Nadie lo sabe. Tú las plantas y puede que brote algo, pero luego se mueren enseguida. No me sorprende, por aquí no crece nada excepto hierbajos. En esta tierra no agarra nada.

—Entonces, ¿cómo consigues que crezca lo que plantas, señor jardinero?

—Dale a la tierra el amor y el cariño adecuados, trabájala, mézclala con algo de compost y fertilizante para plantas y podrás hacer lo que quieras. Pero esas semillas... Ni siquiera el mismo Dios conseguiría que brotaran. Créeme, lo hemos intentado. No llevamos tres generaciones en el negocio de la jardinería porque sí.

Yusef asiente en dirección al abuelo y pone los ojos en blanco.

—Venga. Por aquí.

Mientras me lleva por un pasillo estrecho, oigo música a través de las paredes, lo bastante fuerte como para sacudir los marcos de las fotos de familia en blanco y negro. Abre la primera puerta que hay a la derecha y la música me despeina.

—Joder, lo de conservar la energía tú como que no...

—Culpa mía —se ríe y baja el volumen mientras yo contemplo la habitación espaciosa: las camisetas del equipo de fútbol americano que hay sujetas a las paredes azules, los montones de cajas de zapatillas, el sistema de informática con tres pantallas, los altavoces enormes que hay en el suelo y el equipo de DJ trucado.

—¡Guau! ¿Eres DJ? Pero ¿tú cuántos trabajos tienes?

—Era de mi padre, que antes era DJ. Yo… practico. Intento encargarme de otro negocio familiar.

Es la primera vez que menciona a su padre. Me doy cuenta de lo incómodo que está y paso a otra cosa.

—Y… ¿cuál es tu nombre de DJ?

—Aún no se me ha ocurrido ninguno, pero mira la pieza en la que estoy trabajando. Encontré esta canción tan guay en la colección de mi padre. —Aprieta un par de botones y suena la pista—. Hace un tiempo había un grupo de rap que se llamaba Crucial Conflict y tenían esta pista titulada «Hay»[1]. ¡Esto es increíble! ¡Escucha!

Vuelve a subir el volumen.

The hay got me goin' through a stage and I just can't get enough.

Smokin' every day, I got some hay and you know I'm finna roll it up[2].

Hierba. Es una canción sobre hierba. Se me hace la boca agua.

—Entonces, tú, ehh… ¿fumas?

Yusef arruga la cara.

—Qué va, yo no toco esa mierda.

—Ah, claro. Sí, sí —digo, retractándome.

Él no me pregunta a mí, y me lo tomo como señal de que asume que yo tampoco fumo. Con la pierna rozo el bastidor de una cama individual sin hacer que está pegada a la pared, con las sábanas colgando hasta el suelo. Una cama de madera, un lugar que puede estar infestado con un millón de chinches.

---

1. En inglés, marihuana de mala calidad. (N. de la T.)

2. La traducción aproximada sería: «Con la hierba pasé por una etapa y no fue suficiente. / Fumo cada día, tengo hierba y sabes que me voy a hacer un porro». (N. de la T.)

DATO: Aunque las chinches no tengan alas, pueden saltar distancias cortas y llegar hasta el hogar del siguiente portador.

Doy una bocanada de aire y me alejo con la piel ardiendo. No pasa nada. Mantén la calma, mantén la calma. No pierdas los papeles. Lavarás la ropa cuando...

¡TENGO QUE SALIR DE AQUÍ YA!

—Mmm, bueno, debería ir a casa pronto...

—¡Ay, claro! Por aquí.

La puerta que hay al final del pasillo nos lleva de vuelta al garaje y a una enorme pared llena de herramientas. Algunas de las mejores que he visto.

—Muy bien. A ver qué tenemos.

Mientras Yusef rebusca entre las estanterías, yo ando hacia fuera y admiro los rosales que hay a lo largo de la entrada para vehículos. Al otro lado de la calle, una mujer permanece de pie en su porche. Me está mirando fijamente, impávida. Vuelvo adentro, encogida.

—Oye, ¿cuándo empieza a hacer frío por aquí? —pregunto.

—A finales de septiembre.

—Eso es... muy pronto —mascullo, haciendo cálculos rápidos mentalmente. El último artículo que leí decía que la fase de vegetación de las semillas de cannabis puede durar de tres a cuatro semanas antes de llegar a la fase de floración, que puede tardar otras cinco. Y con las herramientas con las que estoy trabajando, puede que no consiga cosechar nada hasta noviembre.

—Bueno, con todo esto del calentamiento global, a veces tarda más. El año pasado no bajamos de los veintiún grados hasta la tercera semana de octubre. No tuvimos escarcha hasta Acción de Gracias. Así que tómatelo con calma, Cali. Aún no te vas a morir congelada. Pero será mejor que te compres un buen abrigo lo antes posible.

El mote me está gustando cada vez más, pero solo porque me recuerda a casa. Miro hacia el exuberante jardín delantero. La mujer sigue mirándome, aunque ahora está al teléfono.

—¿No has dicho que aquí no crecen más que hierbajos? —pregunto señalando los rosales.

Yusef sonríe con satisfacción.

—Como he dicho, tienes que ofrecerle a la tierra algo más que alimento si quieres que crezca algo —dice dándole unos golpecitos a una bolsa con la etiqueta «fertilizante para plantas» que tiene al lado.

Me relamo los labios.

—¿Tienes más?

SEIS

La habitación está totalmente a oscuras cuando consigo despegar los ojos. Estoy despierta… pero no del todo. Todo es una nube confusa. Siento una comezón en la piel, los nervios hasta en los huesos. Parpadeo y me doy cuenta de que es todo cuanto puedo hacer. Los brazos, las piernas, las manos… Nada se mueve como debería. Estoy bloqueada. Bloqueada. ¿Bloqueada?

¿Qué está ocurriendo?

La puerta se abre poco a poco con un crujido y la melodía espeluznante de las bisagras. Intento darme la vuelta, pero continúo estando petrificada. Me duele físicamente moverme y me cuesta hablar. ¿Quién anda ahí?

Alguien. Ahí está el contorno borroso de su cuerpo, en la sombra. Es un cuerpo alto. ¿Es mamá? ¿Es Alec? ¿Quién es?

Siento una punzada en el cuerpo, como si me hubieran dado un golpe en el hueso de la risa, y unas manos invisibles me aprietan y me hundo más contra el colchón. Buddy se incorpora con un quejido y mira fijamente la puerta. Luego agacha la cabeza y emite un gruñido bajo.

Tengo la boca seca de intentar que salgan palabras y los puños bien cerrados, agarrando las sábanas.

La sombra se mueve. Ya no puedo verla. ¿A dónde ha ido?

No te vayas, ayúdame. Por favor. No puedo moverme.

Se me acumula la saliva en el fondo de la garganta. Me atraganto, me ahogo, me muero.

Hay cosas arrastrándose sobre mí, son chinches, ¡fuera! ¡Fuera!

Me esfuerzo con todo mi ser y empujo desde dentro. Oigo cómo me cruje la espalda, y los músculos del cuello se me hinchan al soltar una exhalación abrumadora.

Buddy gira la cabeza al ver que me levanto bruscamente y respirando con dificultad.

¿Qué diablos ha sido eso?

Jadeando, miro en el pasillo; ya me he adaptado a la oscuridad. La sombra ha desaparecido, pero sé que he visto algo. O a alguien.

Buddy anda olfateando en la oscuridad y yo dejo que la luz de la nevera ilumine la cocina. Aún me siento dolorida. Me sirvo un vaso de agua con un hormigueo en las manos.

Vuelven a ser las tres y diecinueve. El silencio es ensordecedor. Sepulcral.

Pero es que no estoy en silencio del todo. Las tuberías siguen haciendo ruido, la madera susurra… Y, en algún lugar en la distancia, oigo un gruñido, un ruido sordo.

¿Viene de fuera?

Nuestra calle es como una ciudad fantasma, tranquila y desoladora. Es casi como si viviéramos en nuestra propia isla. Por eso, al mirar por la ventana de la puerta principal, no me costaría creer que sigo soñando. Porque hay una camioneta aparcada al otro lado de la calle, con las luces apagadas, el motor ronroneando y una sombra detrás del volante.

—¿Qué carajo…? —mascullo. ¿Quién diablos es?

Al ir a agarrar el pomo de la puerta, arrugo las cortinas. El conductor debe haberlo visto, porque rápidamente la camioneta da marcha atrás, hace un cambio de sentido y se va.

—¿Qué? ¡Ni hablar!

La negativa de Tamara me resulta una sorpresa incómoda. Pongo el ordenador en otro sitio.

—¿Qué quieres decir? ¡Ha sido idea tuya!

—Quería decir que TÚ encontraras las semillas ahí, en Cedarville. Vamos a ver, pero ¿tú sabes el lío en el que podría meterme? ¿No puedes comprarlas por internet o algo así?

—Mis padres me controlan la tarjeta de crédito y cada dólar que me gasto. No se lo podría explicar.

Tamara pone los ojos en blanco.

—Ah, ¿y yo sí?

Es raro que nos peleemos. En el mejor de los casos, simplemente evitamos el enfrentamiento y dejamos que el enfado se nos pase. Bueno, puede que pedirle que cometa un crimen federal sea pasarse un poco, pero… Su enfado no está justificado.

—¡Pero si no es para tanto!

—¡Sí que lo es! ¿Y por qué tanta prisa?

Oh, nada, solo es que no puedo dormir porque tengo sueños superlocos y un acosador frente a nuestra casa por la noche. No es nada.

La puerta hace un ruido y se abre por una rendija. Me he acostumbrado a lo espeluznante que es… Hasta que se cierra de golpe.

—¡Mierda! ¿Qué ha sido eso? —dice Tamara con la voz entrecortada y forzando la mirada para ver lo que hay detrás de mí.

Buddy pega un salto y gruñe con el lomo erizado. Yo alterno la mirada entre él y la puerta.

—No… No lo sé —balbuceo—. Un momento.

El pasillo está en silencio, como debería ser a las dos de la mañana. Todas las habitaciones tienen la puerta cerrada y no he sentido ninguna corriente de aire. Compruebo el pomo y examino el cerrojo. Que se abra por sí mismo es una cosa, pero que se cierre de golpe… Eso no tiene sentido.

Buddy olfatea dando vueltas y su hocico lo lleva hasta el baño. El olor ha vuelto, ese que salía de la cocina, pero no es tan fuerte. ¿Se está dispersando?

¡Argh! ¡No tengo tiempo para esto!

Tengo prioridades más importantes. La hierba es una de ellas.

—¿Va todo bien? —pregunta Tamara.

—Mmm, sí —digo cerrando la puerta—. En fin, ¿qué te parece?

—No lo sé, Mari. Puedo meterme en un gran problema.

—No te estoy pidiendo que me mandes un paquete de porros, ¡solo unas semillas! Haz como si fueran girasoles o tulipanes, si con eso te sientes mejor. —Voy directa al grano—: Tamara, lo necesito. Es mejor que el resto de las alternativas. ¿De verdad quieres que recaiga, después de todo lo que ha pasado?

Tamara respira hondo.

Vale, sé que está feísimo por mi parte hacer sentir culpable a mi mejor amiga de esta manera, pero los momentos desesperados requieren medidas desesperadas.

—Está bien. ¿A dónde lo mando?

Le doy la dirección de la biblioteca.

—¡Feliz aniversario, cariño!

Alec entra en el despacho de mamá con un ramo enorme de rosas amarillas.

—Ay, gracias —dice y le da un beso—. ¡Son mis favoritas! Son preciosas.

Alec le pasa los brazos alrededor.

—No tan preciosas como tú.

Me entran ganas de atragantarme con el guacamole, pero lo cierto es me gusta ver a mamá perdidamente enamorada después de dos años soltera. Por mucho que lo quiera, papá no era, para nada, el marido del año. Se pasaba meses enteros fuera, por lo que se podría decir que le gustaba su trabajo un poco más que sentirse atado a su mujer e hijos. El divorcio no fue nada desagradable, ya eran amigos de antes y les iba mejor de esa manera, por lo que su ausencia no me perturbó demasiado. En aquel momento, estaba acostumbrada a llamarlo por FaceTime durante sus viajes. Además, contaba con la compañía de la oxicodona. No se me ocurrió hasta mucho más adelante que la única persona que realmente sintió que perdía algo fue... Sammy.

Piper entra en la cocina con su tartera de *My Little Pony*. Lanza una mirada feroz a mamá y Alec, que están en el despacho. Vacila, y luego, sorprendentemente, resiste el ansia de estropear su muestra de amor. En vez de eso, se acerca dando fuertes pisotones y deja la tartera abierta sobre la encimera.

—¿Te vas a fugar? —bromeo.

Piper me mira con los ojos entrecerrados y luego abre la nevera.

—¿Lista para irnos? Tenemos la reserva dentro de veinte minutos —le dice Alec a mamá.

Piper sigue a lo suyo y mete galletas, patatillas, rodajas de pepino, cartones de zumo y paquetes de galletitas saladas con queso y embutido en la tartera. Lo coloca todo de manera ordenada y con cuidado. Después agarra dos tazas de té y platillos de la estantería.

Mamá se ríe.

—Te dije que no hacía falta que vinieras a casa. Podríamos habernos visto ahí.

—Nop. Ni hablar. Recojo a mi chica y me la llevo a una cita en condiciones.

—No tenía casa y fumaba *crack*. Estuve así durante diez años. Rezaba por un milagro. Entonces llamé al reverendo Clark y pedí las semillas sagradas GRATIS. Planté las semillas frente a una casa que quería y es como si hubieran brotado de la noche a la mañana. ¡Qué altas se pusieron! Dos semanas más tarde, tenía entre manos la escritura de aquella casa y nunca volví a probar los caramelos del diablo. ¡Alabado sea Dios!

Me doy la vuelta de manera brusca.

—¡Oye, apaga eso!

Sammy, sentado en el sofá, mira fijamente la televisión, paralizado.

—Te lo has perdido: un hombre acaba de levantarse de su silla de ruedas y ha empezado a bailar *break dance*. ¡Las semillas lo han curado!

Mamá habla efusivamente cuando salen del despacho. Lleva el pelo recogido en un moño alto y se ha puesto su vestido rojo favorito y unos tacones.

—Gracias, Mari, por cuidar de los niños esta noche. Esta semana tendrás algo extra en tu paga.

—Uy, qué bien —digo bromeando—, podré comprarme una galleta en el instituto.

—¡Listilla! —dice mamá aguantándose una sonrisa, luego se da cuenta de la manera tan precisa en que Piper está colocando las cosas—. Piper, cariño, ¿qué estás haciendo? ¿A dónde vas con las tazas de té buenas?

Piper se detiene para mirarlos a la cara y, con toda seriedad, dice:

—Voy a tomar el té con la señora Suga.

—Ohhh —dice mamá asintiendo con la cabeza y guiñándole el ojo a Alec—. Claro. Bueno, ¿quieres más tentempiés para el té? He preparado algo de hummus antes.

—No —contesta furiosa—. A la señora Suga no le gusta la comida para pájaros.

Mamá pestañea mirando a Piper y esta cierra la tartera de golpe, pone las tazas en equilibrio y se va caminando.

Nos giramos hacia Alec a la espera de una explicación.

—Eh… lo siento —dice con una risa—. Es muy quisquillosa sobre el menú que habrá a la hora del té.

Si nuestra casa es Maple Street, 214 y la casa de la esquina es la número 218, la casa que tenemos al lado tiene que ser Maple

Street, 216. Y, la que está cruzando la calle, la número 217. Así que la que hay en la esquina contraria tiene que ser la 219.

Maple Street, 219 es la única casa vacía en esta manzana que parece tener un tejado decente, que no se hundirá si le lanzan una piedra encima. Tiene un jardín trasero apartado y envuelto por árboles altos, y la mayoría de las ventanas están todavía intactas. La esquina tiene varios puntos de acceso, y es fácil entrar y salir a hurtadillas.

Con mis herramientas nuevas, me abro paso entre los densos arbustos y trepo por la verja rota hacia la puerta trasera, que está entreabierta. Entro en una cocina llena de escombros y escucho.

—¿Hola? —grito, ya que aprendí la lección aquel día con Sammy—. ¡Hooolaaaaa!

Silencio. La habitación está plagada de desconchones de yeso y lodo seco y resquebrajado. Han arrancado las puertas de los armarios, que tienen las bisagras oxidadas; en el suelo hay un fregadero de hierro, y las paredes son de un color verde intenso y tienen manchas de moho. El ambiente es cálido, húmedo y el aire está viciado. El sol que da en los cristales crea un efecto invernadero.

Justo lo que necesito.

Sin tiempo que perder, arrastro mis suministros dentro.

Todos los artículos que he leído en internet sobre cómo cultivar cannabis aconsejaban utilizar contenedores para tener un ambiente más controlado. Yo fabriqué unos cuantos a partir de unas botellas de refresco de dos litros y los metí en la cama de flores de metro y medio que construí después de salir a correr por las mañanas, utilizando viejos tablones de madera y clavos oxidados. Casi me parto la espalda cruzando la calle sin que nadie me viera con las dos bolsas de fertilizante para plantas que me dio Yusef, que camuflé con el resto de la basura hasta que estuve preparada para usarlo. Germinar las semillas bajo mi cama fue arriesgado, teniendo en cuenta lo curioso que puede llegar a ser Buddy.

Pero todo merecerá la pena.

Les doy un buen trago de agua a las plantas de semillero, que ahora están plantadas en su nuevo hogar, y echo un vistazo al lugar. Sin duda, aquí vivió una mujer, puede que incluso sola, a juzgar por el sofá que debió ser rosa, los marcos llenos de flores y la colección de muñecas de porcelana rotas. Encima de la chimenea hay un espejo ornamentado y roto. Y a pesar de que tiene la pintura blanca desconchada y una gruesa capa de polvo, reconozco la misma repisa intrincada, como la que hay en nuestra casa, con ese extraño emblema familiar.

Una misma persona debió construir todas estas casas. Qué lástima que todas se hayan ido al traste.

Doy un paso atrás para admirar mi obra.

—Y yo te llamaré «el jardín secreto».

Mamá hace agujeros en las ampollas que tengo en las palmas mientras tomo aire entre dientes para no lloriquear.

—Nunca he visto nada igual —murmulla mamá sacudiendo la cabeza—. ¿Seguro que has utilizado guantes?

—Puede que… solo sea que ha pasado mucho tiempo. La tierra aquí es diferente y tal.

A pesar de llevar los guantes de trabajo, las intensas labores que he llevado a cabo en el jardín secreto me han ocasionado estragos en las manos. Parece como si hubiera estado agarrando piedras volcánicas afiladas.

—Deberías tomarte los próximos días con más calma —dice mamá—. Deja que Yusef se encargue de las cosas más pesadas en el club de jardinería. Parece que has hecho un buen… amigo.

Es obvio lo que está tratando de decir.

—No es lo que crees.

—No he dicho nada —dice con ese molesto tono de madre que significa que está diciendo algo—. Creo que eres lo bastante inteligente como para no dejarte engatusar por un chico que supuestamente te está ofreciendo su ayuda. Otra vez.

Los padres tienen una manera especial de recordarte todas las veces en que los has hecho sentir decepcionados sin decirlo expresamente.

—De acuerdo —dice mamá con un suspiro—. En la planta de arriba, bajo el lavabo, está el ungüento. Tráelo. Yo iré cortando unas vendas.

Me tomo mi tiempo para subir las escaleras. Sí, tengo las manos hechas un desastre, pero eso solo son mis heridas externas. Me siento como si hubiera perdido un combate de lucha libre con la propia Madre Naturaleza. Me duelen las lumbares, los pies y los brazos. Como ya no hago atletismo, no estoy en forma, y tengo el cuerpo de una mujer de noventa y cinco años.

Pero merecerá la pena, me repito una y otra vez justo cuando estoy llegando al final de la escalera y percibo parte de lo que está susurrando Piper.

—¿De verdad? ¿Lo harías? Pero ¿y si se enteran?

Su lámpara de lava rosa ilumina el pasillo oscuro. Está hablando con alguien mucho más alto que ella, pero la pared que hay al lado de la puerta entreabierta no deja ver quién es. No es Alec, él está abajo viendo la televisión con Sammy.

Me acerco, intentando no hacer ruido con las pisadas, pero el suelo cruje y me delata, y Piper gira apresuradamente la cabeza hacia mí.

—¿Con quién hablas? —le pregunto.

Piper se abalanza hacia mí y bloquea la entrada con los brazos.

—¿Eh? Con nadie.

—Estabas hablando con alguien.

Por un momento, Piper parece desconcertada, pero enseguida se endereza, se peina el cabello y la mirada se le vuelve fría.

—No.

—Que sí.

Piper toma una bocanada de aire y sonríe. Luego grita:

—¡He dicho que NO, Marigold! ¡El dinero que hay dentro del señor Cerdito es mío!

Se oyen unos fuertes pisotones sobre el suelo; es Alec subiendo las escaleras.

—¡Oye! ¿Qué está pasando?

—Zorra —mascullo, y Piper me mira con una sonrisa de satisfacción.

—Nada, papi —contesta con una voz suave e inocente.

Alec se acerca corriendo hacia nosotras. Tiene la mirada severa y la alterna entre Piper y yo.

—¿Qué gritabas?

Señalo por encima de la cabeza de Piper y digo:

—Estaba hablando con alguien. En su habitación.

Alec mira a Piper con la cabeza ladeada. A Piper se le ponen los ojos como platos. Me echa una mirada de odio y luego masculla algo mirando hacia el suelo.

—Estaba... hablando con la abuela.

Alec pone la cara larga y se cae de rodillas frente a ella.

—Claro que sí, cariño. Antes hablabas con la abuela todos los días. Y no pasa nada. No pasa nada. Aunque no esté aquí en un sentido físico, la abuela siempre está contigo.

Alec le da un fuerte abrazo. Piper coloca la barbilla encima de su hombro y una sonrisa despreciable le cruza el rostro.

Lo único que pienso es que deberíamos apuntarla a teatro. Nos forraríamos con ella. Y así, a lo mejor, no tendríamos que vivir en esta casa.

SIETE

—¿Te das cuenta de que los libros no son más que árboles… con palabras?

Erika me ofrece una vaga sonrisa desde el otro lado de la mesa del comedor. Debe haber fumado en algún momento antes de la clase de educación física. Tengo los dientes larguísimos. Erika fuma casi a diario y viene a clase tan calmada y relajada como a mí me gustaría estar.

—¿Árboles con palabras? Qué profundo —digo, apuñalando la ensalada.

Erika sonríe abiertamente, orgullosa por la revelación.

—En serio. Es como que los árboles nos están hablando, pero a través de la página. Se sacrifican a sí mismos para que los escuchemos.

En la esquina del comedor, Yusef está sentado a una mesa, rodeado de chicas que se ríen de todas sus bromas en el momento justo, como minirrobots, y a él se lo ve… bastante triste. No lo refleja su sonrisa, sino sus ojos. Mira hacia donde estoy, y yo parpadeo y aparto la mirada.

Erika retuerce el cuello y lo ve.

—He oído que el otro día estuviste en casa de Yusef Brown.

—¿Qué? ¿Quién te lo ha dicho?

—Chica, por favor. ¿Crees que el hecho de ser la primera chica que entra en casa de los Brown en años no iba a ser noticia? La señora Steele se lo contó a la señora Merna, que se lo contó a mi abuela, que se lo contó al resto de la ciudad. Eres la enemiga pública número uno por estos lares.

Contengo la respiración.

—No… No pasa nada. Estoy acostumbrada a ser una apestada social.

Erika frunce el ceño.

—¿En serio? ¿Incluso en el otro instituto?

Mierda. Esto podría abrir la puerta al pasado, y necesito que se quede cerrada. Se supone que este lugar iba a servir como borrón y cuenta nueva.

El cambio es bueno. El cambio es necesario. Necesitamos un cambio.

—Dudo que sea la primera chica. Es imposible que lo sea —digo, cambiando de tema—. Yusef es demasiado lindo como para no colar a un par de titis por la ventana de su habitación.

A Erika se le ilumina el rostro.

—Ohhhh, o sea ¡que piensas que es lindo! En fin, lo entiendo. Yo tampoco es que hable demasiado con él en el instituto. Pero fuera, nos llevamos bien. Normalmente me lleva hasta Big Ville.

—¿Qué es Big Ville?

—La cárcel —frunce el ceño—. Mi pa y mis hermanos están ahí. También el padre de Yusef. Y casi todos los padres de todo el mundo.

—¡Uf! —mascullo.

Al otro lado de la sala, un grupito de chicas se me queda mirando. No lo hacen como si estuvieran investigando a una enemiga, sino casi como si estuvieran intentando descifrarme.

El resto del día es así. Más miradas curiosas, más cuchicheos. Cuando llega la última clase, por primera vez desde que nos mudamos a Cedarville, me entusiasma la idea de entrar por la puerta de casa.

—¡Ey! ¡Ya estoy en casa!

El silencio aquí es muy… inquietante, por decirlo de alguna manera. Oigo los ruidos típicos de una casa antigua, el viento silbando a través de las paredes huecas, el crujir de la madera y los suelos… Odio estar aquí, joder.

—¿Mamá?

No hay zapatos al lado de la puerta. Supongo que habrá ido a recoger a Sammy y a Piper. Llego hasta la cocina, saco el teléfono para mandarle un mensaje y me doy de bruces con la puerta de un armario abierto.

—Mierda —mascullo y me froto la frente, que me palpita—. ¿Pero qué…?

La escena que me encuentro me sorprende tanto que el estómago me da un vuelco.

Cada una de las puertas de los armarios de la cocina está abierta, también los cajones. Y… todo está vacío. La comida, los platos, las cazuelas, las sartenes, los cubiertos… Todo está sobre la encimera. Todas las cosas están colocadas de manera ordenada, como bloques de construcción, y separadas por tamaño y color.

—Sammy —digo soltando una risita y voy a por una caja de granola.

Fuera, Buddy gimotea en el patio de manera histérica, está mirando hacia dentro de la casa como si llevara horas fuera. La puerta principal se abre.

—¡Ey! ¡Ya estamos en casa! —grita mamá—. ¿Marigold? ¿Estás aquí?

—Estoy en la cocina.

Sammy entra corriendo primero, a toda velocidad, y se desliza por el suelo; no lleva zapatillas.

—¡Buah…! Pero ¿qué haces?

Me río.

—¿Qué? Nada. Yo no he tocado tu pequeño experimento científico.

Sammy frunce el ceño, y mamá y Piper entran en la cocina cargadas con bolsas de la compra. Se detienen en la entrada, aturdidas.

—Pero ¿qué…? ¡Marigold! —chilla mamá.

—¿Qué?

—¿Qué has hecho? —Echa un vistazo alrededor de la estancia, está absolutamente agotada—. ¿Estás…? ¿Es que…? ¿Estabas buscando chinches otra vez?

—¿Qué? ¡NO!

Pero basta con mencionarlas para que empiece a sentir picores. Y, siendo sincera, esto parece algo que podría haber hecho en mis peores momentos. Pero no ha sido así.

—¡Mira qué desastre! No tengo tiempo para limpiar todo esto. Tengo que empezar con la cena y terminar otras dos mil palabras esta noche para llegar a la entrega.

Piper camina con cuidado por la cocina, impresionada.

Desconcertada, echo una mirada a Sammy.

—Espera, ¿no has sido tú?

—¡No! Acabamos de llegar a casa…

¡Din, don! ¡Din, don!

Mamá levanta la mirada al cielo, se queja y suelta las bolsas.

—¿Y ahora qué?

Mientras se acerca a pisotones hasta la puerta principal, yo evalúo la cocina, un poco asquerosa ahora mismo. Hacer algo así llevaría horas… y ellos acaban de llegar a casa. Me froto los brazos y un escalofrío me recorre entera.

—¿Eres la mamá de Piper?

Se oye una voz áspera desde fuera y voy corriendo hacia la puerta de la cocina. En el porche hay una mujer negra que lleva el cabello largo y grueso recogido en una coleta baja. En la cadera lleva una versión en miniatura de ella. Tiene unos ojos grandes y preciosos, las pestañas largas, y está mirando hacia dentro de la casa… a Piper, que se acerca caminando con calma hasta el vestíbulo y se detiene a un metro de la puerta.

—Mmm, sí, soy…

—Sí, sí. Soy Cheryl. Escucha, no sé qué hacéis vosotros en California o allá de donde venís —dice moviendo las manos—.

Pero aquí, atamos a los niños en corto, ¿me entiendes? Mira, yo no voy por ahí diciéndoles a las madres lo que tienen que hacer con sus hijos, pero no es seguro que anden jugando en esas malditas casas.

Mamá frunce el ceño tratando de seguirla.

—Lo siento, pero no entiendo…

Cheryl señala con los labios hacia Piper.

—¡Hoy, en la escuela, tu niña ha intentado convencer a Lacey para que fuera a jugar con ella a una de las casas abandonadas!

Mamá se da la vuelva rápidamente hacia Piper, que lo único que hace es mirar fijamente a Lacey.

—Piper —grita mamá—. ¿Es eso cierto?

Piper ni se inmuta; no mueve ni un ápice de su rostro pálido y tiene los morros apretados. Lacey, que tiene los ojos abiertos como platos, se agarra temblando a la chaqueta vaquera de su madre.

—Ha dicho que juega en esas casas todo el rato —continúa Cheryl—. La ha invitado para tomar el té o algo así. ¿Sabes lo peligrosas que son esas casas? Además de que se están cayendo a pedazos, ¿sabes qué clase de gente anda ahí okupando el lugar, fumando y metiéndose droga? A estas niñas podrían violarlas y no nos daríamos ni cuenta.

Mamá está horrorizada.

—Piper, ¿¡en qué estabas pensando!? ¡Te hemos dicho que no te acercases a esas casas!

—Marigold también juega ahí —responde Piper.

Me quedo con el culo al aire.

—¿Qué?

—Anda, ya veo. Es una cosa de familia —resopla Cheryl cruzándose de brazos.

Sammy y yo intercambiamos una mirada sorprendida. Indignada, mamá da un paso y se coloca delante de ella.

—Mira, Cheryl, sé que estás molesta…

Pero Cheryl la ignora y arrastra a Lacey por los peldaños del porche entre quejas.

—No te acerques a esta gente, ¿me oyes? Tampoco te acerques a esa niña en la escuela. Y diles a tus amigos que hagan lo mismo. No podemos fiarnos de esta gente ni un pelo.

Mamá cierra la puerta de golpe y se gira hacia nosotros.

—¿Es que nos hemos vuelto todos locos? Piper, ya tenemos suficiente con que todo el vecindario nos trate como si tuviéramos lepra, ¿y ahora quieres que piensen que tampoco somos buenos padres? ¿Y por qué metes a Marigold en todo esto?

—Porque la he visto ir ahí por las mañanas. ¡Se está drogando!

Mamá me lanza una mirada furibunda y a mí se me baja toda la sangre a los pies. Pero es imposible que Piper me haya podido ver. He ido con cuidado.

—¿En serio? —digo con desdén poniéndola en evidencia—. A ver, ¿en qué casa?

Piper vacila y señala por la ventana.

—La que hay al lado.

¡Cazada!

—¡Es mentira! ¡Nunca me he acercado a esa casa!

—Y es imposible entrar —añade Sammy—. Tú la has visto, mamá. Esa casa es la única que hay que está cerrada como si fuera una fortaleza.

—Piper —dice mamá con un gemido.

—¡Que no! ¡Que no miento! —Me señala a la cara—. ¡La señora Suga te ha visto! Sabe lo que estás intentando hacer.

Mamá se aprieta el puente de la nariz.

—Piper...

—¡Papi! ¡Quiero a papi! ¡No soy una mentirosa! ¡Quiero a papi!

Mamá se frota las sienes.

—Todos, a vuestra habitación. ¡YA!

ALARMA a las 08:30 p.m.: No te olvides de los deberes de inglés.

Me quedo mirando el techo fijamente. El teléfono requiere mi atención, pero no puedo dejar de repasar lo que ha pasado esta tarde una y otra vez en la cabeza. Aunque Piper señalara la casa equivocada, ha estado a un tiro de piedra de la verdad. ¿Me estaba siguiendo y espiando desde su habitación? Es imposible que nadie pudiera verme desde tan lejos. Y...

¡Arghhhh! ¡Ha vuelto ese maldito olor!

Debe provenir de los conductos de ventilación, por lo que, claramente, hay algo muerto que se ha quedado dentro de las paredes. A veces no puedo olerlo en absoluto, pero otras veces es asfixiante. Mamá no deja de llamar al señor Watson para que venga y lo investigue, pero parece que está muy ocupado y a mí casi no me quedan aceites para quemar. No puedo pasar otra noche sin dormir. Para esto necesito algo más fuerte.

Quemo un poco de salvia y, al pasearla por la habitación, salen halos de humo blanco. Mi gurú siempre dice que, si se utiliza correctamente, la salvia puede ayudar a limpiar la energía de un lugar. Y eso no nos vendría pero que nada mal. Desde que nos hemos mudado aquí, me siento rara. Y no solo yo, Sammy también. Y mamá. Y Bud. Puede que toda la casa necesite una limpieza.

Entro al pasillo y paseo la salvia por las cuatro esquinas. Luego voy a los baños, a la cocina, al salón y al comedor.

Sammy tose y abre la puerta principal para que entre el aire fresco de la noche.

—Por Dios, ¿es que nos quieres ahuyentar con el humo también a nosotros?

—Sobrevivirás —refunfuño mientras paseo la salvia por dentro de la sala para luego volver a subir e ir a los dormitorios.

Piper está de pie en el umbral de su puerta, con la lámpara de lava resplandeciendo tras ella. Me mira fijamente, y con sus ojos oscuros sigue todos y cada uno de mis movimientos.

—¿Qué? —le ladro—. ¿Qué te pasa?

Piper respira hondo y levanta la barbilla con atrevimiento.

—Esta es la casa de la señora Suga.

—Vale… ¿Y?

—Y a ella no le gusta todo esto del humo.

Pongo los ojos en blanco.

—Lo que tú digas, Piper. Lo superarás.

—Ha dicho que tampoco quiere que vendas drogas en su casa.

Trago saliva para mantener la compostura. Es imposible que pueda saberlo.

—¿Qué dices? ¿De dónde has…?

—Dice que te tienes que marchar. El resto nos podemos quedar, pero tú tienes que irte. No quiere a una yonqui en su casa.

Ya está. Estoy harta de que esta niñata me toque las narices.

Me acerco furiosa hacia ella, me hierve la sangre.

—¿O qué? —la desafío—. ¿Qué pasa si no me voy? Qué vas a hacer, ¿eh?

El resplandor rojo que hay detrás de ella de repente se ilumina, como una llamarada. Pero no proviene de la lámpara. Es una luz naranja que proviene de fuera.

—¡MAMÁ! —grita Sammy desde abajo—. ¡La casa de enfrente está en llamas!

Alec sale disparado de su habitación.

—¡Raquel, llama a emergencias!

—¡Papi! —lo llama Piper.

—¡Quédate ahí, cariño! —exclama desde el peldaño de abajo—. ¡Quédate con Marigold!

Quito a Piper del medio y voy corriendo hacia la ventana de su habitación. La casa número 215 de Maple Street está ardiendo, las llamas salen por las ventanas y llegan rápidamente a los árboles cercanos. Alec sale corriendo hasta la entrada para vehículos, estirando la manguera lo máximo posible.

Mamá baja las escaleras corriendo.

—¡Chicas! Poneos los zapatos y agarrad lo que necesitéis por si tenemos que evacuar.

Entonces bajo la mirada y veo que Piper ya tiene puestos los zapatos bajo su pijama de princesas, y que tienen manchas frescas de lodo. Nuestras miradas se cruzan, pero la suya no desvela nada. Yo vuelvo a mi habitación conteniendo un grito.

Ocho

Aunque la casa número 215 de Maple Street sea un armazón chamuscado y calcinado, donde el humo aún se arremolina hacia el cielo, no tiene un aspecto muy diferente al de cualquiera de las otras casas. De hecho, parece encajar más en esta manzana que nosotros.

Miro fijamente desde el porche hacia la pila de madera húmeda y humeante, y me muerdo las uñas para que los dientes dejen de castañetear.

No tengo frío. Es que me afecta... que los bomberos estén investigando las ruinas a unos metros de mi jardín secreto.

¿Y si se ponen a registrar las otras casas? ¿Y si lo encuentran? ¿Buscarán huellas? ¿Me tendrán en el sistema...?

—¿Cómo crees que ha empezado?

Giro la cabeza rápidamente hacia Sammy, que está de pie a mi lado.

—¿Eh? Ah, no lo sé. ¿Por qué iba a saberlo?

—¿Crees que ha sido uno de esos... okupas?

Contengo la respiración un momento en un intento por apartar la imagen de un cuerpo churruscado bajo los escombros.

—Yo... Yo...

La puerta principal se abre y Piper mira desde dentro antes de salir al porche, donde se coloca en el lado contrario. Hace como que no estamos y se queda mirando fijamente la casa, sin ningún tipo de emoción en el rostro.

He estado intentando racionalizar lo ocurrido durante la noche en mi cabeza. Eso es lo que hace la gente cuando se enfrenta a un conflicto. Se toman un momento, racionalizan las cosas y luego reconstruyen lo que de verdad ocurrió. Piper tenía lodo en las zapatillas, pero se pudo haber manchado en cualquier lugar. Es como una cachorrita curiosa que mete las narices en todo para husmear. Puede que saliera al jardín delantero... Pero es imposible que ella empezara el incendio. Imposible que estemos viviendo con una minipirómana. No está tan loca.

—¡Ey! ¿A dónde vas? —pregunta Sammy detrás de mí.

—Quédate aquí —le grito arrastrándome por el camino a la entrada. Necesito verlo mejor.

Al cruzar Sweetwater, veo que hay gente reunida en la intersección, estirando el cuello para ver los escombros, pero sin atreverse a acercarse más. Alec está hablando con quien entiendo que es el jefe de bomberos, a juzgar por el coche patrulla; está dando su versión del incendio.

La chimenea calcinada está en pie como una secuoya alta, ajena al desastre ocurrido abajo. Con la tripa pegada a la cinta amarilla de la policía, permanezco de pie entre unos cuantos espectadores desconocidos. Se me humedecen los ojos por el virulento hedor de las cosas quemadas. En medio de los escombros hay una bañera de porcelana que parece haber salido de la segunda planta, que ya no existe; un punto blanco en un mar negro.

El equipo de limpieza es pequeño: un par de hombres con utensilios y dos camionetas de Cedarville. No parecen tener nada que ver con la administración y tampoco es que muestren ningún interés, ya que trajinan de manera perezosa entre el hollín. Tiene sentido, dada la manera en que limpiaron el resto de las casas de Maplewood. ¿Por qué querrían que su ciudad tuviera este aspecto?

—¿Había alguien dentro esta vez? —susurra uno de los hombres que hay a mi lado.

—No, que ellos sepan —dice el otro con un suspiro.

El hombre baja la mirada hacia la multitud reunida en Sweetwater y suelta una risita.

—Para que yo entienda el mensaje, basta con que le prendan fuego una vez a una casa.

Caigo en la cuenta de por qué me resultan tan desconcertantes sus rostros y su presencia. Estos hombres, los bomberos y los espectadores... Llevaba semanas sin ver a tanta gente blanca. Y no sé por qué, pero no quiero que estén aquí. No me imagino cómo deben sentirse mis vecinos en Sweetwater.

Vuelvo a echar un vistazo al porche. Piper sonríe con suficiencia, luego vuelve de un salto adentro.

—¡Hola! ¡Bienvenidos! —dice mamá de manera alegre desde la puerta—. ¡Por favor, entrad!

Reconozco al señor Sterling por la foto que hay en la página web de la fundación. Es bajito y tiene la cara pequeña y algo arrugada; un tono de piel oliva, las cejas pobladas y el pelo negro y brillante, con las raíces canas; su colonia inunda la habitación.

—¡Pero bueno! Hola, Raquel —dice. Su sonrisa es tan radiante que no parece natural—. Al fin nos conocemos.

—Bienvenido —dice Alec con un fuerte apretón de manos—. Me alegro de que hayáis podido venir.

—Gracias de nuevo por invitarnos —dice Irma quitándose el pañuelo de seda que le está estrangulando el cuello—. Juraba que ibais a cancelar, teniendo en cuenta todo el alboroto que tuvisteis anoche.

—Nos hemos enterado de lo de la casa —dice el señor Sterling echando un vistazo al otro lado de la calle—. Qué cerca ha estado.

—Gracias a Dios que estáis todos bien —añade Irma.

—Sí. Hablando de «todos» —dice mamá haciendo un gesto hacia las escaleras—, os presento a Marigold, a Sammy…

—Y a mi Piper —añade Alec de manera enfática, y me aguanto las ganas de poner los ojos en blanco.

El señor Sterling nos sonríe.

—¡Hola!

—Ey —saluda Sammy desde la barandilla.

—Qué elegantes vais —dice Piper refiriéndose al traje del señor Sterling, que reluce como una moneda nueva.

El señor Sterling se inclina hasta ponerse al nivel de los ojos de Piper y le dice:

—¡Anda! No se te escapa ni una, ¿eh?

Puede que suene un poco extremo, pero este tipo ya no me cae bien. Esa familiaridad coqueta me resulta bastante desagradable. O tal vez sea mi incapacidad para confiar en desconocidos.

Alec carraspea.

—Bueno, ¡entrad! Como si estuvierais en vuestra casa. Al fin y al cabo, sois los propietarios.

El señor Sterling ahoga una risita, pero no lo corrige diciendo algo como: «Ah, no, Alec. Ahora esta es vuestra casa, amigo». En vez de eso, Irma y él siguen a Alec hasta el comedor.

—Chicos, venga. Hora de cenar —dice mamá.

Por primera vez nos sentamos todos en la larga mesa de madera bajo el nuevo candelabro; la habitación está iluminada y resplandeciente. Alec y el señor Sterling se sientan en los extremos. Mamá, Sammy y yo a un lado; Irma y Piper al otro. Después de comer pan de ajo tostado y una copiosa ensalada, nos quedamos prácticamente en silencio y le hincamos el diente a los espaguetis.

—¡Vaya! Raquel, de verdad, esta pasta… está a la altura de la que prepara mi abuela —dice el señor Sterling—. ¡Y eso que ella es de Sicilia, ni más ni menos!

Mamá sonríe abierta y orgullosamente, le encanta que la feliciten por sus platos.

—Al principio estaba un poco preocupado —admite el señor Sterling y toma un sorbo de vino—. He oído que sois todos veganos, y yo soy de los que les gusta comer carne con patatas.

—Ja, ja, yo también —se ríe Alec—. Es duro, yo ya he perdido algunos kilos.

—Y aun así sigues vivo —digo entre dientes. Mamá me da un golpecito en el muslo por debajo de la mesa, pero su rostro continúa siendo ilegible.

El señor Sterling se limpia la boca con la servilleta y me mira. O me atraviesa con la mirada, no estoy segura.

Alec, que nunca se da cuenta de nada, continúa:

—Entonces, jefe, sobre lo que hablamos el viernes, creo...

—Por favor, Alec —se ríe el señor Sterling—. No estamos en horario laboral. Nada de hablar de trabajo frente a las mujeres.

Mamá frunce los labios y baja la mirada hacia el plato. Pestañea. Yo clavo el cuchillo en las berenjenas a la parmesana, simplemente para no clavárselo en un ojo al señor Sterling.

—Además —continúa—, estoy aquí para saber más cosas sobre la familia Anderson-Green.

—Bueno, es que necesito saberlo, ya que me encanta el romance —dice Irma con una risita—. ¿Cómo os conocisteis?

Mamá suelta una risa nerviosa.

—Eh, bueno... Es una historia bastante graciosa...

—No, cariño, es una historia bastante buena —interviene Alec—. Mira, yo vivía en Portland y tenía que bajar a Los Ángeles por una entrevista de trabajo. Se suponía que iba a ir en avión, pero hubo un problema mecánico o algo así y los aviones se quedaron en tierra. Pero tenía que llegar a la entrevista, ¿sabes? Piper y yo... De verdad necesitábamos un nuevo comienzo.

—Y al mismo tiempo... Yo estaba cubriendo una noticia sobre los nuevos dispensarios de CBD de la zona —añade mamá y se sirve otra copa de vino.

—En fin, la cuestión es que, con los aviones en tierra, me dije: ¿por qué no voy en coche? ¿Cuánto me llevaría? ¿Un día?

Es un trayecto espectacular, por la costa, en Big Sur. Pero cuando llego a la oficina de alquiler de vehículos, veo a una mujer preciosa que está discutiendo con la empleada. Supongo que mucha gente tuvo la misma idea de ir por carretera y, al parecer, solo les quedaba un vehículo, que habían reservado dos veces... ¡Y la empleada se enteró! ¡Vaya que sí! Bueno, pues nos pusimos a hablar y, dado que Raquel vivía en una ciudad muy cerca de Big Sur, me ofrecí a llevarla. Pero es que ese viaje por carretera... es mágico. Con todas esas playas preciosas, los acantilados y las olas rompiendo... Estuvimos hablando todo el camino, y después de dejarla, no me la pude sacar de la cabeza. Llevo enamorado de ella desde entonces.

Mamá se ruboriza y Sammy hace como que tiene una arcada.

—Dios mío —Irma sonríe ampliamente—. ¿Y eso es todo? ¿Así como así?

—Bueno, me llevó algo de tiempo convencerla —dice Alec y le guiña el ojo a mamá.

—Yo pensaba que estábamos yendo demasiado rápido —dice mamá tímidamente—. Juntar dos hogares... Pero Alec... Él me hizo sentir que lo imposible era posible. A todo el mundo le vendría bien algo así.

¡Guau! Nunca había oído a mamá hablar de esta manera sobre Alec. Como que parece un poco menos capullo ahora. Supongo que esa es la cuestión.

Alec estira el brazo y agarra la mano de mamá y sonríe orgulloso.

—Ohhh —suelta Irma entusiasmada.

—Es una historia maravillosa —dice el señor Sterling.

—¿Ya saben lo que ha pasado? —pregunta Piper, que consigue acabar con el buen ambiente con esa voz que tiene. Tiene la cara encendida y la mirada fija en las manos.

—¿Lo que ha pasado con qué, cariño? —pregunta Alec.

—Con la casa que hay al otro lado de la calle.

—¡Ah! Bueno, ha sido un accidente... Puede que alguien pasara por ahí y tirara un cigarro.

Pero ¿Alec se da cuenta de los fallos que hay en su historia? Es imposible que el incendio se originara por un cigarrillo olvidado. Y nadie pasa por esta manzana durante el día, mucho menos por la noche. Bueno, a no ser que tengamos en cuenta el coche raro y misterioso.

—¡Esos malditos cigarros! —se queja Irma—. ¡Quién iba a pensar que algo tan pequeño pudiera causar tantos problemas! Me han dicho que el fuego podía verse desde el parque.

—Bueno, gracias a Alec, que reaccionó con rapidez y fue a por la manguera, pudimos evitar que se expandiera —dice mamá.

—Es lo que ocurre cuando sobrevives a un montón de incendios forestales.

—He oído que hay yonquis que pasan el rato en esas casas —dice Piper mirándome fijamente, y todas las cabezas se giran en dirección a ella.

—¿Dónde has oído eso? —pregunta Alec con el ceño fruncido.

Piper se encoge de hombros y juega con un cacho de lechuga que hay en su plato.

—En la escuela —responde.

Un escalofrío me sube por la espalda. No estoy segura de a dónde está yendo esta conversación, pero ya siento que me va a salpicar.

—Señor Sterling —empiezo—, ¿puede contarnos algo más sobre esta casa?

—¿A qué te refieres?

—Uy, no andarás preocupada por todos los rumores que corren sobre que la casa está encantada, ¿no? —se ríe Irma.

De nuevo, Irma nos deja a todos sin habla.

—¿Encantada? —dice mamá, dejando la copa de vino sobre la mesa.

—Sí, no es más que una leyenda urbana absurda. La gente se aburre mucho. Pero, por precaución, le pedí personalmente al párroco que se pasara por aquí y le diera su bendición a la casa. El señor Watson estuvo presente como testigo.

—Mmm, vaaaaale —digo y vuelvo al señor Sterling—. Pero, en realidad, me preguntaba quién vivía aquí antes. Y por qué se eligió esta manzana en específico para empezar con la residencia. Todas estas casas están vacías. ¿Por qué colocarnos en medio de todo esto?

Irma deja el tenedor en la mesa con suavidad y clava la mirada en el señor Sterling.

—Eso no es de nuestra incumbencia, Marigold —advierte Alec.

—No, no, Alec. No pasa nada —dice el señor Sterling con una cálida sonrisa—. Me encantan las mentes curiosas. Verás, Marigold, llevo toda la vida viviendo en Cedarville y, como puedes ver, nuestra ciudad ha sufrido unos cuantos estragos durante estos años. Drogas, disturbios, crimen... Nos hemos ganado cierta reputación. Por eso, los de fuera tienen sus dudas a la hora de mudarse aquí. Y por eso empecé el programa de residencias Crece Donde Te Hayan Plantado. Lo que esperamos es incentivar a familias agradables e íntegras, como la vuestra, para que se trasladen a esta zona y nos ayuden a cambiar la imagen que tenemos. Así habrá más gente dispuesta a considerar la idea de construir su hogar en Cedarville. Esto es solo el principio. Pronto se renovarán todas estas casas, igual que la vuestra, y habrá una comunidad próspera y una industria floreciente.

—Pero, un momento, ¿qué pasa con la gente que ya vive aquí?

—¿Qué pasa con ellos? —se ríe él—. Seguro que te has dado cuenta de que tenemos una población muy escasa.

—¿Qué le pasó a todo el mundo?

El señor Sterling asiente con la cabeza y se mete un trozo de pan en la boca.

—Se marcharon. Por trabajo o por otras oportunidades.

—Pero ¿por qué se marcharon tan rápidamente? ¿Por qué iban a abandonar todas sus posesiones? Es casi como si estuvieran... huyendo.

—Puede que huyeran de las hipotecas y de los gravámenes a la propiedad —se ríe—. Pero no hay nada siniestro sobre Cedarville. ¡Somos una de las ciudades más apacibles del país!

—¿O sea que habéis comprado todas estas casas?

Se encoge de hombros como si no fuera para tanto.

—Nos hemos agenciado una serie de casas embargadas, sí.

—Pero si sois los propietarios de todas estas casas, ¿por qué las habéis dejado así? —Señalo hacia la ventana—. Parece que queréis que la ciudad tenga un aspecto descuidado... a propósito. Y eso va en contra de vuestra misión. Así que, si queréis cambiar de imagen, ¿por qué no empezáis con la comunidad que ya está aquí?

—Solo nos interesa trabajar con gente que quiera ver cómo vuelve a la gloria esta ciudad —dice con una voz brusca.

—¿Y crees que los residentes de aquí no quieren lo mismo? ¿Les has preguntado?

El rostro de Irma está cada vez más tenso y tiene la mirada fija en el plato. Mamá respira hondo, y Alec toma aire y deja el tenedor al lado.

Pero el señor Sterling no ha dejado de sonreír, y ni siquiera pestañea. De repente me doy cuenta de que su cara me recuerda a unos de esos muñecos tan *creepy* que están hechos de masilla. Puede que por eso me parezca tan... falso.

Tras un largo momento en silencio, el señor Sterling se limpia la boca con una servilleta y ofrece una sonrisa radiante a toda la mesa.

—Bueno, ha sido una cena encantadora.

NUEVE

Toc, toc, toc, toc.

Después de ver cómo empieza a salir el sol por milésima vez, acababa de quedarme dormida cuando empiezan a tocar a la puerta o, debería decir, aporrear. Como si la policía estuviera ahí. Y ese es el único motivo por el que salgo de la cama de un salto.

La casa es un alboroto, con todo el mundo abriendo la puerta. Salgo al pasillo al mismo tiempo que Piper, que se está frotando la cara de sueño.

—¿Quién es? —se queja mamá—. Son las seis de la mañana, ¡diantres!

Alec se pone una camisa mientras baja por las escaleras.

—¿Sí? —dice abriendo la puerta.

Detrás de la mosquitera de la puerta hay un hombre mayor negro con el ceño muy fruncido.

—¿«Sí»? —ladra—. ¿Eso es todo lo que vas a decir? ¿Me explicas esto?

Alec da un paso hacia fuera, mientras que nosotros nos quedamos dentro, tras la protección de la mosquitera. Nos apiñamos para poder ver.

En el porche hay una pila con varias herramientas: un taladro eléctrico, una motosierra y hasta una pequeña cortadora de césped. Nada de esto nos pertenece.

Alec y mamá se intercambian una mirada, todavía perplejos.

El hombre vuelve a señalar las herramientas, está frustrado por algo que no se ha dicho.

—Un momento, ¿esto es suyo? —pregunta Alec.

Él se mofa.

—¡Sabes perfectamente que todo esto es mío porque te lo has llevado de mi cobertizo! Me he pasado toda la mañana recorriendo la zona para ver quién me ha robado las cosas y me lo encuentro todo aquí. ¡Y ni siquiera te has molestado en esconderlo!

Alec, boquiabierto, echa un vistazo alrededor, como si fuera a aparecer una respuesta al problema.

—Mmm, mire, caballero... —dice Alec.

—¡Llámame señor Stampley!

—Eso. Señor Stampley, nosotros no hemos robado sus cosas.

—Entonces, ¿¡cómo explicas esto!?

—¡Estoy igual de sorprendido que usted! Puede que alguien dejara todo esto en la casa equivocada.

—¡Tsss! Nadie haría una tontería así.

—Puede que alguien estuviera gastándole una broma —dice Alec y suelta una risa nerviosa.

El señor Stampley no hace más que mirarlo fijamente, está echando humo.

—No tiene nada de gracia robarle las cosas a un hombre.

—¿Alguno de vosotros vio que anoche estuviera todo esto aquí? —nos pregunta mamá en voz baja.

Sacudimos la cabeza. Yo fui la última en llegar después de llevar a Bud a dar un paseo por la noche, y el porche estaba vacío.

—Bueno, caballero, lo siento, pero... No tengo la menor idea de cómo han llegado sus cosas hasta aquí —dice Alec con las manos sobre las caderas—. Pero estaré encantado de subirlas a su camioneta.

El señor Stampley sacude la cabeza y se recoloca la gorra.

—Debería haberlo sabido. ¡Solo los locos, los problemáticos, se mudarían a esta manzana! —Levanta la mirada hacia la casa que tenemos al lado, se estremece de manera visible y empieza a recoger sus pertenencias—. ¿Dónde está mi hacha? Sé que también la tenéis.

El equipo de atletismo del instituto hoy tiene una competición. Me siento en las gradas oxidadas y veo la carrera de 100 metros con la capucha de la sudadera puesta. No sé por qué me hago esto, supongo que me va lo de torturarme a mí misma.

Monica Crosby es la corredora estrella del equipo. Está tonificada, es alta y tiene una complexión esbelta… Y es buena. Casi demasiado buena para este instituto. Si las circunstancias fueran otras, le aconsejaría que intentara pasar las pruebas para entrar a un colegio privado. Podría conseguir perfectamente una beca, tal vez incluso intentar entrar en el equipo preolímpico. Aumentaría su velocidad si se centrara en los músculos del torso y apretara en las zancadas. Pero aquí, en una nueva ciudad, me callo la boca y voy a lo mío.

No me puedo creer que el entrenador dejara que David volviera a mi antiguo equipo. Por otra parte, ¿qué me hace pensar que fuera a dejarme volver a mí? Sobre todo, después de que la cagara. Todos los entrenamientos y las competiciones que me perdí… Con este historial, nadie debería confiar en mí como parte de un equipo. No hago más que cagarla. Siempre.

—Esa es la chica que vive en Maple Street —dice una chica en voz baja detrás de mí.

—¿En serio? —susurra su amiga.

Me aprieto la capucha alrededor de la cara y me dirijo hacia las escaleras.

Yo era la Monica Crosby de mi antiguo instituto, pero ahora no soy más que una chica que vive en Maple Street.

Signifique lo que signifique eso.

—¿Por qué hay tanto alboroto con el hecho de que viva en Maple Street?

El club de jardinería pidió voluntarios para que ayudaran a limpiar una parte de la propiedad con la esperanza de convertirla en un jardín comunitario. Yusef y yo nos unimos para peinar el perímetro con bolsas de basura y pinzas, pero ya me estoy arrepintiendo, porque a unos metros puedo ver un colchón de matrimonio mohoso entre todos los escombros que hay en la zona. Un oasis para las chinches. Apenas consigo apartar la mirada.

DATO: Las chinches pueden vivir hasta ocho meses sin alimentarse de sangre, por lo que pueden sobrevivir en un mueble hasta que se acerque otro huésped humano.

Yusef se limpia la frente con la manga.

—¿Por qué lo preguntas?

—A ver, entiendo que soy carne fresca, pero es que, en el instituto, todo el mundo comenta específicamente que vivo en «Maple Street», como si eso significara algo más de lo que debería.

Yusef tuerce los morros unas cuantas veces.

—Hace tiempo que no vive nadie en esa manzana.

—¡No jodas! —digo riéndome entre dientes—. Pero ¿qué es lo que se me escapa?

Yusef suspira y se retuerce como si estuviera a punto de contarme una historia de lo más vergonzosa.

—Bueno, a ver. Es que a todo el mundo le sorprende que sigas viva, por eso de que tu casa está encantada y tal.

Resoplo y recojo una lata vacía de Coca-Cola.

—Anda, ¿es solo eso?

—No, Cali. Tienes que entender... Tu casa... tiene cierta fama —dice mientras me sigue—. Nadie creía que fuerais a sobrevivir tanto tiempo viviendo con la Bruja.

—¿La Bruja? ¿Quién es esa?

—No quién, sino qué —dice, serio—. Es una criatura, una mujer demonio, que aparece en mitad de la noche mientras duermes y te lanza una especie de hechizo. Entonces te despiertas, pero no puedes moverte ni hablar. Estás como paralizada.

—Quieres decir… ¿con parálisis del sueño?

—Sí, ¡así se le dice!

Se me queda la boca seca pensando en la noche en que casi me atraganto con mi propia lengua… Y en la sombra que había en el pasillo.

—Y cuando estás así, te roba la piel —dice Yusef—. La Bruja colecciona la piel de otras personas y se viste con ella durante el día, como si fuera una persona normal. Y cuando la piel se vuelve demasiado vieja y colgandera, tiene que buscar otra nueva.

—Entonces, lo que estás diciendo es que… la gente cree que yo soy la Bruja, vestida con mi piel, y estoy tramando arrebatársela a ellos.

—Sip.

Me encojo de hombros y recojo algunos envases de comida vacíos.

—Guay.

—¿Guay? —se burla.

—Bueno, si todos piensan que soy un demonio, me dejarán en paz.

Yusef se ríe.

—Supongo que tiene su parte buena.

—Lo mejor que podría pedir.

—Oh, ey —dice señalándome—. Tienes algo en la manga.

Echo un vistazo al brazo y veo tres puntitos rojos. De repente, el mundo se detiene.

DATO: Las chinches son pequeñas, planas, ovaladas, de un color marrón y no tienen alas. Se vuelven de color rojo después de alimentarse con la sangre de un humano, como los vampiros.

—¡Mierda, mierda, mierda!

Yusef se ríe.

—Muchacha, que son solo unas mariquitas. ¡Relájate! Son inofensivas.

El colchón… ¡Lo sabía! ¡Lo sabía!

—Tengo que irme, es que no puedo tengo que irme yo mmm lo siento no hay bueno me tengo que ir…

Estoy barbullando. Puedo oírme a mí misma barbullar, pero no puedo dejar de hacerlo porque tengo insectos encima y no sé si son chinches o insectos normales o inofensivos o asesinos, pero, sean lo que fueren, da igual, porque están encima de mí y ahora estarán encima de todas las cosas de la casa.

—Cali, ¿estás bien?

Pero ya estoy corriendo, a toda velocidad, de vuelta a casa; con el corazón en la garganta, lista para sumergir mi piel en gasolina.

Cuando mis padres aún estaban juntos, éramos, a falta de una palabra para describirlo mejor, unos acaparadores. Acumulábamos y nos quedábamos con todo lo que nos encontrábamos, y teníamos la casa llena de basura demasiado valiosa como para deshacernos de ella. Pero entonces mi padre volvió de un viaje de trabajo de una semana a Nueva York con chinches. No sabíamos que las teníamos. Se escondieron en los recovecos de nuestro hogar y se multiplicaron en silencio. Organismos microscópicos con la extraña habilidad de provocar estragos en tu vida.

No me pareció gran cosa la primera picadura que vi. Le resté importancia pensando que era de un mosquito. Hasta que las piernas se me llenaron de pecas y me salió un sarpullido que se me extendió por todo el cuerpo. Como tenía trece años, todo el mundo lo achacó a la pubertad y dijeron que estaba exagerando ante una simple reacción alérgica. Que no era nada serio, que no me preocupara. Me dieron un millón de explicaciones, excepto la correcta. Entonces, una noche, repasando la página del WebMD, encontré un artículo, fui corriendo a quitar las sábanas de la cama y encontré el primero de muchos nidos. Había cientos de puntitos negros y de sangre cubriendo la parte de abajo de mi colchón.

DATO: Las chinches son criaturas nocturnas. Se alimentan mientras duermes y pastan sobre tu piel como las vacas.

Lo tiramos todo a la basura. Cómodas de madera, somieres, colchones, sofás. Es lo que hay que hacer para deshacerse de verdad de las chinches, porque ponen huevos invisibles que pueden eclosionar en cualquier momento, incluso después de que las exterminen.

Pero meses después, continuaba sintiéndolas, recorriéndome la piel. Me pasaba las noches despierta, cazándolas con un secador de pelo, volviendo a lavar la ropa con lejía, con los dedos agrietados de tanto desinfectar. Veía picaduras donde no las había, puntos negros incluso con los ojos cerrados, y me rascaba las piernas hasta que me sangraban. Fui al mejor alergólogo del estado y luego empezaron a mandarme al psiquiatra y a decirme que estaba todo en mi cabeza. «Parasitosis delirante»: la creencia de que una persona está infestada de insectos que no están presentes. Viene acompañada de hipervigilancia (en plan, limpieza obsesiva), paranoia, depresión, insomnio y ansiedad generalizada. No recuerdo gran cosa de mi primer año en el instituto. Debido a la falta de sueño, falté a la mayoría de las clases y suspendí casi todos los exámenes. Pero no había manera de que me calmara, daba igual lo que me afirmaran o lo que hablara con los psiquiatras. ¿Por qué iba a creer a alguien si no me creyeron cuando les dije que había algo que no iba bien?

Durante el verano de nuestro segundo año de instituto, el primo de Tamara me ofreció mi primer porro, y aquello fue el sorbo refrescante que necesitaba. Pero… empezó a no ser suficiente. Los colocones se tornaron demasiado breves, nunca duraban tanto como yo quería. Luego, me desgarré un músculo de una manera tonta haciendo atletismo y conocí una pastilla adorable y blanca llamada oxicodona. Mucho tiempo después de que me recuperara de la lesión, descubrí que esnifar oxicodona machacada era el mejunje correcto para que las chinches dejaran de ocupar hasta el último hueco de mi mente.

A lo largo de los últimos años, he perfeccionado el arte de desvestirme y salir corriendo, de tirar la ropa en contenedores de basura a una distancia considerable de mi casa para que las chinches no tengan la tentación de ir adentro. Estando en ropa interior en la parte trasera de casa en una nueva ciudad, me doy cuenta de que tal vez esto no sea tan normal. Pero me da igual. Es de vital importancia que me examine exhaustivamente la piel.

Me froto los brazos con una mano y toqueteo los lunares que he visto un millón de veces, tomando respiraciones profundas para no desmayarme.

Estás bien, estás bien, estás bien.

Nada fuera de lo normal. Pero las picaduras podrían salir más adelante. Necesito darme una ducha de agua caliente de inmediato.

Sammy, que está sentado en el sofá viendo la televisión, se cubre los ojos cuando entro.

—¡Oye! Pero ¿por qué vas desnuda?

—Es una larga historia.

Sacude un brazo.

—¡Aaaj! ¡Me voy a quedar ciego!

—Qué dramático eres —me río; subo corriendo por las escaleras y me encuentro a Piper de pie en mi escritorio.

—¡Eh! ¿Qué haces?

Piper se estremece, luego se da la vuelta. Tiene algo escondido en la espalda y no consigue inventarse una excusa.

Me abalanzo sobre ella, la agarro del brazo y se lo pongo detrás.

—¡Auh! —chilla—. ¡Suéltame!

No me cuesta nada conseguir que abra las manitas. El incienso que traje de casa está roto en pedazos. Bajo el escritorio, la salvia está hecha trizas en la basura.

—¡Mocosa de mierda!

Piper tira del brazo y se frota la muñeca, y los ojos se le llenan de lágrimas.

—¡Te lo dije! ¡A la señora Suga no le gusta ese olor!

Ahí estoy yo, de pie, medio desnuda, mientras los huevos de las chinches podrían estar campando en los pelitos de mis brazos, y Piper ocupada destrozando mis cosas.

—¡Bueno, dile a la señora Suga que se vaya a chuparla! —suelto—. Esta no es su casa. Ni siquiera es tu casa. Es la casa de mi madre. Ella fue quien ganó la residencia, no Alec. ¡De no haber sido por ella, vosotros dos estaríais en la calle! Así que a lo mejor puedes hacer que tu papi se vaya, total, siempre hace lo que tú quieres. Y entonces la señora Suga y tú viviréis felices y comeréis perdices.

Piper retrocede con los labios temblando.

—Yo… Yo… ¡Lo lamentarás! —solloza y sale corriendo de la habitación.

—Y cuando plantéis las semillas, empezaréis a ver salvaciones milagrosas. Transferencias de miles de dólares en vuestras cuentas, enfermedades curadas... Quienes no puedan caminar, ¡volverán a hacerlo!

Abro los ojos de golpe al oír esa voz, clara como el día, a través de la puerta abierta de mi habitación.

Las tres y diecinueve de la mañana. Otra vez.

—¡Joder! —me quejo y me quito las sábanas.

Voy bajando las escaleras, bostezando, y me encuentro con la escena a la que ya estoy prácticamente acostumbrada —las luces encendidas en la cocina, el mismo vaso de cristal en la encimera—, excepto por un cambio enorme por el que me detengo en seco.

La puerta del sótano está completamente abierta.

—Siempre recogerás lo que siembres si es la voluntad del Señor. Así como siembres, también recogerás. Quien no siga la voluntad del Señor, recogerá lo que siembre y arderá en las llamas del infierno.

Se me hace un nudo en la garganta y la mente se me queda en blanco. La puerta está apoyada sobre la pared como si siempre hubiera sido accesible, fácil de abrir; como si el hecho de haber estado tirando de ella el otro día fuera producto de mi imaginación. Pero viéndola desde dentro, con la placa donde está el pomo oxidada y abollada, la madera antigua, combada y adornada con una serie de rasguños furiosos que solo puede haberlos hecho alguien con las uñas... siento escalofríos.

—¿Hola? —llamo como una idiota. Porque, siendo sincera, ¿quién podría andar aquí, en la más absoluta oscuridad? Por otra parte, ¿quién ha abierto la puerta?

Me responde ese olor, el tufo a fruta podrida y carne estropeada, en forma de niebla, subiendo por las escaleras. Retrocedo, con los ojos humedecidos, preparada para cerrar la puerta de golpe cuando poco a poco caigo en la cuenta: no tengo a Buddy a mi lado. No estaba en mi habitación cuando me he despertado. Y no está en la cocina ni en el salón. Eso solo puede significar una cosa...

Ay, Dios.

—Por eso, con estas semillas, estarás trabajando en nombre de Dios. Las semillas que florezcan traerán unción a tu vida y experimentarás una gran abundancia en las áreas por las que ores. Lo único que tienes que hacer es llamar al número de abajo, hacer el pedido...

Con las manos temblando, miro boquiabierta hacia el oscuro abismo, un agujero interminable, un pozo sin fondo.

—¿Buddy? —digo con voz ronca, inclinándome ligeramente—. Buddy. Ven, chico.

Ay no ay no ay no. No puedo bajar no puedo...

Buddy gimotea, pero suena como si estuviera a un millón de kilómetros de distancia. O puede que no lo oiga sobre las diatribas de Scott Clark. Voy corriendo hasta el sofá para apagar la televisión.

—Cree en Dios o perecerás en su ira. ¡Pronto vendrá a por todos nosotros! ¿Estás listo para la salva...?

El silencio repentino me alivia hasta que algo a la izquierda me llama la atención: fuera, una figura se agacha y la pierdo de vista.

¿Había alguien mirando a hurtadillas aquí dentro? ¿O era mi reflejo?

La cabeza me da vueltas. Una taza de cafeína me ayudaría a pensar con claridad, a idear una estrategia para sacar a mi querido perro de las profundidades del infierno.

—Esta es mi casa —resuena una voz desde el sótano. Una voz de mujer, rasposa y clara.

Se me cae la mandíbula al suelo.

¿Qué diablos ha sido eso?

La sala vuelve a estar en silencio. Puede que haya oído cosas porque estaba atontada. Puede que sea otro sueño. Porque, joder, es imposible que...

Craaaac.

El sonido sube flotando desde el sótano; es algo pesado sobre la madera, como si alguien estuviera subiendo el primer peldaño de la escalera. Pero eso es imposible. Estamos en una casa antigua. Como es antigua, hace ruidos. Pero... las casas antiguas no pueden formular palabras de verdad.

Craaaac.

Otro peldaño.

Ahí abajo hay alguien. ¡Y tiene a Buddy!

Muerta de miedo, agarro el mando a distancia y me lo llevo al pecho; tengo el corazón acelerado y soy incapaz de quitar los ojos de la puerta abierta. Estoy demasiado lejos de la cocina como para agarrar un arma, pero puedo ir corriendo, pasar por delante del sótano y pedir ayuda a gritos.

Craaaac.

—Mi casa —susurra la voz—. Micasamicasamicasa.

—¿Mamá? —lloriqueo—. Yo...

De repente hay un estallido de música que atraviesa las paredes e inunda la casa, y yo me caigo de rodillas. ¿Música? Viene de la planta de arriba. Echo un último vistazo a la puerta abierta del sótano y echo a correr hacia las escaleras.

—¡MAMÁ! ¡MAMÁ!

—¡Mari! ¿Mari? —grita mamá por encima de la música cuando sale corriendo de su dormitorio—. ¿Qué pasa? ¿Qué haces?

Alec sale a tropezones detrás de ella.

—¿Qué ocurre?

Piper ya está en el pasillo, no parece estar preocupada. Me echa un vistazo y se cubre las orejas.

—¡Papi! ¡Está muy alto!

Sammy sale de su habitación de un tropezón... con Buddy.

—¡Buddy! —digo con un grito ahogado y me tiro al suelo hacia él, llena de alivio. Sammy, que se está cubriendo las orejas, se mete en mi habitación y apaga el altavoz.

—Pero ¿qué diablos?

—¡Hay alguien abajo! —sollozo—. ¡Hay alguien en el sótano!

Mamá me recoge con los brazos y mira a Alec. Él asiente.

—Quedaos aquí —nos dice.

—Papi, ¡no! —implora Piper agarrándolo.

—Quédate aquí. Vuelvo enseguida.

Alec baja las escaleras poco a poco, asomándose para mirar por encima de la barandilla, y luego desaparece de nuestra vista. Piper sube y baja sobre las puntas de los pies y tiene la mirada fija. Esperamos tres largos e insoportables minutos hasta que Alec vuelve a aparecer en el último escalón.

—Chicos, ¿podéis venir un momento?

Con prudencia, bajamos todos y nos reunimos en la cocina. Alec permanece ante la puerta del sótano, que ahora está cerrada, y tira de ella.

—Está cerrada con llave —dice sin emoción.

Mamá frunce el ceño y me mira en busca de respuestas.

—¡Lo juro, estaba abierta! —digo con una voz de lo más histérica.

Alec sacude la cabeza.

—Me llevo a Piper a la cama. Vamos, cariño.

Piper me mira con una sonrisa de suficiencia y luego toma la mano de Alec.

—Mari —empieza mamá, juntando y retorciendo las manos—. ¿Has estado…?

—¡No! —ladro—. ¡Di que no me crees, pero no me acuses de nada más!

Mamá y Sammy intercambian una mirada preocupada.

—Olvídalo —refunfuño y me dirijo a la cama. Me tomo un momento rápido para echar una ojeada fuera, y veo la camioneta aparcada al otro lado de la calle y vigilando la casa.

Otra vez.

DIEZ

—Antes de que entremos aquí —dice Alec desde el asiento del conductor, vestido de traje y con una corbata hortera—, vamos a repasar las normas otra vez, ¿vale?

Pongo los ojos en blanco.

—¿Qué tenemos que repasar? —pregunto.

—Bueno, queremos… asegurarnos de que no haya ningún incidente como la última vez con el señor Sterling —dice mamá con delicadeza.

—He dicho que no voy a decir nada. Y si tanto os preocupa, me podríais haber dejado en casa —digo.

—Sería raro que esta noche acudiera toda la familia y faltaras tú —responde mamá—. Podría parecer que tienes un problema con el señor Sterling.

—Que no tienes, ¿verdad? —advierte Alec, echándome una mirada feroz a través del espejo retrovisor.

—Igual deberíais haber traído a Buddy en mi lugar.

—Yo no tengo ningún problema con él, papi —interviene Piper con una sonrisa; lleva el pelo recogido en dos coletas que rebotan.

—¿Podemos acabar con esto de una vez? —pregunta Sammy—. Algunos hemos renunciado a un torneo de videojuegos para estar aquí esta noche.

Como siempre, puedo contar con que Sammy esté de mi lado.

Alec y mamá intercambian una mirada cansada, luego abren las puertas del coche y salimos en tropel.

Esta noche es la primera jornada de puertas abiertas de la Fundación Sterling en su nueva oficina en Riverwalk. El edificio de cristal está lleno de objetos memorables e históricos de Cedarville: fotografías antiguas en blanco y negro en formato de póster, una cronología interactiva que bordea el vestíbulo, instalaciones digitales, obras artísticas creadas por gente de la zona... Hay hasta un coche de la década de 1920, al parecer, construido en una de las fábricas que cerraron.

—¡Guau! —dice Sammy mientras recorremos la sala.

Alec toma dos copas de vino de uno de los camareros que los llevan en una bandeja.

—Qué sofisticado, ¿eh? —dice.

—¡Ohhhh! ¡Hola! ¡Ahí estáis! —Irma saluda desde la distancia y da unas palmadas al acercarse a nosotros.

—Hola, Irma —dice mamá.

—¡Qué alegría veros a todos! Raquel, ¿puedo robarte un momento? Me gustaría presentarte a algunos de los miembros de nuestro comité antes del gran discurso.

—Sí, claro.

Mamá me mira levantando una ceja y se marcha. Es otra advertencia para que me porte bien. No sé por qué está actuando así de remilgada ante toda esta gente. Ella me crio para que hiciera preguntas, fuera curiosa y dijera lo que pienso. Así que, en realidad, mis agudas habilidades para la observación y la comprensión son culpa suya.

Alec se pasea con Piper por la sala, presumiendo de su preciada posesión ante... Bueno, en realidad, no sé quiénes son las personas que están aquí. Solo reconozco a la señora Fern, no veo a nadie más de nuestra parte de la ciudad. Hay un montón de gente blanca vestida con ropa fina y tacones, no había visto a tanta desde el incendio.

Escondida en un rincón, ando nerviosa con el vestido que mamá ha insistido en que me pusiera y me lleno la boca con quiches de espinaca mientras Sammy juega con una de las pantallas táctiles que nos da un repaso digital sobre la historia de Cedarville. Al otro lado de la sala hay una pantalla gigante detrás de un gran escenario, supongo que para proyectar una película o algo durante la presentación que mencionó Irma.

Qué sofisticado es esto. Casi demasiado, teniendo en cuenta todo lo que hemos visto en esta ciudad. Solo con el presupuesto para este evento se podrían haber limpiado una o dos manzanas.

Veo al señor Sterling en el escenario con mamá, hablando con un grupo de gente. El traje que lleva hoy es de un color negro que resalta sus ojos oscuros. Mamá asiente con una sonrisa impostada y les estrecha la mano. Aunque parece estar algo intranquila, es bueno ver a tanta gente elogiándola.

—Ey, mira esto —dice Sammy dándome un codazo—. Tienen todos los antiguos diagramas de los vecindarios de Cedarville. Mira, aquí está Maplewood.

Me inclino hacia delante e identifico Maple Street, con una línea que conduce directamente hasta el parque. A veces sale a cuenta ser la hija de un arquitecto. Papá nos enseñó a estudiar planos a Sammy y a mí en cuanto pudimos andar.

—Mira todos los antiguos edificios que había antes —añade Sammy—. Este grande… Creo que es el espacio vacío que hay frente a la biblioteca.

—Uy, tienes razón —balbuceo—. Me pregunto qué sería.

El chirrido de un micrófono capta la atención de toda la sala.

—Hola a todo el mundo, bienvenidos —dice Irma desde el centro del escenario—. Muchísimas gracias a todos por haber venido. Y, en especial, gracias a algunos de los miembros del comité que han asistido hoy: Eden Kruger, Richard Cummings y Linda Russo. Vamos a darles un fuerte aplauso.

El grupo que hay de pie al lado de mamá saluda y asiente con delicadeza, ofreciendo una sonrisa blanca y reluciente.

—Y ahora me complace presentaros al fundador y CEO de la Fundación Sterling, el señor Robert Sterling.

La sala estalla cuando el señor Sterling sube al escenario. Va de una esquina a otra, saludando como si fuera una estrella del *rock*, algo que, a juzgar por el ansia con la que lo están aclamando, podría ser perfectamente.

—Muchas gracias a todos por haber venido —dice, tomando el micro de Irma—. Cuando mi padre se trasladó a Cedarville, tenía trece años, estaba solo y no tenía apenas dinero. —En la pantalla aparece una foto en tono sepia de un hombre que debía ser su padre—. Pero llegó aquí con esperanza y se ganó la vida. Luego pudo mantener a su mujer y a sus seis hijos.

»El legado de nuestra familia es la prueba de que cualquier hombre puede llegar a ser alguien en Cedarville. En un momento dado fuimos una ciudad industrial floreciente, llena de oportunidades. Pero, claro, las cosas cambiaron. Cosas que... se escapaban de nuestro control.

Más fotos del paisaje cambiante, de personas sin hogar y estadísticas de criminalidad. La audiencia se mueve incómodamente y yo caigo en la cuenta de algo: no he visto a una sola persona sin hogar desde que nos mudamos aquí. Ni en nuestra manzana ni de camino al instituto. Nada de gente mendigando en los semáforos o a la salida de los supermercados. Las casas que juraban estar llenas de okupas parecen estar todas vacías.

—Pero entonces mi hermano se presentó a las elecciones —continúa el señor Sterling y aparece otra foto—. Él creía en esta gran ciudad y se dispuso a revitalizarla. Y estamos aquí para continuar con el trabajo que él empezó.

Hay un revuelo entre la multitud, que se siente cada vez más curiosa.

—Con esfuerzo, hemos hecho grandes progresos durante estos últimos años, incluyendo nuestro último programa, la residencia Crece Donde Te Hayan Plantado. De hecho, esta noche tenemos con nosotros a nuestra primera residente, la señora Raquel Anderson-Green.

Mamá saluda de manera tímida, y Sammy y yo gritamos, silbamos y hacemos bulla.

—Pero en la Fundación Sterling estamos listos para aumentar el ritmo. Durante estos años, nos hemos encargado de comprar propiedades de inversión con la esperanza de un futuro mejor. Y el futuro, damas y caballeros, está en camino, y llegará antes de lo que creemos.

—¿Quiere decir que el futuro ocurrirá como dentro de tres horas? —bromea Sammy, que mira el reloj, y yo le doy un golpe en el hombro.

—Por eso me complace anunciar la campaña Hacia el Futuro, un proyecto de emprendimiento encabezado por nuestra fundación en combinación con nuestros estimados inversores, para que Cedarville vuelva a su antigua gloria con un aspecto completamente nuevo.

La pantalla gigante y negra se vuelve blanca y aparece el logo de «Hacia el Futuro».

—Nuestros sistemas para el desarrollo de viviendas y para el tren ligero, recientemente diseñado, brindará a nuestros ciudadanos esperanza para un futuro más brillante.

La pantalla hace *zoom* y vuela hacia una renderización de la «nueva» Cedarville, con árboles frondosos, casas adosadas de lujo y animaciones de ciudadanos felices.

—Cedarville será la localización principal para las *startups*, las compañías tecnológicas y los negocios alternativos, lo que garantizará un aumento en las tasas de empleo de hasta el setenta y cinco por ciento. Las obras comenzarán dentro de tres años.

La gente exclama con admiración.

Papá hace este tipo de renderizaciones para sus clientes. Son imágenes en 3D generadas por ordenador con los planes previstos para la construcción y el producto final. En este caso, se trata del desarrollo de una zona urbana de uso mixto con edificios de oficinas, tiendas y un parque enorme.

Un momento…

Aparto a Sammy de un codazo y vuelvo a hacer *zoom* en la pantalla con el diagrama, alineo la forma del parque con la renderización que proponen y suelto un grito ahogado.

El mapa ocupa toda el área de Maplewood. Eso quiere decir que planean arrasar con el vecindario en unos años. ¿Dónde creen que irán todas esas personas? O, mejor aún, ¿qué planean hacer con ellos?

El señor Sterling levanta la copa y su mirada se encuentra con la mía.

—Un brindis para todo el mundo. ¡Por el futuro!

—¡Por el futuro! —contesta la multitud.

—¿Quién ha dejado las luces encendidas? —pregunta mamá cuando llegamos a la entrada para vehículos de la casa, que está toda resplandeciente, como una luciérnaga.

—Querrás decir «todas» las luces —dice Sammy con curiosidad.

—Yo no —interviene Piper.

Al subir los escalones del porche, Alec se detiene en seco y saca el brazo para bloquearnos el paso y que no sigamos adelante.

—¿Qué? —resopla mamá.

Alec señala con la cabeza hacia la puerta principal, que está entreabierta. A través de la mosquitera, podemos ver que hay una lámpara tirada en el suelo. Mamá suelta un grito ahogado y le lanza a Alec una mirada suplicante.

—Quedaos aquí —susurra él y entra de puntillas.

—Todo el mundo, de vuelta al coche —susurra mamá echándonos de las escaleras—. Venga, ¡ya!

Nos pasamos diez minutos observando la puerta principal desde la parte trasera del monovolumen. Mamá permanece en los escalones con el teléfono en la mano.

—¿Qué está haciendo Alec? —pregunta Sammy.

—Supongo que está tratando de ver si todavía hay alguien dentro.

Piper se pone derecha y apoya las manos contra el cristal, apretando los labios.

Al fin, Alec sale y se pone a hablar con mamá en voz muy baja. Ambos lanzan una mirada al coche y luego mamá llama a emergencias.

No hay otra manera de describirlo: es como si hubiera pasado un tornado por casa. Con cuidado, vamos avanzando por los escombros, pero bajo nuestras pisadas sentimos el crujir de los cristales rotos. Reconozco el diseño, es la vajilla de porcelana de la boda de mamá, que ahora cubre el suelo hasta llegar a la cocina. Los utensilios de cocina, las ollas y las sartenes, todo está desperdigado. Mi último terrario es un hormiguero sobre la alfombra.

—No se han llevado la televisión —masculla Sammy.

Me sorprende ver que el aparato ha aguantado sin un rasguño, mientras que el resto de la casa está hecho un desastre.

—Qué raro —mascullo, y luego oigo a mamá sorber por la nariz en su despacho.

Está de pie sobre un montón de papeles hechos trizas, mirando fijamente el ordenador de sobremesa, que lo han aporreado. Las fotos enmarcadas están hechas pedazos, y casi toda su colección de libros, destrozada.

—Mi trabajo —gimotea mientras Alec la agarra para darle un abrazo y le da un beso en la sien.

Sammy y yo intercambiamos una mirada y nos dirigimos hacia las escaleras.

—Chicos, esperad —dice mamá, sorbiendo, pero ya estamos en el primer descansillo.

Lo que queda de la Xbox de Sammy está en el pasillo, sus cascos están partidos en dos, y los Legos, desperdigados por todas partes, como si fueran cubitos de hielo.

En el suelo de mi habitación, mi portátil está hecho pedazos muy pequeños y han arrancado la ropa de las perchas. No había mucho que destrozar, porque no tenía apenas cosas.

Pero al otro lado del pasillo, la habitación de Piper no la han tocado. Su lámpara de lava burbujea y resplandece de un color rojo sangre e ilumina la tranquila sonrisa de satisfacción que tiene.

—La policía está de camino —dice Alec mientras acampamos en el porche.

Mamá, que tiene a Sammy sobre el regazo, le acaricia el cuello.

—No entiendo quién podría hacer algo así —dice—. Destrozar un lugar, pero no llevarse nada.

Hasta donde sabemos, no nos han robado joyas, ni dinero, ni nada de valor. Es como si alguien hubiera entrado simplemente para destrozarnos las cosas y trolearnos.

—Ya sabes quién ha sido —dice Alec furioso, caminando de un lado a otro frente a nosotros—. Nuestros «amables» vecinos. Matones que no tienen nada mejor que hacer que causar problemas.

No sé por qué está tan molesto, si no han tocado ninguna de sus cosas. Tanto él como Piper van a salir de esta sin un rasguño.

—No lo sabemos con seguridad. Podría haber sido cualquiera.

—¿Sabes qué? No culpo a la fundación por no intentar ayudar a esta gente —continúa Alec—. Ni siquiera ellos se ayudan a sí mismos. Robar y destrozar a su propia comunidad. ¿Por qué debería ayudarlos alguien?

Mamá le lanza una mirada.

—Alec, no tienes ni idea de las cosas por las que ha pasado esta gente. Tú, como hombre blanco, no puedes ni imaginártelo.

Alec abre la boca y la cierra rápidamente al darse cuenta de que se ha pasado.

—No lo entiendo —le dice Sammy—. ¿Por qué no han tocado tus cosas?

Alec se encoge de hombros.

—Puede que la policía pasara por delante.

—¿Por esta manzana? —Pongo los ojos en blanco—. Ya, claro.

Alec suelta algo del aire contenido y se sienta en los escalones, de cara a la calle. Piper se pone a su lado rápidamente. Lo que nadie más puede ver es la manera en que la niña parece estar conteniendo una risa divertida.

Y yo me muero de ganas de saber qué es tan gracioso.

ONCE

—Fue superraro, papá. —De pie, en la esquina frente a la misma casa en la que nos colamos, pongo al día a papá—. Es como si lo tuvieran todo planeado y estuvieran listos para pasar a la acción. Parecía una Cedarville totalmente diferente, con centros comerciales y fuentes ridículas. Y actuaban como si toda esta gente fuera a marcharse mañana y, hasta donde yo sé, por aquí nadie tiene prisa por hacer las maletas.

—Bueno, eso es lo que ocurre en las ciudades controladas por inversionistas. Pero quiero que me cuentes más sobre el incidente. ¿Seguro que estás bien?

—Estoy bien, papá. En serio. Aparte del ordenador, no tenía mucho más que pudieran querer.

—A mí lo que se me ocurriría es que intentaran empeñar el ordenador —dice pensativo—. Habrían podido sacar unos cientos de dólares, fácilmente. ¿Por qué iban a destrozarlo? ¿Y qué es eso que me dicen de que no quieres entrar en el equipo de atletismo?

Echo un vistazo a la casa que hay en la esquina; la cortina vuelve a mecerse, como saludando. No quería decirle a papá que esto no ha sido un robo normal, sino que parecía calculado y dirigido, como si alguien estuviera intentando mandar un mensaje. Y, desde luego, no me apetecía hablar sobre atletismo.

—Ya —balbuceo, con la voz que se me está apagando—. Oye, ¿la tía Natalie aún trabaja para aquella ONG?

—Sip. Ahí sigue.

—Pero siempre se está quejando de que necesitan recaudar fondos. ¿Cómo puede permitirse una organización sin ánimo de lucro como la Fundación Sterling comprar toda una ciudad?

Papá se ríe.

—¡Ja! Esa es mi chica, siempre pensando detenidamente en las conspiraciones de la gente. No conseguíamos engañarte ni para que comieras verduras.

—¡Y mírame ahora! —Suelto una risita—. Sobreviviendo a base de granola, tofu y un rezo.

—Siempre llegas a las cosas a tu ritmo. Pero, Mari, yo no me preocuparía demasiado por la gente de Cedarville. Pasará mucho tiempo hasta que puedan sacarlos de sus casas. Sin embargo, si quieres satisfacer tu curiosidad... Yo seguiría el dinero.

—¿Seguir el dinero?

—Sip. En cuanto sepas de dónde viene todo el dinero, sabrás quiénes son los verdaderos actores que tiran de los hilos detrás de la pantalla. Puede que no todo sea lo que parezca. ¿Cuál es la primera norma que te enseñé sobre el ajedrez?

Respiro hondo y miro fijamente dentro de la ventana rota de la casa.

—Cada movimiento es una preparación para el siguiente.

Cuando terminamos de limpiar y mamá se encierra en su despacho para intentar llegar a la fecha de entrega, llamo a Tamara por sexta vez. No me ha contestado a ninguno de los mensajes ni a las llamadas de FaceTime. ¿Qué clase de mejor amiga te deja colgada durante una crisis vital tan grande?

—¡Salgo a correr! —grito, salgo por la puerta y primero me paso por el jardín secreto. Solo han pasado unas semanas, pero las semillas están empezando a mostrar algo de vida. Las riego con alegría y compruebo la temperatura ambiente. El otoño se huele en el aire. El cambio de estación implica que la luz del sol también cambiará, por lo que coloco los contenedores más cerca de las ventanas. Es un riesgo, ya que si alguien pasara por delante podría verlas, pero dado que nadie se acerca por esta zona, no me siento mal arriesgándome.

Excepto por esa extraña camioneta que no dejo de ver a altas horas de la noche. Puede que esté sondeando el lugar. Puede que sean los que nos destrozaron la casa. Pero no tocaron las cosas de Piper ni las de Alec. Seguro que por eso no dejo de oír en la cabeza, una y otra vez, lo que dijo Piper: «Lo lamentarás».

Cuando ya me he ocupado del jardín, me pongo a correr sin salir de mi rutina para no levantar sospechas sobre mis andanzas, pero no dejo de pensar en Piper. ¿En serio podría tener algo que ver con el incidente? O sea, es que no es más que una mocosa, ¿hasta dónde podría llegar su poder? ¡Si ni siquiera tiene un teléfono!

«Lo lamentarás».

Sopeso la idea de decirle a mamá lo del coche que vi aparcado durante aquellas noches, pero cuando te conocen como «la chica que grita ¡chinches!» ante cada pizquita o puntito rojo que ve, no es que te consideren la persona más fiable.

Metida en faena, ni siquiera me doy cuenta de que ya he dado la habitual vuelta alrededor del parque y vuelvo a estar en mi vecindario cuando oigo una voz conocida:

—¡Chica! Pero ¿de quién estás huyendo?

Veo a Erika más adelante, sentada en una silla rota de jardín al final de una entrada para vehículos.

—¿Ya estás fumada? —me río entre jadeos y me voy deteniendo poco a poco frente a ella—. No es ni mediodía.

Me sonríe abiertamente y mira la hora que es.

—Qué tarde es ya. Pero, jooooder, qué rápida eres. Eres como Usain Bolt en mujer o algo así. Deberías hacer las pruebas para el equipo de atletismo.

Algo ácido amenaza con salir, pero me lo trago.

—Eh… No me interesan las actividades extraescolares que organiza el instituto.

Erika asiente.

—No quieres tener nada que ver con ellos, ¿no? Te entiendo. Ven, échate una siesta. —Señala la silla que hay frente a la suya y yo me siento—. ¿Quieres un refresco? —pregunta metiendo la mano en una neverita de color rojo.

—Claro —digo, aunque debería beber agua después de los kilómetros que acabo de hacer—. Gracias.

Le doy un trago al *ginger ale* y vuelvo a echar un vistazo a la casa de Erika y veo unas tablillas blancas que caen por los lados, desgarrones en la mosquitera y una vieja nevera tirada de lado en el césped muerto. Dentro oigo a Scott Clark.

—El Señor mandará que la bendición sea contigo en tus graneros y en todo aquello en que pongas tu mano. Tu Dios y Señor te bendecirá en la tierra… Las semillas que florezcan bendecirán tu vida y gozarás de gran abundancia en las áreas por las que reces. Solo tienes que llamar al número de abajo, hacer el pedido y yo te mandaré un paquete con las semillas totalmente gratis. Solo tendrás que seguir las instrucciones en la carta detallada que yo te mandaré.

—Siento lo que ha pasado en tu casa —dice Erika.

Estoy a punto de preguntarle cómo se ha enterado, pero lo dejo estar rápidamente. Todo el mundo sabe todo lo que ocurre por aquí.

Me pregunto si saben que están a punto de desahuciarlos.

—¿Y qué vas a hacer hoy? —pregunto, cambiando de tema—. ¿Sueles pasar el rato aquí, en la entrada para vehículos, como si fueras un coche aparcado?

Se detiene un momento y pierde toda la alegría del rostro.

—Solo en días especiales. Estoy esperando a que vengan a recogerme para ir a Big Ville a visitar a mi pa.

—¡Oh! Qué bien. ¿Te importa si pregunto…?

—¿Lo que hizo? En realidad, nada. Estaba en el lugar equivocado en el momento equivocado. Eso es todo.

—Ya —digo—. Lo siento, no pretendía fisgonear.

—No lo estás haciendo. No hay ningún secreto aquí, en el Wood. Qué te juegas a que, ahora mismo, hay alguien al teléfono contándole a otra persona que la hija de Leslie está pasando el rato con la chica nueva de Maple Street. Pronto dirán que andamos juntas.

Paso el dedo por la lata encogiéndome de hombros y digo:

—Bueno, no estás nada mal. Yo te daba.

Erika entrecierra los ojos y se mofa.

—¡Anda, no mientas! No soy ningún polvo por pena. Además, no eres mi tipo.

Nos echamos a reír y nos pasamos la siguiente media hora animándonos la una a la otra. Me recuerda a cuando estoy con Tamara. Es la pizca de normalidad que necesitaba, ya que no ha contestado al teléfono a pesar de todos los emojis de emergencia que le he enviado.

Además, la ropa de Tamara huele a hierba, y la siento como el más dulce de los perfumes. Estoy a punto de enterrarme en su ropa.

—¿Vas mucho a visitar a tu padre? —pregunto.

—Siempre que alguien puede llevarme. Aquello parece un aeropuerto, todo el mundo está yendo y viniendo —suspira y le da una patada al aire—. La Ley Sterling nos jodió.

—¿La Ley Sterling? —palidezco.

—Tranqui, no es el Sterling que os consiguió la casa. Es el hermano mayor, George L. Sterling. Era el gobernador a principios de la década del 2000. Era algo así como un puritano y creía que las drogas eran obra del diablo. En cuanto llegó al poder, fue a saco y aprobó un montón de leyes que eran una locura. Un mínimo de veinte años si te atrapaban con treinta gramos de maría.

Pienso en mi jardín secreto y trago saliva.

—Treinta… ¿Treinta gramos de hierba? —me atraganto—.
Pero si es, o sea, inofensiva.

—Bueno, pues él convenció a los blancos de que la hierba
engancharía a la gente y los convertiría en adictos que roba-
rían, saquearían y matarían, y todo el mundo creyó a ese imbécil. Destinó todo el presupuesto de la ciudad a «limpiar las
calles». Empezaron a agarrar a todo el mundo en el Wood. La
policía estaba montando redadas como si fueran el ejército, y
entraban en casas, oficinas, restaurantes, colegios y hospitales
sin ninguna orden judicial. Después de la primera oleada, se
volvieron codiciosos y empezaron a plantar droga en la gente… como a mi pa. Él no ha fumado en su vida, pero, de alguna manera, lo encontraron con treinta gramos. Una vez leí
una estadística que decía que en los dos años después de que
aprobaran la Ley Sterling, la gente que había en las cárceles
creció un novecientos por cien. Por eso tuvieron que construir
esos bloques gigantescos que pueden verse a un kilómetro de
distancia.

—¡Ufff!

—Como se ventilaron el presupuesto, los colegios y hospitales empezaron a cerrar y la gente se echó a las calles. Y eso fue lo
que prendió la mecha de los últimos disturbios.

Echo la cabeza al lado y vuelvo a olisquear a Erika.

—Entonces… ¿por qué te arriesgas fumando? —le pregunto.

—Quitaron esa ley hará unos dos años. Mientras no la vendas, va bien. Pero… no revocaron las sentencias anteriores.

—O sea que todos los que están en Big Ville están… ¿atrapados?

Erika toma un sorbo del refresco.

—Más o menos —responde.

—Joder… qué mal.

Erika aprieta los labios y mira fijamente hacia el espacio. No
me puedo imaginar cómo debe ser pasar por algo así siendo una
niña. Que todo tu mundo quede patas arriba, ver a tu familia y

amigos acorralados en prisión, prácticamente secuestrados, con unos cargos que no son más que mentiras.

—Pero, oye, por aquí no todo es malo, ¿eh? —dice, animándose—. Esta noche hay una fiesta en la zona este. Deberías pasarte. Yusef hará de DJ. Me meto mucho con él, pero en realidad no es nada malo. Y creo que aquí el amigo tiene un *crush* contigo.

Ay, no. Eso es lo último que necesito. Además, ¿no irán las chicas del instituto a esa fiesta? Pero… estaría bien hacer algo normal por una vez.

—Mmm, no sé —le doy vueltas—. ¿Me lo puedo pensar?

—Oye, pero ¿qué pasa? —La cara de Tamara aparece por fin en la pantalla de mi teléfono después de unas mil veces—. Llevo llamándote todo el día —grito, cierro la puerta de golpe y me tiro en la cama—. ¿Es que no te han dicho nada todos esos mensajes con la palabra «urgente»?

Tamara se encoge de hombros, no parece afectada.

—Perdona —dice seca y sin mirarme a los ojos—. Es que no sabía si aún seguías con la dichosa bromita. Ha sido supermolesto.

—¿Bromita? ¿Qué bromita? ¡Teníamos una emergencia superreal!

Tamara me mira, al fin, entrecerrando los ojos, como si estuviera reconsiderando algo.

—Bueno, puede que fuera Piper. Tenía el pelo largo.

—¿Quién? ¿De qué estás hablando?

—Anoche había alguien que no dejaba de llamarme por FaceTime desde tu ordenador, pero no podía verle la cara. Estaba ahí sentada, en la oscuridad, y le costaba respirar. Yo no dejaba de decir «hola, hola», pero ella no contestaba. Fue super *creepy*.

—Tam, ¿lo dices en serio? Porque de verdad que no es el momento.

—¡Que sí! Llamó como veinte veces. Después de un rato, dejé de contestar. Espera, que hice una captura de pantalla. Mira, te la mando.

Tamara me envía una foto hecha desde la pantalla de su ordenador y, en cuanto la abro, se me paraliza todo el cuerpo. Es la silueta de una chica, sentada en mi escritorio, con mi portátil; la luz del pasillo la ilumina desde atrás y la cara le queda oculta por las sombras.

Es demasiado alta para ser Piper...

—¿Quién es? —pregunta Tamara.

La Bruja, estoy a punto de contestar, pero me detengo. Porque es ridículo. Las brujas no existen. Tampoco las tonterías esas que se han inventado en esta ciudad a lo largo de los años. Pero esta debe ser la persona que entró en nuestra casa. Estuvo en mi habitación, toqueteando mis cosas, haciéndose pasar por mí... Se me sube la bilis a la garganta.

—Oye —insiste Tamara—, ¿qué está pasando?

¿Cómo se lo explico? ¿Por dónde empiezo sin que parezca que estoy... loca?

—Mmm, es una larga historia. Deja que... ehhh... te llame.

DOCE

Cuando Erika me mandó la dirección de la fiesta, esperaba encontrarme con una casa normal. Ya sabes, una donde haya agua corriente y electricidad. Cosas normales. En vez de eso, me encuentro siguiendo un extenso alargador de cable por una entrada para vehículos llena de grietas en una propiedad abandonada al otro lado del parque.

Dentro, la casa está a rebosar de luces de Navidad rojas y de humo de tabaco. Hace casi un año que no voy a una fiesta, pero normalmente son todas bastante parecidas, da igual dónde se celebren. En todas hay botellines y barriles, vasos rojos y patatillas, chicas borrachas y chicos calientes… Y todas las chucherías que quieras: hierba, cocaína, oxi… puede que hasta algo de MDMA.

Esta fiesta es diferente. Para empezar, es casi imposible no darse cuenta de los enormes agujeros que hay en el techo y de los muebles enmohecidos que están apartados en las esquinas; del polvo que hay por todos lados. Luego está la gente que ha venido, que es una mezcla muy rara. Es que no son solo chicos y estudiantes universitarios, sino que también hay adultos de verdad entre la multitud, como si fuera de lo más normal tomarse unos chupitos con el abuelo de alguien. Pero a nadie parece resultarle extraño. Como pasa con el resto de Cedarville, a todo el mundo le parece normal, cuando evidentemente no lo es.

Me paso la lengua por los labios y echo un vistazo a la multitud, pero no veo a Erika por ningún lado, y esta noche necesito encontrarla urgentemente. Tiene lo que más necesito. Siento un retortijón profundamente inquietante en el interior, un sentimiento que ya conozco y que surge cuando estoy cerca del límite y a punto de hacer... una tontería. No tengo cómo escribirle. No me he traído el teléfono, porque sé que mamá sigue con el maldito localizador activado y que mi excusa de que me iba al cine con unas amigas del instituto y que tal vez llegara tarde era vaga y bastante mala.

¿Y si no aparece?

Sigo el alargador hasta llegar a un comedor lleno de gente. Y detrás de la mesa de DJ está Yusef, con los altavoces de su padre uno a cada lado. Parece que... se le da bien. Y que está concentrado. Me quedo por la parte de atrás y lo observo desde la distancia. Con los cascos de la marca Beats, el portátil y una mesa de mezclas iluminada, pasa de un temazo a otro de una manera impecable; la fiesta lo adora, el ambiente es relajado y, por un momento, me olvido de que estoy en una casa ruinosa y me apoyo contra un alféizar que veo cerca. Pero, en cuestión de segundos, se rompe bajo mi peso.

—¡Ah! —grito y me caigo de culo. Yusef gira la cabeza rápidamente en mi dirección. También el resto de la fiesta.

Muy bien, Mari. ¡Qué manera de pasar desapercibida!

—¡Cali! —grita Yusef y me ayuda a ponerme en pie—. No sabía que ibas a venir esta noche. ¿Estás bien?

—Sí, sí. ¡Totalmente! Estoy acostumbrada a pasar vergüenza —digo mientras me sacudo el polvo—. Pero, ehh... ¿este lugar es seguro? Las paredes no van a derrumbarse ni nada, ¿no?

—Tranqui, aquí hacen fiestas todo el rato —contesta, riéndose.

—Ah, qué bien. —Sé que ha sonado supercrítico, pero todavía estoy quitándome desconchones de pintura de cuando me he caído.

—Bueno, me alegro de que hayas venido —dice, sonriente.

Siento un poco de vergüenza ante su alegría y los ojos curiosos que nos observan.

—Oye, me he enterado de lo que ha ocurrido en tu casa —dice—. ¿Quieres beber algo?

—Claro, pero… ¿no tienes que trabajar o algo?

—He dejado una mezcla puesta, debería durarnos unas cuantas canciones.

Avanzamos entre la multitud y vamos hacia la cocina. Bueno, hacia lo que fue una cocina, ya que no hay ningún electrodoméstico a la vista ni encimeras apenas. Yusef nos sirve dos vodkas con zumo de naranja. Es baratero, pero sin duda me ayuda a calmar los nervios. No estoy acostumbrada a estar sobria en las fiestas. No estoy diciendo que no sepa cómo hacerlo, pero me siento como una pieza de rompecabezas fuera de lugar. O puede que me sienta tan rara por todo el tema de que nos han vandalizado la casa, hay ruidos raros, la casa de al lado se ha incendiado, estoy falta de sueño y hay una tipa cualquiera gastando bromas con mi portátil, que ahora está destrozado.

El cambio es bueno. El cambio es necesario. Necesitamos un cambio.

—Oye, ¿estás bien? —me grita Yusef cerca del hombro—. Pareces ida.

—Ah, sí. Estoy bien —digo, fingiendo una risa—. Mmm, se te da bastante bien esto de la música.

Yusef sonríe abiertamente.

—¿En serio? ¿Tú crees?

—Sí, estoy segura de que tu padre está superorgulloso de ti.

La sonrisa de Yusef se atenúa y aparta la mirada para darle un trago a la bebida.

Joder, Mari. Ya podrías meterte un pie en la boca.

—Lo siento. No quería… Bueno. Solo decía que…

—Tranquila —dice, restándole importancia con un gesto de manos—. De hecho, hoy nos hemos visto.

—¿En serio? ¿Cómo está?

Yusef se encoge de hombros.

—Igual. Tiene a todo su grupito ahí con él, así que no es que se esté perdiendo gran cosa. Menos lo de estar con la familia. Pero puede que algún día vea por sí mismo lo bueno que soy.

—Lo hará —le aseguro. Sabiendo lo estrecha que es la relación con mi padre, quiero que él tenga lo mismo a toda costa.

—Eyyyyyy, ¡has venido! —Erika aparece de repente entre la multitud. Tiene la mirada baja y la sonrisa amplia—. ¿Qué pasa, titi? —Se acerca bailando hacia nosotros con una copa en la mano.

Me río.

—¿Qué tal?

—Esta fiesta es increíble, Yuey —dice—. Me alegro de que le hayan dado una oportunidad al muchacho.

—¿Yuey? —repito, levantando una ceja y mirándolo a él.

Yusef se queja.

—Oye, por enésima vez, deja de llamarme así.

Erika se encoge de hombros, se saca un porro de detrás de la oreja y se lo pone en los labios. Lo enciende. El humo dulce y ácido nos rodea. Se me hace la boca agua. Es casi pornográfico lo bueno que hace que parezca.

Erika se da cuenta de que la estoy mirando y sonríe.

—¿Quieres una calada? —me pregunta.

La lengua me palpita y me inclino hacia ella. Yusef se aparta el humo de la cara haciendo vaivén con las manos y dice:

—No, E. Tranqui. A ella no le va eso.

Erika lo mira con los labios fruncidos.

—¿Te lo ha dicho ella?

Yusef me lanza una mirada como diciendo: «Apóyame». Y no puedo. Porque no hay nada que quiera más.

—¿Entonces? ¿Quieres una calada o pasas? —pregunta Erika.

Los ojos me bailan entre el petardo que me están ofreciendo y Yusef. Él se cruza de brazos y centra su mirada en mí. No debería importarme lo que piense, pero es difícil, porque me está juzgando, y su actitud inunda todo el espacio que nos rodea.

—Mmm, sí —digo, un poco con demasiada impaciencia—. O sea, claro, por qué no.

Agarro el petardo, inhalo con ganas y dejo que el humo alcance todos los rincones de mis pulmones. Después exhalo con un «ahhhh». Aún no ha tenido tiempo de recorrer mi sistema, pero con el mero hecho de tenerlo en la mano, ya me vuelvo a sentir entera.

Yusef suelta un gruñido.

—Oye, ¿en serio le das a esta mierda?

—Es solo un poco de hierba —digo encogiéndome de hombros—. No es para tanto.

—¿Que no es para tanto? —grita—. ¡Díselo a todos los que están en Big Ville!

Su amargura es como una fría bofetada en la cara. Quiero decir algo, defenderme, pero no se me ocurre nada.

—Yuey, tranqui —dice Erika—. ¿Por qué vas a por su cuello?

Yusef sacude la cabeza y estampa su copa en la encimera llena de grietas.

—Tengo que volver —dice de manera seca—. Hasta luego.

Se marcha echando pestes y desaparece entre la multitud sin prestar atención a nadie. Erika le resta importancia con un gesto de manos.

—No te preocupes, se le pasará. Es un bebote supersensible.

—Ya —mascullo, y doy otra calada para aliviar la culpa.

Vale, ya sé lo que estás pensando. Sigo sin conocer a Erika tan bien y no debería fumar nada y puede que Yusef no vuelva a hablarme, aunque se ha portado superbién… Pero, ahora mismo, después de todo lo que ha ocurrido durante estas últimas semanas, necesito esta calada más que cualquier otra cosa.

Le doy otra chupada y me dejo flotar por el espacio exterior. La fiesta está a años luz.

Erika y yo encontramos un rincón en el que quedarnos y seguir viendo a Yusef. Se le ve bien. Muy bien.

Mierda. Espero no haber dicho eso en voz alta.

—Tengo… hambre —balbuceo y me chupo los labios.

Erika se gira hacia mí, con la mirada baja.

—Oye, ¿te das cuenta de que óvulo viene de «huevo»? ¡Como las gallinas! Ellas ponen un huevo y nosotras soltamos un óvulo cada mes… Buah, no somos más que pájaros. Ser una chica es una cosa muy loca.

Me la quedo mirando y pestañeo, luego se me sale una risa incontrolable.

—Pero ¿qué dices? ¿De dónde ha salido eso?

—Has dicho que tenías hambre. Y yo quiero carne con huevos. Eh, pásame la colilla.

Le paso el porro con un suspiro y dejo que mi cuerpo se disuelva en la pared. No siempre he sido así. No siempre he estado tan desesperada, tan sedienta; nunca he sido el tipo de persona que necesite hierba para mantener una especie de sentido de la cordura. Me acuerdo de cómo era todo antes de que tuviéramos chinches. Antes de que, ante cualquier mota de suciedad, mirara dos veces. Yo era una chica normal y se me antojaban cosas normales; por ejemplo, bebía de manera ocasional. Pero la hierba me quita esa ansiedad tan pesada que cubre todos mis pensamientos y, durante un brevísimo instante, me siento liberada de todo eso. No hay ninguna fijación ni paranoia, no hay preguntas. Me siento ligera como una pluma, floto y floto… hasta que ya no siento que la vida se esté desmoronando a mi alrededor. En cuanto pruebes esa sensación, en cuanto la experimentes, te verás yendo tras ella el resto de tu vida.

Qué bien voy a dormir esta noche, joder.

Es lo único en lo que puedo pensar mientras me pongo una camiseta y unos pantalones de chándal. Por la manera en que se me han relajado los músculos, sé que la hierba ha penetrado hondo en mi sistema. No ha sido la mejor que haya probado, pero es como ese momento en el que llevas horas muriéndote de hambre y comes pollo, y no sabes si es el mejor pollo que has comido en tu vida o es que tenías muchísima hambre. Así mismo es. Aunque yo no como pollo, claro. Hablando de pollos... Sofoco una risita.

¡Erika es divertida! Sin duda, tenemos que hacernos más amigas.

Esta noche, Buddy duerme con Sammy, por lo que tengo toda la cama para mí. Enciendo el calefactor y me meto debajo del edredón. ¿Por qué todo sienta tan bien cuando estás fumada? Estas sábanas de algodón del hipermercado son como seda egipcia.

Sigo sin poder sacarme la expresión de Yusef de la cabeza, pero es como mejor me he sentido desde que nos mudamos a Cedarville. Bueno, supongo que eso no es del todo cierto. Esta noche me lo habría pasado bien en la fiesta de cualquier modo. Fue bueno sentirme... normal por una vez. Creo que mañana le preguntaré a Erika por la persona que se la provee. No puedo seguir cuidando del jardín secreto.

Afectada por la hierba, cierro los ojos y me quedo frita en cuestión de segundos. Pero los dientes me castañetean y me despierto, como si el cerebro se hubiera desviado de su camino. La habitación sigue a oscuras, y hace tanto frío que puedo ver mi propio aliento cuando dejo escapar un quejido.

Ese porro me debería haber dejado K.O. durante horas. Cómo demonios... Mierda, ¡qué frío hace!

No consigo que los ojos se me acostumbren a la oscuridad, y con la vista borrosa tanteo a mi alrededor. No encuentro el edredón, y se me pone la piel de gallina. Los pies los tengo como cubitos de hielo. Me incorporo, siento pesadez en la cabeza. La puerta está abierta y por ella entra una corriente de aire frío.

Y hay un hombre de pie en la esquina, cerca de mi armario.

Está de cara a la pared, con la cabeza baja, como si lo hubieran castigado a la antigua. Si no hubiera tan pocas cosas en mi habitación, no me habría dado cuenta de su presencia. Con toda la confusión, no habría sido más que otra sombra entre las sombras. Excepto por el hecho de que está agarrando el extremo de mi edredón.

Parpadeo un par de veces y me froto los ojos. Sigue estando ahí, temblando, balbuceando, y la cabeza le da espasmos cada pocos segundos. La temperatura de la habitación baja de golpe.

Me aparto y me siento tan quieta que podrían confundirme con un mueble.

Esto no está ocurriendo. Es un mal viaje. ¡Menudo viaje! Otro sueño rarísimo.

Pero ¿acaso huelen los sueños de esta manera tan fuerte?

Es el hedor de cuarenta mil años del que hablaba la canción de Michael Jackson. Contengo una arcada y aprieto bien fuerte los músculos del cuello. Necesito salir de aquí, pero no quiero que sepa que estoy despierta. No quiero que me mire, porque, si lo hace, saldré del aturdimiento y gritaré.

Con cuidado, pongo un pie en el suelo, luego el otro. Hago todo lo que puedo para controlar la respiración y, con tranquilidad, salgo de la habitación. Como si no lo viera, como si fuera invisible. Porque eso es exactamente lo que es: una alucinación, una aparición. Y si nos ignoramos mutuamente, puede que se largue.

Pongo un pie en el pasillo, tengo el teléfono temblando en las manos y la espalda tiesa como un palo.

—Es solo un sueño —susurro cerrando los ojos.

Eres tú. Ves cosas que no están ahí. Llevas un tiempo sin fumar. Has perdido práctica.

Pero sigo oyendo cómo murmura.

—Es un sueño. —Respiro—. Tranquilízate. ¿Lista?

El cartel de la puerta de Piper con unicornios que quiero romper en un millón de pedazos.

Escaleras... que llevan a la puerta, por la que quiero salir corriendo, irme de casa y volver a California.

El murmullo cesa. La casa se queda en silencio. Pero todavía puedo olerlo y no consigo moverme de ninguna manera.

La alfombra que mamá compró por internet.

La puerta del ático...

Pasos, fuertes y pasmosos, que se oyen fuera de la habitación, embistiendo hacia mí. El estómago me da un vuelco y me llevo las manos a la boca para no gritar.

¡Mari, despiértate, despiértate, despiértate! ¡Por favor por favor por favor!

La puerta de la habitación se cierra de golpe detrás de mí y yo salto tres metros en el aire.

Es una corriente de aire. Es solo una corriente de aire, es el viento. Eso es todo. La puerta siempre se cierra sola.

Pero ¿por qué sigo oliéndolo?

La puerta de mamá y Alec continúa estando cerrada. Esto no los ha despertado. Si lo hubiera hecho, les bastaría con mirarme para saber que estoy fumada. Jamás se creerían que un hombre extraño se ha metido en mi cuarto. No se molestarán ni en echar un vistazo. Por eso entro de puntillas en el baño y llamo a la única persona que creo que sí lo haría.

—¿Sí? —suelta Yusef con voz grogui y ronca.

—Vale, vale. Sé que estás enfadado conmigo y todo eso —susurro y me deslizo en la bañera—, pero ¿puedes venir a casa?

—Muchacha, ¿tú sabes la hora que es?

Sé que lo que estoy a punto de decir va a sonar como si estuviera loca antes incluso de que lo diga, pero lo digo igualmente:

—Hay... hay un hombre en mi habitación.

—¿Un qué?

—O algo —balbuceo—. Puede que sea un demonio. Está en la esquina, agarrando mi manta.

Yusef suspira.

—¿Ves? Por eso no deberías acercarte a esa mierda.

—¿Podemos dejarnos del «te lo dije» durante cinco segundos? Porque, literalmente, hay un asesino en mi habitación. Y tengo miedo.

Yusef respira hondo y oigo el frufrú de las sábanas.

—Cali, no es más que tu imaginación. No debería haberte contado todo aquello de la Bruja. Ahora ves cosas.

—No estoy mintiendo, lo juro.

—¿Dónde están tus padres?

—¿Estás loco? No puedo despertarlos. ¡Sabrán que he fumado y perderán la chaveta! ¡Me voy a meter en un gran lío!

En el momento en que lo digo me doy cuenta de que perder mi libertad me da más miedo que el extraño que hay en mi habitación.

—Vale, vale. ¿Dónde estás ahora?

—Mmm… en el baño.

—¿Has oído a alguien… o a «eso» salir de tu habitación?

Escucho la casa. No hay nada más que silencio.

—No —contesto.

—¿Has cerrado la puerta?

—No. Se ha cerrado sola.

—Mmm, vale. ¿Tienes papel y boli a mano?

—Mmm, puedo conseguirlo. ¿Por qué?

—Vale, esto es lo que vas a hacer: consigue papel y dibuja una cara feliz.

—¿Qué?

—Que dibujes una cara feliz.

—Esto no tiene gracia, Yusef —ladro—. Hay un loco desquiciado en mi habitación y tú estás bromeando.

—¿Quién está bromeando? —dice con un tono de crispación en la voz—. Sobre todo, a las tres y media de la mañana, joder, cuando me acabo de meter en la cama y tengo dos casas en las que trabajar mañana. ¿Quieres mi ayuda o pasas?

Me muerdo el labio inferior y salgo a trompicones hacia el pasillo, donde agarro un bolígrafo y una nota adhesiva de color rosa del aparador.

—Vale, y ahora ¿qué? —susurro dibujando una cara rápida. No me puedo creer que esté haciendo esto.

—Muy bien, pasa el papelito por debajo de la puerta.

—¿Qué? ¿Por qué?

—Porque los demonios odian las cosas felices. Lo espantará. Luego, por la mañana, cuando estés sobria y vayas a tu habitación, te encontrarás con algo tonto dándote la bienvenida y te recordará que todo ha sido un mal sueño.

Me quedo unos momentos petrificada y se me escapa una risita entre los labios.

—Oh, oh, ¿eso ha sido una risa? —dice Yusef riéndose entre dientes.

—No, eres tú que oyes cosas —suspiro—. Estoy siendo ridícula, ¿verdad?

—Qué va. Solo tienes que beber agua y dormir la mona. Pero… me alegro de que hayas ido a la fiesta esta noche. Se te veía… feliz.

—¿No se me ve siempre feliz?

—No, la verdad es que no.

—Mierda —resoplo y aprieto los labios. ¿De verdad tengo una pinta tan triste estando aquí?—. Bueno, mmm, gracias por tu ayuda.

—¿Quieres que me quede al teléfono hasta que te duermas?

—¿Tú… harías algo así?

—Sí, por si acaso entra. Así te oiré gritar. O solo roncar.

—Yo no ronco.

Yusef chasquea la lengua.

—Muchacha, deja el *show*. Sabes que roncas.

—Argh, vale, vale, ¡ronco! Pero no tan alto.

—Pero ¿qué haces? —pregunta Sammy encima de mí mientras Buddy, feliz, me chupa los dedos del pie que me cuelga de la bañera.

—¿Qué? —Me muevo y me doy la vuelta. Pero con solo mirar a Sammy, me deshago de las toallas que he utilizado a modo de mantas y salgo como puedo de la bañera.

—Ehhh, ¿por qué has dormido en la bañera? —me pregunta con una ceja levantada.

—Yo… mmm, no me sentía bien. Pensaba que iba a vomitar o algo, así que me he quedado aquí dentro.

Sammy inspecciona la bañera y luego se encoge de hombros.

—Ah. Bueno, ¿puedes salir? Tengo pis.

En el pasillo, miro el teléfono. Yusef debió quedarse en la llamada hasta mucho después de que me durmiera. Qué… bonito que hiciera eso. Y, sobre todo, por una chica que acaba de llegar, que está loca y llama en mitad de la noche hablando de demonios.

¡Ah! ¡La nota adhesiva!

Entro como un huracán en mi habitación, emocionada por ver la seudonota de amor que me he dejado a mí misma —o que me ha dejado Yusef, en cierto modo—, aliviada al saber que él iba a estar en lo cierto acerca de todo este desastre. Bajo la mirada y veo la nota a mis pies descalzos, pero no está mirando en la dirección en la que la pasé por debajo de la puerta. Le han dado la vuelta, y la parte adhesiva está hacia arriba. Y hay un dibujo, pero no está hecho con el mismo bolígrafo que utilicé yo. Está hecho a rotulador permanente y ha traspasado el papel. Me quedo fría cuando la recojo. Alguien… o algo ha dibujado otra cara. No es una cara sonriente, sino una enfadada, con la boca llena de dientes afilados.

Y el dibujo parece que lo ha hecho un niño.

¡PIPER!

Bajo a toda velocidad por las escaleras y me encuentro a Piper tomando cereales en la isla de la cocina. Entonces le estampo la nota adhesiva enfrente.

—¿Te parece gracioso? —rujo.

Piper mira la nota con indiferencia, luego me vuelve a mirar y pone una media sonrisa maliciosa.

—¿Qué es esto? —pregunta con una voz alegre, y yo quiero largarla del taburete.

—Mari —dice mamá, que deja el café en la encimera para ponerse entre nosotras—. Tranquila. ¿Qué pasa contigo?

—¡Piper ha dejado esto en mi habitación!

La niña sigue con una cara estoica.

—No, yo no he sido. Ha sido la señora Suga.

Mamá examina la nota, desconcertada.

—¿Qué…? —empieza.

—¿Qué pasa? —suelta Alec, que se coloca detrás de Piper.

—Creo que Marigold está enferma, papi —dice, con una preocupación totalmente falsa—. Ayer durmió en la bañera.

Mamá se cruza de brazos.

—¿Por qué has dormido en la bañera? —pregunta.

Me preparo para contarles lo del hombre que había en mi habitación y explicarles lo de la nota adhesiva, pero entonces veo la sonrisa engreída de Piper y me doy cuenta de que no puedo decir una mierda. Si les cuento lo que vi, les saltarán las alarmas. Lo utilizarán como excusa para que me haga una prueba casera para saber si he tomado drogas, una de esas que guarda mamá en el baño pensando que no me he dado cuenta. Y daré positivo al instante.

Mamá se me queda mirando, como si estuviera intentando interpretarme, como si ya hubiera visto esta parte de mí antes. Me enderezo y le arranco la nota de la mano.

—Algo que comí me sentó mal. Pero… estoy bien.

TRECE

—Buah, pero ¡qué me estás contando!

Tamara y yo estamos en nuestra llamada semanal por Face-Time en la que nos pegamos un festín vegetariano, con aperitivos y música. Mamá y Alec se han llevado a los niños al cine, por lo que me han dejado la noche sola —algo que me hacía mucha falta— y tiempo de calidad entre chicas.

—Pues ya ves —me quejo y me siento con las piernas cruzadas en el escritorio—. No sé, igual fue la mala hierba que me mandó de viaje. Y Piper debe haberme oído hablando con Yusef.

—Te dije que fueras con cuidado, que no conoces a toda esa gente que está loca. He estado leyendo cosas sobre Cedarville... Fue como una zona de guerra hace un tiempo. La gente iba por ahí caminando como zombis por el *crack*. ¡No te fíes de nadie!

Esa es Tamara, mi propia Veronica Mars. Se le da bien investigar mierdas. Puede identificar una dirección basándose en una foto de Instagram. Le dije que debería abrir su propio despacho como detective privada. Conseguiría bastante pasta y se podría comprar un coche.

—Ya —digo—. Supongo que tienes razón. Está claro que estoy dejando que esta ciudad y sus costumbres raritas me afecten.

Pero no puedo dejar de pensar en lo que Erika me contó sobre la Ley Sterling. Menudo desastre. Y explica lo que en realidad ocurrió aquí mejor que cualquier página de Wikipedia.

—Será mejor que consigas algo para sacarte esa mierda del sistema —me advierte—. Y rápido. No querrás que tu madre te mate.

—¡Anda! Buena idea —coincido y me pongo una nueva alarma.

ALARMA a las 11:00 a.m.: Comprar un kit de desintoxicación.

Buddy, que está mordiendo un hueso en mi cama, levanta la cabeza husmeando. Se queda mirando hacia fuera, por la puerta abierta del dormitorio, y de su garganta sale un gruñido bajo y profundo.

—¿Qué le pasa a Bud? —pregunta Tamara.

—Nada, está siendo dramático. Pero, en serio, ¿qué voy a hacer con Piper? Tiene que pagar por esto.

Tamara suspira.

—Mari, igual deberías dejarlo estar. Ten paciencia con ella.

—¿En serio vas a defender a esa mocosa?

—A ver, que yo estoy contigo, en serio. Pero Piper… no es más que una niña. Una niña que ha pasado por un montón de cosas. O sea, perdió a su madre y se encontró a su abuela muerta al volver de la escuela. Tú también estarías fatal si te hubiera pasado a ti.

La vergüenza me inunda y siento un nudo en el estómago, como si se me retorciera. Mamá me contó que aquel día, cuando Piper llegó a casa y se encontró a su abuela inconsciente en la butaca, se sentó a sus pies y se pasó cinco horas viendo la televisión, hasta que Alec llegó a casa. Puede que Piper solo esté actuando en respuesta a todo aquello por lo que ha pasado.

—Bueno… poniéndolo así… —me quejo—. Arghhhh, odio cuando tienes razón.

Tamara frunce el ceño y se acerca más a la pantalla.

—Oye, ¿no habías dicho que estabas sola en casa?

—Eso es.

Le cambia la cara y parece que los ojos se le van a salir.

—Este… — tartamudea—. Ha-ha-hay alguien que acaba de pasar por tu puerta.

Ahogo una risa.

—Muy gracioso, idiota.

Pero al ver que Tamara se está quedando pálida, se me agarrotan los músculos.

—Mari, no es ninguna broma —susurra más cerca de la pantalla—. En serio, alguien acaba de pasar por tu puerta. Pero de verdad.

Me lleva unos segundos poner el cerebro en funcionamiento. Me doy la vuelta, miro el pasillo vacío y escucho el silencio.

—¿Qué aspecto tenía? —pregunto sin quitar los ojos de la puerta. Una cosa es que yo vea algo que no está; eso es normal para mí. Pero que Tamara también vea algo es otra historia.

—No lo sé —dice Tamara, aturdida—. Era como una sombra alta. Mari, quizá deberías…

Una puerta se cierra de golpe en el pasillo y yo me pongo en pie de un salto, con la sangre congelada.

—¿¡Qué ha sido eso!? —chilla Tamara, totalmente asustada.

De manera involuntaria, me llevo la mano a los labios. Estoy temblando.

Tranquila, Mari, no es nada. Vas a perder la cabeza y, esta vez, no tienes hierba para relajarte.

Pero ¿y si alguien ha entrado en casa? ¡Otra vez!

—Mmm… deben ser ellos, que, ehh, han vuelto pronto a casa.

—¿Estás segura? —insiste Tamara—. ¿No deberías llamar a la policía o…?

—Sí, tengo que irme. Te llamo luego.

Aprieto el botón para finalizar la llamada y me vuelvo rápidamente hacia la puerta. No sé por qué he colgado tan rápidamente. Supongo que no quería que mi mejor amiga presenciara mi posible asesinato y se quedara marcada para siempre.

—¿Mamá? ¿Alec? —llamo con una voz temblorosa—. ¿Sammy?

Pasos. Pasos rápidos, como piececitos corriendo por el pasillo. La llama de la vela que tengo encendida parpadea con el viento que pasa. A Buddy se le pone el pelo de punta. Gruñe y vuelve hacia mis piernas.

—Es... Es solo el viento —le digo a Buddy. El corazón me late tan rápido que es como si me estuviera aporreando el pecho, y doy un paso tambaleante hacia la puerta.

—¿Hola? —carraspeo, con la mandíbula tensa. Pero entonces desde abajo resuena su voz.

—¡Vuestra salvación, hijos de Dios, está en juego! El diablo se alimenta de los débiles. Pero Él puso el poder en vuestras manos para enderezar los entuertos. El poder en las manos de los honrados. ¿Es que no vais a defender vuestras creencias? ¿No vais a defender a vuestro Dios?

Buddy y yo nos encontramos con la primera planta vacía, donde la única señal de vida es Scott Clark. Hace frío, como cinco grados menos que en la planta de arriba. Vuelvo a comprobar la puerta principal, la del patio y todas las ventanas. Está todo cerrado con llave. El sótano sigue herméticamente cerrado. Entonces, ¿por qué no puedo deshacerme de la sensación de que... me están observando? Como si pudiera sentir los restos de alguien contaminando el aire...

¡Zzzz... clic!

En un instante, me sumerjo en la oscuridad: toda la casa se ha quedado a oscuras. Me quedo sin aire y ahogo un grito con los pies pegados al suelo. La luna llena resplandece en el bosque que hay al fondo. Algo se mueve en el salón... ¿O son las sombras de los árboles? Algo está susurrando... ¿O es el viento? Agarro a Buddy por el collar para estabilizarme, pero él gimotea... ¿O soy yo llorando? De repente, Buddy se pone tieso, con la cola puntiaguda.

¡Pum!

Muevo bruscamente la cabeza hacia el techo. ¿Por qué ha sonado como si hubieran soltado una bolsa llena de martillos en el suelo?

No es más que la calefacción… que se ha vuelto a encender. Eso es todo.

Aunque racionalice lo que está pasando, no consigo calmar la respiración y dejar de dar bocanadas de aire rápidas y superficiales. Luego oigo un suave crujido y entonces vuelven los pasitos, que van corriendo por encima de mi cabeza.

¿Hay alguien en casa?

¡Shhhhhh… clic!

Las luces se encienden todas a la vez y provocan un efecto vertiginoso: la televisión a todo trapo, los cubitos de hielo saliendo por la puerta de la nevera, el reloj del horno y del microondas marcando las 12:00 a.m. Toso.

La lógica empieza a colarse entre el pánico: *Tranquila, Mari, no te vuelvas loca. Hicieron un trabajo de mierda con el sistema eléctrico. Iban con mucha prisa, ¿te acuerdas? Si vuelve a ocurrir, compruebas los fusibles, como te enseñó papá.*

Pero la caja de los fusibles está en el sótano.

No te hagas la heroína. Llama a mamá.

Subo las escaleras corriendo, me meto en la habitación y suelto un chillido.

El teléfono. No está en el escritorio, donde lo dejé. Está en el suelo, tirado en medio de la habitación, boca abajo.

¿Ha sido esto el ruido que he oído? Pero ¿cómo se ha caído? A no ser que le hayan salido piernas, ¿cómo se ha dado la vuelta él solito de camino aquí? ¿Puede haberse dado la vuelta? Las cosas cuadradas no ruedan.

Te estás descontrolando, Mari. Contrólate, céntrate, contrólate.

Con el corazón latiendo tan fuerte que se me va a salir del pecho, me mordisqueo el labio. Si llamo a mamá, se va a pensar lo que no es. Volverá a sacar el tema de ir a rehabilitación y no tendré gran cosa para demostrar lo contrario de lo que ya piensa: que estoy perdiendo la cabeza. Además, me obligará a mear en un tarro y apenas han pasado veinticuatro horas. El porro sigue estando dentro de mi sistema.

La energía fluye hacia donde va la atención.

Eso es lo que siempre decía mi gurú. Puede que sea eso, que me estoy obsesionando demasiado con esta casa tan *creepy*, y por eso ocurren todas estas cosas raras. Los pensamientos se convierten en cosas y todo ese rollo. Necesito salir de aquí, despejar la mente…

Agarro el teléfono del suelo. La pantalla no está rota y, a simple vista, no noto nada diferente. Puede que de verdad se haya caído. Da igual, lo llamo igualmente.

—Ey, qué pasa —dice Yusef bajando el volumen de la música—. Sí que has tardado. Me preguntaba cuándo ibas a ponerme al día sobre el percance de anoche.

Parece que está conduciendo con las ventanillas bajadas y la música alta.

—Mmm, hola —murmuro con un temblor en la voz, mirando fijamente la puerta. Estoy demasiado asustada como para darle la espalda.

—Oye, ¿estás bien? ¿Por qué parece como si…?

—¡Eh! ¿Qué, es la chica nueva?

Me choca mucho oír esa voz.

—¿Erika?

—Pero, hombre, ¡pon eso en el altavoz! ¿Qué pasa, titi? ¿Quieres un perrito caliente estilo Coney?

Suelto una risa, aliviada.

—¿Un qué?

CATORCE

—Buah, no me puedo creer que no comas carne —dice Erika, sorbiendo una Coca-Cola extragrande en el asiento del copiloto de la camioneta de Yusef—. O sea, es que es sacrificial.

—Querrás decir «sacrílego» —me río y le lanzo una patata frita desde el asiento de atrás.

—Eso también —dice, comiéndose la patata—. En serio, los perritos calientes estilo Coney son perfectos. Tienes que probarlos por lo menos una vez.

No hay duda de que a Erika le ha entrado el hambre. Tiene los párpados caídos y ha pedido tres perritos, una hamburguesa con queso y unas patatas grandes con chili.

—Pero, en serio, te estás perdiendo algo muy bueno —coincide Yusef, y entonces le pega un bocado a su perrito caliente; la mostaza le cae por la barbilla y los trozos de cebolla, sobre el regazo.

—Mmm, sí. Me fío de tu palabra.

Hemos aparcado en lo que parece ser una mezcla entre restaurante de carretera y estación de servicio. No es gran cosa, pero tienen mucho ajetreo y la mejor comida grasienta de Maplewood. Está muy animado, y es exactamente lo que necesito para deshacerme del temblor de las manos.

—Y entonces vas y te pides patatas fritas —Erika sigue indignada, perrito en mano—, pero no las que llevan queso y chili, no: patatas fritas más secas que yo qué sé; parecen el Sáhara.

Frunzo los morros.

—¿Has terminado?

—No. ¿Qué se supone que tenemos que hacer contigo? ¿Esperas que te llevemos al comedero de pájaros más cercano o algo?

—Es una buena pregunta —dice Yusef, girándose hacia mí—. ¿Qué te apetece hacer? ¡La noche es joven!

—Bueno, mañana tenemos clase —señalo.

—Ya, bueno —dice Erika—. Tenemos que movernos, no podemos quedarnos aquí sentados toda la noche.

Yo sí que podría. Cualquier lugar es mejor que estar en casa. No tendría ningún problema quedándome a vivir en este coche el resto de mi vida. Además, Yusef tiene una lista de reproducción muy buena.

—¿Os apetece bajar al Riverwalk? —ofrece Yusef.

—¿Y arriesgarnos a encontrarnos con miembros del club de fans de Yusef y meter en problemas a nuestra pobre y dulce chica nueva? No, tenemos que ir a algún lugar donde no vayan a vernos.

Yusef asiente con la cabeza, pensando. Luego esboza una enorme sonrisa y pone el motor en marcha.

—¡Ya sé! Se me ha ocurrido un sitio.

—Y, chica, baja la cabeza —me regaña Erika, poniéndose el cinturón—. Si alguien te ve en el coche de Yuey por la noche todos sabrán que pasa algo, aunque no sea así.

Me hundo en el asiento cuando Yusef sale del aparcamiento.

—Siento como si me estuvieran secuestrando —digo.

—No te preocupes, no andamos lejos —dice Yusef, y se gira para ofrecerme una sonrisa compasiva—. Además, llevo un tiempo queriendo llevarte a este sitio.

Erika gesticula «te lo dije» con la boca y sonríe de manera traviesa. Tengo las mejillas encendidas y me deslizo aún más hacia abajo. Yusef baja las ventanillas y, al acelerar por la autopista, entra aire fresco.

—A ver, no lo entiendo —digo, poniendo la cabeza entre los dos asientos de delante—. ¿Por qué está bien que vosotros dos seáis amigos, pero no nosotros?

Erika suelta un gruñido.

—¡Es lo que siempre te digo! ¡Que yo no supongo ninguna amenaza! Aunque me he llevado a algunas chicas a mi lado del parque, no sé si me entiendes.

Erika mueve las cejas arriba y abajo rápidamente y yo no puedo evitar reírme.

—Bueno, con mucho gusto haría de tu novia con tal de evitar esos malos rollos.

—Por última vez: que no eres mi tipo. Además, eres superalta. Me he encaramado a algunos árboles, pero nunca a una amazona.

—Esa es la manera que tiene de rechazarte con suavidad —bromea Yusef.

—Además, tengo que estar libre para todas esas chicas que van a ir vestidas de enfermeras y criadas sexi para Halloween.

—Y tú, ¿de qué vas a ir?

—De enferma. —Tose de manera falsa—. Con una casa sucia.

—¿De qué vas a ir tú? —me pregunta Yusef.

—¡Deberías ir de fantasma! —dice Erika, poniendo los pies en el salpicadero—. Por eso de que tu casa está encantada y tal.

La palabra «fantasma» me afecta, y ha sonado más alto que el resto de las cosas que he oído en toda la noche.

—¿Quién... quién ha dicho que mi casa esté encantada?

Erika chasquea los labios.

—Chica, vives en la casa de la Bruja. ¡Pues claro que tu casa está encantada!

—Pero eso no es más que una historia viejísima. No hay ningún fantasma —digo mirando a Yusef para que se ponga de mi lado.

Él respira hondo y evita mi mirada.

—Mmm... No sé —dice él.

—¿Cómo que no sabes? A ver, tú has estado en mi casa. No hay mujeres flotando ni sillas que se deslicen por el suelo.

Pero sí que hay puertas que se abren solas, dice una vocecilla en mi cabeza, aunque la ignoro.

Yusef se rasca la nuca; tiene la atención puesta en la carretera, pero está claro que se está aguantando las ganas de decir algo.

—Por tu casa pasaron muchos obreros. Y todos se quejaron de... Bueno, de un montón de cosas raras que pasaron.

—Cuando hay obras, suelen pasar cosas raras —contesto a la defensiva—. Mi padre trabajó en una casa en la que todas y cada una de las herramientas se rompieron. Pero no se fue corriendo a llamar a los Cazafantasmas.

Erika se da la vuelta para mirarme.

—Muy bien, deja que te haga una pregunta: ¿se os ha perdido algo?

—Bueno... Sí. Pero nos acabamos de mudar. Con todo el trajín, las cosas se pierden —contesto.

—Tsss, ya, claro —se burla, sacudiendo la cabeza.

Yusef intenta ser suave:

—Cali, no hubo ni un solo obrero que, por mucho que buscara, saliera de tu casa con todas las cosas con las que entró. Las cosas no dejaban de desaparecer.

Vuelvo a pensar en el segundo día que estuvimos en Maplewood, cuando el señor Watson andaba buscando un martillo. Trago saliva e intento mantener la cara seria.

—Mi casa no está encantada —anuncio de manera fría y débil.

Erika se ríe.

—Chica, ahora mismo la Bruja está *chilling* en el salón de tu casa.

La oscuridad envuelve la camioneta de Yusef cuando la aparca y apaga el motor.

—Ya estamos —dice.

—¿Es seguro que salga de aquí? —susurro, desconcertada por el silencio.

—Chica, aquí no hay nadie —se ríe Erika y abre la puerta.

Levanto la cabeza y veo que estamos en un aparcamiento vacío que da a una playa bañada por la luz de la luna. Detrás de nosotros hay una carretera calcinada y rodeada de árboles altos, colinas y montículos cubiertos de césped. Salgo de la camioneta de un salto y me quedo sin habla.

—¿Dónde… estamos? —jadeo, atraída por el agua.

—Esto es el parque de Cedarville —dice Yusef, que permanece junto a mí—. Y ese es el río de Cedarville. Está chulo, ¿verdad? ¿Ves? Aquí también tenemos playa. Por si acaso estás pensando en volver a la costa oeste.

Erika suelta una risa aguda y se adelanta de un brinco.

—No le hagas ni caso, no es una playa de verdad —dice—. Toca la arena, podría ser perfectamente la de los gatos. ¡Y mira qué agua! ¡Mira qué azul! Entra ahí y te quedarás con la piel teñida.

En cuanto toco la arena con los pies, se me saltan las lágrimas. No es que pensara que nunca volvería a ver la playa, pero me basta con verla para sentir un alivio inmediato en todo el cuerpo. Respiro hondo y huelo… ¿cloro?

—¡Guau! —mascullo y me acerco más. Al otro lado del río, hay casas bordeando la orilla, y sus luces centellean en el agua. Supongo que se trata de una ciudad vecina. No he tenido mucho tiempo para mirarlo en el mapa, pero deberíamos estar bastante cerca de Canadá.

—Mira —dice Erika mientras agarra un guijarro cercano y lo tira al agua—. Mierda, creía que iba a hacer eso de dar saltitos, como en las películas.

Yusef pone los ojos en blanco.

—La Fundación Sterling llevó a cabo una gran limpieza del río y los parques hace unos años —empieza—. Encargó un nuevo banco de arena. En verano, he visto a gente por aquí, *chilling*. Pero a nadie del Wood. Todavía se acuerdan muy bien de cómo era el río antes.

—¿Cómo era?

—Digamos que, si metías un dedo del pie, seguramente se te quemara.

—Buah, aquello era fango verde, había peces con tres ojos y anguilas asesinas —añade Erika.

—¡Uf, pero qué asco!

—Hubo una vez que Yusef bebió un poco. Por eso la tiene pequeña —Erika bufa y le da un empujón antes de salir corriendo.

—Oye, ¡basta! —grita Yusef y la persigue.

Al verlos corretear por la playa, me agacho para recoger un puñado de arena. Es pesada, está algo húmeda por la lluvia, no hay caracolas ni trozos de corales. Es como si estuviéramos jugando en un parque de arena para niños. Me siento y aplano la zona a mi alrededor. Las chinches odian la playa. Seguramente por eso me siento tan segura aquí.

Sobre el agua azul oscura se ve el ondular de la corriente. No tiene nada que ver con las olas que rompen en las playas de California, pero el lugar me recuerda a todas las hogueras que solíamos hacer después de ganar las competiciones de atletismo. Casi puedo sentir la arena en los pies, el sabor de la cerveza barata, el olor del humo en el pelo. Me sacudo la memoria en un intento por mantenerme en el presente.

El cambio es bueno. El cambio es necesario. Necesitamos un cambio.

Estoy en una ciudad nueva, con amigos nuevos. Mi antigua vida ya no existe… Todo gracias a mi exnovio. Bueno, a quién pretendo engañar. Fue culpa mía. Todo esto es culpa mía. Y todo el mundo lo sabe. Así que me merezco nadar en aguas verdes y fangosas en una playa falsa. Doy las gracias por estar a oscuras y me seco la lágrima que se me ha escapado. Hasta que me meto la mano en el bolsillo y me doy contra el teléfono. Mierda, se me ha olvidado dejarlo en casa. Pero puede que mamá no esté vigilando, como suele hacer. Puede que esté tan metida en la película y que de verdad confíe en mí, para variar, que no se va a molestar en mirar por dónde ando. Además, solo estoy en una playa, con amigos, como una chica normal. No puede enfadarse por eso.

Yusef y Erika vienen corriendo hacia mí y me rodean. Los tres miramos hacia el agua, la luz baila a lo largo de la marea.

—Esto no está nada mal —admito—. ¿Por qué no hay más gente por aquí? Si pudiera, vendría cada día.

—Antes solía ir mucha gente al parque —dice Erika—. Hacían barbacoas y se reunían con la familia. Por la noche, esto parecía un aparcamiento. La gente luciendo cochazos y modelitos, pasando un buen rato y disfrutando de la música.

—Mi padre hacía de DJ desde la camioneta —añade Yusef, señalando con el pulgar por encima del hombro hacia su tartana—. Tenía la mesa de mezclas montada en la parte de atrás. Una vez vine aquí con él. Era muy pequeño, pero me acuerdo.

—Mi pa tenía un Cadillac superguay, azul aguamarina, con asientos de cuero blanco y llantas de cromo —se ríe Erika y sacude la cabeza—. Mi madre decía que parecía un bote de Ajax.

—¿Qué pasó luego? —pregunto.

A Erika se le oscurece el rostro y se mete las manos en los bolsillos de la chaqueta.

—La Ley Sterling, eso fue lo que pasó —gruñe—. Empezaron a encerrar a todo el mundo hasta que a la gente le dio miedo salir de casa; se inventaban cualquier ley que se les ocurriera con tal de arrestarlos por respirar.

Yusef se pone tenso detrás de mí, está mirando fijamente el agua.

—Joder... Qué mierda —mascullo.

Caemos en un hondo silencio. Me retuerzo un mechón de pelo con el dedo, deseando tener algo profundo o reconfortante que decir.

—En fin. Disculpadme, chicos —dice Erika, poniéndose en pie de un salto. Se sacude el polvo y se va caminando en dirección a la hierba alta que hay en la orilla.

—¿Qué va a hacer? —me río—. ¿Va a mear en el agua?

Yusef sacude la cabeza.

—Qué va. Se irá a fumar.

—¿En serio? —digo, rápido. Puede que demasiado rápido. Me giro rápidamente en dirección a ella, estoy a punto de seguirla, pero me detengo y ladeo la cabeza de vuelta a Yusef—. Un momento, ¿por qué te parece bien que Erika fume?

Yusef frunce los labios.

—No me malinterpretes. Esa mierda sigue sin gustarme —dice, y luego suspira—. Pero es que Erika... Bueno, no lo ha tenido fácil. Casi toda su familia está en Big Ville. Solo quedan ella y su abuela, y apenas salen adelante con la ayuda de la Seguridad Social. Así que supongo que hago alguna excepción.

—Oh —digo, mirando fijamente hacia la dirección por donde ha desaparecido.

—Supongo que... nos entendemos en ese aspecto. Nuestros árboles genealógicos han quedado reducidos a matorrales. Drogas, Ley Sterling... Por no mencionar los incendios. Parece que al Wood no le dan ni un respiro.

—¿Y por qué no te vas a empezar de nuevo en algún lugar?

Yusef sacude la cabeza.

—Yo no me voy hasta que salga mi familia. No quiero que vuelvan a un lugar lleno de desconocidos.

Me vienen a la cabeza los diagramas de la Nueva Cedarville. No sé por qué no puedo contarle lo que vi, lo que están tramando. Puede que sea porque temo las interminables preguntas que surgirán y para las que no tengo respuestas reales. Puede que sea porque me siento culpable siendo parte de la misma gente con la que pretenden reemplazarlo a él y a su familia.

—Gracias por haberme traído aquí —digo—. Está chulísimo.

Sonríe.

—Quería traerte aquí desde el día en que te conocí.

Trago saliva.

—¿En serio?

—Sí. O sea, ¿qué tipo de chica de California serías sin la playa?

La mirada de Yusef, suave, resplandece a la luz de la luna, como una llama chispeante.

Carraspeo y desvío la mirada.

—Ehhh, mmm, no has llegado a decir de qué vas a ir por Halloween.

Yusef ahoga una risa.

—Ay, no, antes estábamos bromeando. Nadie hace una mierda por Halloween.

—¿Por qué? —pregunto.

—Por los incendios —dice Erika saliendo de entre la hierba con un lento caminar; huele dulce y ácido.

—¿Qué incendios?

Yusef hace una mueca, parece debatirse sobre algo. No es la primera vez que alguien menciona «los incendios», pero nunca dicen nada más. ¿Qué es lo que no me están contando?

Erika se deja caer a mi lado.

—Venga, Yuey. Tiene que saberlo.

Yusef descansa la barbilla sobre la rodilla y mira fijamente la arena.

—Está bien, esta es la historia: hace mucho tiempo…

—No hace TANTO tiempo. ¡No exageres!

Yusef pone los ojos en blanco y dice:

—Vale. Hace tiempo, unos treinta y pico años atrás, después de los disturbios y la recesión, todas las casas abandonadas se

llenaron de okupas. Personas sin hogar. O drogadictos que…
seguían enganchados. —Mira a Erika una y otra vez, pero ella
mantiene la mirada baja y tiene los talones hundidos en la arena—. No estaban… en su sano juicio, ¿me entiendes? En cualquier caso, una noche de Halloween, un niño blanquito, Seth
Reed, se separó de sus amigos y llegó a trompicones hasta Maplewood. Se acercó a una de esas casas abandonadas, supongo
que para preguntar cómo llegar a casa… —Toma una profunda
respiración—. Encontraron su cuerpo al día siguiente. No quiero ni hablar de lo que le hicieron.

—Mierda… —susurro.

—A los del Wood les cayó una buena. Hay quienes dicen
que su muerte fue el principio del fin. Desde entonces, es tradi-
ción que, cada año, en la noche antes de Halloween, la gente les
pegue fuego a las casas abandonadas para que el humo ahuyen-
te a cualquier okupa que haya. Así las calles son seguras para
que los niños salgan a pedir caramelos. La llamaron la Noche
del Diablo, porque el Wood ardía de una manera que parecía el
mismo infierno.

—Pero no siempre consiguieron ahuyentarlos —añade Erika
de manera inexpresiva—. Algunos murieron en esos incendios,
porque estaban demasiado colocados como para darse cuenta
del humo que había. Dicen que en algunas de las casas chamus-
cadas aún quedan cuerpos.

Me quedo con la boca abierta.

—¡Qué dices! Pero eso es un incendio provocado. Eso es…
¡asesinato! ¿Cómo puede estar bien esto?

—Porque creen que están haciendo algo bueno, que así mantienen a los niños seguros —dice Yusef—. Y aquí nadie se va a
chivar. El problema está en que algunos de esos incendios se des-
controlaban y se extendían a casas normales en las que vivía gente, y entonces esa gente lo perdía todo. Y es imposible volver a
construir nada cuando no se tiene dinero para ello.

Pienso en la casa que hay al cruzar la calle y me estremezco.

—Espera, ¿quién empezaba los fuegos? —pregunto.

Yusef se rodea el puño con la palma y pestañea.

—Mmm, nadie lo sabe realmente.

—¿Por qué no los detiene la policía? —digo, con ganas de entenderlo—. O los bomberos.

—¿Crees que se van a preocupar por el Wood? —se mofa Erika—. Chica, que no. Ellos son quienes les dan las latas de gasolina y las cerillas.

—Eso no es más que un rumor —interviene Yusef.

—¡Que mi primo los vio!

—Lo que tú digas —gruñe Yusef—. Pero por eso nadie va a ningún sitio en Halloween. Todo el mundo se queda en casa, protegiendo su hogar. Mi tío se sigue sentando fuera, con una mano sobre la pistola y la otra sobre la manguera.

Me froto las sienes. No me puedo creer que viva en una ciudad que no celebra Halloween. Pero, por otra parte, cuadra bastante con el resto de las locuras que ocurren en Cedarville.

—Esto es de locos —mascullo—. ¿Y sigue ocurriendo hoy en día?

—A veces —escupe Erika—. Lo que pasa es que no quedan personas suficientes en el Wood a las que pegarles fuego.

Me inclino hacia atrás, porque siento el calor de su enfado irradiando desde su piel. Erika se pone en pie y vuelve caminando hacia la camioneta. Sin habla, miro a Yusef. Él tan solo sacude la cabeza y dice:

—Los incendios le dan miedo. A decir verdad, asustan a todo el mundo. Porque si pierdes tu casa, no puedes ir a ningún lugar.

No puedes ir a ningún lugar. ¿Eso lo sabe la fundación? Me froto los brazos, me está entrando frío.

—¿Tienes frío? —pregunta Yusef.

—Un poco —admito.

—Tengo otra sudadera ahí dentro. Te la puedes echar encima.

—Ohh… ¡Estás dispuesto a compartir tu sudadera conmigo! —me mofo de él dándole un golpecito en el hombro—. Debo ser especial.

Se queda mirando fijamente y luego me da un abrazo tímido.

—Sí, un poco.

Ahí, en el momento de esa pausa incómoda, lo siento. Un latido de más que derrite el hielo en el que tenía envuelto el corazón.

Yusef se pone de pie y me ofrece una mano.

—Venga, vámonos por ahí.

Le tomo la mano, ambos tenemos las palmas callosas, y nos miramos a los ojos de manera provocativa. Podemos venir a la playa todos los días, solo nosotros dos. Hacer un pícnic, una hoguera…

¡Basta, Mari!

Yusef es un amigo, nada más que eso. Si me vuelvo a acercar al fuego, seré la única que se quemará. Me resisto a su calor y me deshago de su mano. Luego, levanto la mirada al cielo.

—Oh, vaya, pensaba que había visto una estrella fugaz —digo con una risa nerviosa y me alejo un paso sin que se note.

Yusef sacude la cabeza y ahoga una risita.

—Mmm, espero que tengas un abrigo de verdad.

—¡Esto es un abrigo de verdad! —digo, tirando del forro polar que llevo puesto.

—Eso es un suéter con cremallera. Aquí llega a hacer mucho frío, ¿eh? Menos veinticinco grados. La nieve es tan espesa que no puedes ver lo que tienes delante.

—¡Argh! Oye, no hace falta que me amenaces con tanta violencia. Voy a por la maldita sudadera.

Al dirigirnos hacia la camioneta, pienso en Sammy, que estará paseando a Buddy solo.

—¿Crees que sigue habiendo okupas en las casas que hay en mi manzana?

Yusef se ríe por lo bajo.

—Lo dudo. Nadie quiere estar cerca de la casa de la Bruja.

De vuelta en casa, me encuentro haciendo exactamente lo que papá me sugirió…

«Sigue el dinero».

Porque sacar a la gente de sus casas después de todo por lo que han pasado no puede ser legal. Ir a la cárcel prácticamente de por vida por un poco de hierba tampoco debería ser legal. Pero tengo que escoger las batallas que vaya a librar, porque soy un ejército de una sola persona. Soy la chica nueva, una desconocida. Y si puedo averiguar quién está planeando dejar en la estacada a mis vecinos, tal vez pueda avisar a la comunidad y alzarnos todos juntos.

También estoy intentando evitar cualquier pensamiento sobre fantasmas. Por supuesto, la casa es vieja, la zona es *creepy* y sí, han pasado cosas muy raras. Pero echarle la culpa de todo esto a un fantasma es… ridículo. Y si me atrevo a hablar de estos disparates con mamá o con Sammy, me sacarán un billete solo de ida al psiquiátrico más cercano.

La página web de la fundación es brillante y atractiva, pero no hay ni una sola foto que muestre el aspecto real de Cedarville. Siendo así, no es de extrañar que tanta gente se sintiera tentada por la residencia. Voy haciendo clic por las diferentes páginas hasta que encuentro lo que estoy buscando: una lista de los miembros del comité.

«Patrick Ridgefield, cirujano cardiólogo». Tiene sentido, supongo. Hay médicos que ganan sueldos de seis cifras con sus consultas privadas.

«Richard Cummings, exjugador de fútbol americano y activista comunitario». Esto resulta… interesante. Puede que haya ganado mucho dinero en la liga de fútbol americano. Pero tiene el pelo cano. Está claro que lleva años sin estar en la liga.

«Eden Kruger, filántropa». Un título genérico. Debe ser una niña de papá o la mujer de un hombre rico.

«Linda Russo, abogada en el bufete Kings, Rothman & Russo». Una abogada. Parece apropiado.

«Ian Petrov, CEO del grupo inmobiliario Key Stone». Vaya, ¿qué interés podría tener en Cedarville un pez gordo cualquiera del mundo inmobiliario ruso?

Incluso combinando todos sus sueldos, no parece suficiente como para financiar la compra de la totalidad de una ciudad. ¿De dónde sale todo este dinero?

Ávida de curiosidad, tecleo «Noche del Diablo en Maplewood» en la barra del buscador. Solo aparecen cuatro fotos. Qué raro, teniendo en cuenta la manera en que Yusef y Erika me han dado la tabarra con eso. Me lo contaron como si le hubieran prendido fuego a toda la ciudad, y a juzgar por estas fotos, los bomberos solo tuvieron que apagar el incendio de un par de casas antiguas. El resto de los incendios mencionados fueron los disturbios, que parecían tener más que ver con una cuestión de justicia que cualquier otra cosa.

Tal vez estuvieran exagerando. Pero la mirada en el rostro de Yusef...

Sé que no debería, pero tecleo otro nombre: Seth Reed.

El primer artículo es del *Cedarville Gazette*:

Reed, de 10 años, fue hallado en una parcela abandonada en la zona de Maplewood, en Cedarville. Su cuerpo, descubierto por uno de los integrantes del escuadrón de búsqueda, Richard Russo, empresario, estaba cubierto por una alfombra de color *beige*. La búsqueda del supuesto asesino ha despertado un escándalo vecinal. Han prendido fuego a más de veinte hogares...

Guau. Tenía la misma edad que Piper.
Un momento... ¿Russo? ¿Como Linda Russo?

Russo parece ser un apellido común... pero ¿puede tener relación con Linda?

Buscando a Richard Russo, me encuentro a decenas con ese nombre, pero solo unos cuantos tienen negocios. Uno de ellos es una compañía de sustitución de ventanas, con su propio anuncio y todo. Y deben hacer muchas ventanas y cobrar una fortuna, porque salen luciéndose como millonarios, con gafas Versace, relojes de oro, anillos y cadenas... Y todos con el cabello negro tan brillante que, a la luz, parecen tenerlo húmedo. No quiero juzgarlos ni nada de eso, pero estos payasos me están dando toda la vibra de ser unos gánsteres. Sigo indagando, buscando todas las empresas que tienen a un Russo: una compañía de suelos, limpiadores de alfombras, instaladores de conductos de aire, ingenieros eléctricos. En LinkedIn, hay un montón de Russo que trabajan para Cedarville Electric. Incluso hay un Russo que trabaja como vicepresidente sénior de la compañía de televisión por cable de aquí, Sedum Cable. Otro Russo, el presidente del sindicato local, salió en las noticias el año pasado.

El Local 83 ha alcanzado un acuerdo de 2,5 millones de dólares con la ciudad de Cedarville... El sindicato estaba representado por el bufete de abogados Kings, Rothman & Russo.

¡Bingo!

Me vibra el móvil. Es Yusef.

—Ey —digo, intentando esconder mi sorpresa—, ¿qué tal?

—¿Qué pasa? Nada, mmm, quería asegurarme de que hubieras llegado bien.

—Ah, sí —suelto una risita—. Me viste entrar en casa.

—Cierto —dice—. Bueno, es que quiero asegurarme de que el pana no esté *chilling* en tu cuarto otra vez.

Se me encoge el estómago ante el detalle. Me digo a mí misma que está siendo amable. La gente puede ser amable. Incluso los chicos. Pero hay otra parte de mí que está inquieta. No me merezco que la gente sea amable conmigo. No después de… todo.

—¿Hola? —dice Yusef, que parece preocupado.

Suspiro.

—Mira, si querías volver a oírme roncar, bastaba con que lo dijeras.

Se ríe.

—Mierda, me has descubierto.

¡Piii, piii!

ALARMA a las 07:00 a.m.: ¡levántate!

Mierda. Anoche debería haber quitado la alarma. Después de hacer mis investigaciones y de hablar con Yusef, hoy voy a funcionar habiendo dormido solo dos horas. Voy a necesitar café, y mucho. La peor manera de tener un lunes siendo lunes.

—Muy bien, Mari —me digo entre dientes, quitándome la manta para salir de la cama. La habitación es como un congelador. Me pongo unos calcetines calentitos y me dirijo al armario para buscar algo abrigado y cómodo que ponerme, que seguramente serán los pantalones de chándal que todo el mundo me ha visto llevar cinco mil veces ya.

¡Piii, piii!

ALARMA a las 07:03 a.m.: No te olvides de las pastillas.

¡Argh! Tiene que haber una manera mejor de luchar contra el acné que meterle hormonas a mi cuerpo… Un momento. La alarma ha sonado superpronto. Normalmente no suena hasta después del desayuno. Debo haberla puesto mal. ¿No?

En fin, da igual.

Voy hacia la cómoda a por una camiseta limpia, un sujetador, ropa interior y unos vaqueros, y veo mi destello en el espejo. Estoy hecha un desastre. Ayer no me lavé el pelo ni me hice los *twists*, así que supongo que llevaré un moño alto toda la semana. Esto es demasiado caótico para un lunes.

¡Piii, piii!

—¿Eh? ¿Y ahora qué?

ALARMA a las 07:20 a.m.: Mete el libro de cálculo en la mochila.

Ah, es verdad. Hoy hay examen. Uno que, desde luego, cuento con suspender, ya que no he estudiado. Otra cosa que me olvidé de hacer. Me siento dispersa, por lo que me detengo para tomar una respiración profunda. Inspiro por la nariz y expiro por la boca. El día de hoy ya se ha descarrilado y ni siquiera he hecho pis. Si no salgo a correr, tendré una media hora extra para mirarme los apuntes por encima. También necesito comprender todas las cosas que he descubierto sobre la familia Russo. No hay duda de que han secuestrado a toda la ciudad. Y si ellos lo han hecho, el resto lo debe haber hecho también. Pero es difícil llevar a cabo toda esta investigación desde el teléfono. Puede que me pase por la biblioteca después de clase para utilizar uno de los ordenadores.

Después de echarme crema y de vestirme, me estoy peleando con el cabello cuando vuelve a sonar una alarma.

¡Piii, piii!

—¿¡En serio!? —gruño y agarro el teléfono de la cómoda.

ALARMA a las 07:25 a.m.: ¿Dónde está Buddy?

Qué raro. O sea, sí, tengo mala memoria. Por eso me dejo notitas con las alarmas. Pero ¿por qué iba a preguntarme a mí misma dónde está Buddy?

—Está aquí mismo —murmuro y echo un vistazo a su sitio en la cama, que está vacío. Esta noche, Buddy no ha dormido conmigo. Salí y lo dejé en casa. Solo.

La habitación da tumbos y empiezo a marearme al mismo tiempo que dejo el teléfono.

—No seas ridícula —me regaño a mí misma.

Seguramente ya esté abajo y con Sammy. ¡Relájate!

Aun así, me pongo una sudadera lo más rápido que puedo. Necesito verlo con mis propios ojos. A ver, sé que esto es cosa de la ansiedad y que luego me reiré, pero cuando se trata de Buddy, no me la juego. Y justo cuando agarro el reloj de la cómoda...

¡Piii, piii!

Siento un nudo en el estómago al ver la bomba de relojería que está sobre el escritorio. No quiero mirar el móvil. Preferiría tirarlo por la ventana y que lo atropellara un coche. Pero cruzo la habitación con los pies pesados, como si llevara plomo alrededor de los tobillos.

ALARMA a las 07:26 a.m.: ¿Te acordaste de cerrar la puerta detrás de ti anoche?

Suelto el teléfono como si hubiera entrado en combustión y me hubiera escaldado la mano. Los pelos de la nuca se me ponen en punta, se me hielan, y me doy la vuelta rápidamente. He sentido como si hubiera alguien detrás de mí respirándome en la espalda. Pero no hay nadie. Estoy sola. Llevo toda la noche sola... ¿no?

¡Piii, piii!

Siento una sacudida en todo el cuerpo ante el sonido que atraviesa el aire y que ahora me parece terrorífico. Es un tañido frenético y crudo. A horcajadas sobre el teléfono, trago saliva antes de bajar la mirada.

ALARMA a las 07:27 a.m.: Puede que alguien haya entrado en casa. Otra vez. 🐷

Me retumba el pulso en los oídos e intento no gritar. El emoji el demonio me retrae a la nota adhesiva. Cierro los ojos, apretándolos en un intento por recuperar algo de compostura. Porque esto no está pasando. No puede estar pasando.

—Esto es un sueño —digo con suavidad.

¡Piiiiii, piiiiii!

Salto metro y medio en el aire, y luego recojo el móvil del suelo.

ALARMA a las 07:28 a.m.: ¿Has mirado en el armario?

¿El armario?

Me doy la vuelta de repente, con la respiración acelerada. La puerta de acordeón del armario está medio abierta y, desde el ángulo en el que estoy, no hay más que ropa y zapatos de colores neutros. Si alguien… o algo estuviera ahí dentro, lo vería. Aun así, aguanto la respiración y me acerco con cautela. Me paso la lengua por los labios, que los tengo secos; las manos, sudorosas.

¿Lista? Una, dos…

A la de tres, con un rápido empujón, dejo el panel a un lado y la madera cruje por la fuerza. Está vacío. Me agarro el pecho, el corazón me está aporreando.

—¿Qué demonios…?

¡Piii, piii!

El teléfono, que lo tengo en la mano, vibra y se enciende.

ALARMA a las 07:29 a.m.: ¿Has mirado debajo de la cama antes de irte a dormir?

El estómago se me cae hasta el sótano. Tengo la garganta demasiado seca como para soltar un grito. Echo un vistazo a la cama sin hacer. Las sábanas y el edredón están de lado, la falda de la cama… no se mueve.

¡Piii, piii!

ALARMA a las 07:30 a.m.: Parece que no lo has hecho.

¡Hay alguien debajo de la cama!

No puede ser. Es imposible que haya alguien debajo de la cama. A no ser… que sí haya alguien. A no ser que todo esto sea un juego.

Y si de verdad hay alguien, solo tendré unos segundos para salir corriendo. Pero si no hay nadie, causaré un gran alboroto sin ningún motivo. Tengo que mirar. Tengo que ver.

Un paso, dos pasos… Me acerco hacia la cama, examinando el resto de la habitación, que parece mucho más pequeña que antes. Agarro la lámpara del escritorio, la sostengo en alto y me preparo para estamparla contra el suelo y salir corriendo de manera desenfrenada por la puerta. Con las manos temblando, me agacho poco a poco, casi hiperventilando, al lado de la cama, y agarro una esquina de la falda con una mano. Con el corazón taladrándome, me calmo.

¿Lista? Una, dos…

A la de tres, aparto la falda de la cama y meto la cabeza debajo. Nada.

—Argh, me estás vacilando…

¡Piii, piii!

El teléfono ilumina el espacio oscuro al leer el mensaje.

ALARMA a las 07:31 a.m.: ¿Has mirado si hay chinches?

En ese momento, el grito que tengo contenido sale disparado.

—¡AHHHHHHH!

En el brazo me sale una mancha y me doy un golpe en la cabeza contra el bastidor metálico de la cama, así que me arrastro de espaldas.

—¿Mari? —me llama la voz de mamá desde abajo—. ¿Estás bien?

Me rocío los brazos con alcohol de limpieza, me quito la ropa y me examino el cuerpo frente al espejo por si tengo alguna picadura. Empiezo a ver manchas negras y me caigo al suelo. Tengo el pecho encogido y la habitación se balancea. Me cuesta respirar y busco con dificultad el inhalador. Inhalo dos veces, me desplomo frente al ventilador y tiro del sujetador, que se me está clavando en el esternón, a la espera de que se me calme el pulso.

Sé que yo no puse esa alarma, no estoy tan loca como para haber puesto ninguna de esas alarmas. Pero esto lo ha hecho alguien. Alguien sabía que ayer había salido. Alguien estuvo jugando con mi teléfono. Alguien estaba intentando con muchas ganas darme un buen susto.

Y solo sé de una persona que podría ser así de cruel.

¡Piper!

Estoy tan enfadada que siento la adrenalina recorriéndome por el sistema. Abro de golpe la puerta de la habitación y bajo las escaleras corriendo.

—Buenos días, Mari —dice mamá, sonriendo. Pero paso por delante de ella y me dirijo hacia Piper; voy a por su cuello.

Piper abre mucho los ojos en cuanto se da cuenta y salta del taburete dando un grito.

—¡PAAAAAPIIIII! —chilla y se echa a correr. Pero yo ya voy tras ella, y estoy lo bastante cerca como para agarrarla del pelo y tirar de ella como si fuera un yoyó.

—¡AHHH! ¡¡PAPI, AYUDA!!

—¡Mocosa! ¡Estúpida…!

—¡Mari! ¿Qué haces? —grita mamá, agarrándome de la muñeca en un intento por apartarme con el hombro—. ¡Déjala! ¡Ya!

Pero estoy hecha una furia y quiero matarla. Tiro de Piper con más fuerza.

—¡PAPI!

Piper se retuerce y chilla mientras Alec baja corriendo por las escaleras.

—Ay, Dios —grita y tira de Piper—. ¡SUÉLTALA!

Pero la tengo bien agarrada, por lo que Piper se queda atrapada en un tira y afloja brutal.

—¡SUÉLTALA! ¡SUÉLTALA!

—¡PAPI! ¡PAPI, POR FAVOR!

—¿Mari?

Un Sammy conmocionado, que permanece en el salón con Buddy, hace que pierda la concentración. Suelto a Piper y tanto mamá como yo nos caemos al suelo.

Alec va a consolar a su hija, que está histérica, y le acaricia el cabello. Mamá me pone en pie y me zarandea de los hombros.

—Mari, ¿qué demonios está pasando? —grita—. ¿Y por qué hueles a alcohol de limpieza?

—¡Ha estado toqueteando mi teléfono! ¡Intentaba darme un buen susto!

—¿Qué? ¿Qué dices? —dice mamá.

Alec, poniendo a Piper detrás de él, se eleva encima de mí y me pone un dedo frente a la cara.

—Si le vuelves a poner la mano encima a mi hija, te…

—¡No harás nada! —brama mamá y le aparta la mano de un manotazo—. Porque nosotros no les ponemos la mano encima a nuestros hijos, ¿verdad?

Alec está enfurecido.

—Raquel, no puedes dejar que esto se quede así. ¡Ha atacado a Piper!

—Porque estaba en mi habitación —suelto—. ¡Y ha dejado mensajes raros y *creepy* en mi teléfono!

Mamá está enfrente de mí, utilizando su cuerpo como escudo.

—¿Mensajes? ¿Todo esto es por unos mensajes, Mari?

—Yo no he sido —grita Piper—. ¡Lo juro! ¡Ha sido la señora Suga!

Alec y mamá se giran de repente hacia Piper.

—¿Qué? —sueltan al unísono.

Piper abre la boca de golpe, pero la vuelve a cerrar enseguida y trata de que yo vuelva a ser el centro de atención.

—Tú siempre estás con el teléfono —grita y tira de la camisa de Alec—. ¡Le dice a su papi que odia estar aquí y que te odia a ti y manda mensajitos al chico que le gusta!

Mamá me mira con el ceño fruncido.

—¿En serio? —le digo—. ¡Nada de eso es verdad! Sé que no me crees, así que pregúntaselo a papá. Pero no perdamos de vista el verdadero problema, ¡y es que Piper está trasteando con mis cosas! Va por ahí sin respetar las cosas de la gente, me mira el teléfono y ahora le echa la culpa a su estúpida amiga imaginaria. Que, por cierto, ¿no es Piper demasiado mayor como para tener una? ¡Es una invasión total de la privacidad! ¿Qué vais a hacer al respecto?

Alec y mamá intercambian una mirada cansada, y luego mamá se cruza de brazos y ladea la cabeza hacia Alec, como diciendo «¿y bien?».

Alec suaviza el rostro y baja la mirada hacia Piper.

—A ver, no está bien hablar a espaldas de la gente —dice con suavidad.

Mamá se queda con la boca abierta y Sammy levanta las cejas hasta que le llegan al nacimiento el pelo.

—¡Increíble! —grito y me voy echando pestes.

QUINCE

Mirar el techo es la mejor manera que tengo de pensar las cosas. El vacío inmenso me ayuda a encontrar la solución para todo tipo de cosas. Por ejemplo, cómo tirar a mi hermanastra pequeña en el contenedor más cercano sin que nadie lo sepa.

Piper se negó a pedir perdón por el tema del teléfono, y Alec «no siente que deba obligar a su hija a hacer algo para lo que no esté preparada» o alguna tontería así.

Pero, siendo honesta, hay una pequeña parte de mí que se pregunta si de verdad fue ella. A no ser que se colara aquí dentro como una especie de superninja mientras yo dormía esas miserables dos horas, no veo cómo pudo haberlo hecho. Y estuve con el teléfono toda la noche.

Menos... cuando bajé las escaleras y las luces se apagaron. El teléfono estaba ahí, tirado perfectamente en el suelo del cuarto, como si lo hubieran colocado.

Siento que se me hiela el cuello y me pongo la capucha de la sudadera. Cuántas cosas han pasado en las últimas veinticuatro horas. Pero nada de eso me molestaría si estuviera fumada. Con mucho gusto le daría a Piper todas mis contraseñas para el dispositivo que quisiera con tal de estar algo atontada, lo cual me recuerda que tengo que ir a ver cómo está el jardín secreto.

Mamá abre la puerta justo cuando me estoy poniendo la ropa para salir a correr.

—¿Sí? —pregunta con gran entusiasmo.

Ladeo la cabeza mientras me bajo la camiseta.

—Sí, ¿qué? —contesto.

Ella frunce el ceño.

—¿No acabas de llamarme?

—No.

—¿Eh? Supongo que ahora oigo cosas.

—Argh, no te vuelvas loca, mamá. No puedes dejarnos solos con Alec.

—Trataré de recordarlo. —Su sonrisa de satisfacción se vuelve seria—. ¿Te sientes bien? ¿Hay algo que quieras contarme?

Puedo ver que la pelea de esta mañana con Piper ha puesto a mamá en alerta roja. Esbozo una sonrisa falsa.

—Estoy bien. Todo está bajo control.

—Mmm. Bueno, ¿y a dónde vas?

—A correr.

Mamá asiente con la cabeza, está impresionada.

—Has estado a tope aquí, ¿eh?

—Tengo que estarlo —digo, haciendo un estiramiento rápido.

—Entonces, ¿por qué no vuelves a intentar entrar en el equipo de atletismo?

Inmediatamente quiero salir corriendo en dirección contraria a esta conversación.

—Es que ya no es lo mío —digo con una voz ligera, esperando que lo deje estar.

—Mari, lo que pasó con David y las clases… No dejes que eso descarrile tu vida entera. No pasa nada por dejarlo atrás. Fue un… accidente.

—Sí, pero solo me castigaron a mí —vocifero. No de manera intencionada, pero no he podido evitarlo. Basta con que mencionen su nombre para que me entren ganas de romper el suelo con el talón.

Mamá tuerce el morro.

—Tienes razón. No es justo. La vida no es justa. Pero seguimos adelante. Nos mudamos a esta nueva ciudad para que pudieras volver a empezar. Y volver a empezar también significa hacer las cosas que tanto te gustaban. Como el atletismo.

Tiene razón. Nos mudamos aquí solo por lo que hice. De no haber sido por mí, seguiríamos estando en el lugar que quería y en el que me quisieron.

Me besa en un lado de la frente.

—Piénsatelo, nada más. ¿Vale?

—Claro —mascullo y salgo por la puerta.

—Por si no lo he dicho, estoy muy orgullosa de ti, Marigold. Has hecho grandes progresos desde que hemos llegado. Solo quiero que empieces a pensar en tu futuro. No te quedes atascada en el pasado. Ahí ya no queda nada para ti.

La culpa me pellizca en un costado, como si fuera un calambre. Pongo una falsa sonrisa.

—Gracias, mamá.

Ella sonríe y me da un abrazo.

—Ah, por cierto, ¿has visto la escoba? ¡No la encuentro por ningún lado!

Las plantas están empezando a florecer, mucho más rápido de lo que había anticipado. Eso quiere decir que mi jardín secreto de una sola habitación huele como una granja de maría de una hectárea. Su dulce y penetrante fragancia me golpea en cuanto abro la puerta.

Esto es tanto bueno como malo. Bueno, porque seguramente pueda cosechar antes de Halloween. Malo, porque cualquier persona podría oler este lugar a un kilómetro de distancia a través de las grietas que hay en las ventanas. Si pasara más de cinco minutos en la casa, la ropa y el cabello se quedarían impregnados con esta esencia. Ya que estoy, podría ponerme un cartel en la frente que dijera lo que me traigo entre manos —menos mal que tengo una muda para cambiarme—. Una búsqueda rápida en Google y me entero de que un filtro de carbón minimizaría el olor... Si hubiera leído hasta ahí.

El cuartito del conserje que hay en el instituto fue de gran ayuda, sorprendentemente. Tenía muchos de los materiales que necesitaba para construir un sistema de filtrado improvisado: filtros de aire de carbón, cinta americana, papel de plata y cubiertas de plástico transparente.

La cinta americana que coloqué en la puerta trasera como sistema de seguridad chapucero sigue en su sitio, pero en cuanto pongo un pie dentro, siento que algo no va bien. La casa parece más pequeña, hay polvo en el aire y un olor pestilente. Con las ventanas aún cerradas, echo un vistazo a la cinta americana. No hay señales de que nadie la haya toqueteado. Doy unos cuantos pasos con cuidado y me detengo en seco. Ahora, el comedor está abarrotado, como si hubieran movido todos los muebles mohosos y los hubieran recolocado y cambiado. Noto que me sube algo ácido a la garganta.

—¿H... hola? —digo y escucho con atención. No hay ningún movimiento.

Poco a poco, doy marcha atrás hacia la cocina, agarrando las bolsas con más fuerza. Las plantas están ahí, aparentemente nadie las ha alterado. Pero en el suelo que las rodea... hay huellas rojas y embarradas rodeando la mesa. Son huellas de pies descalzos, puedo contar los dedos...

Alguien ha estado en la casa.

Cierro la puerta de golpe, me apresuro entre los arbustos y salgo corriendo de manera frenética y en zigzag, mirando por encima del hombro cada cinco segundos.

Alguien ha estado en la casa. Alguien ha visto el jardín secreto. ¡Alguien lo sabe!

En cuanto llego a los escalones del porche me doy cuenta de que todavía llevo los materiales que he robado del instituto.

Rodeo la casa sin que me vean y me encuentro a un hombre que está de pie en el jardín trasero.

—¡Señor Watson! —exclamo.

Él levanta la cabeza rápidamente y no parece que esté sorprendido ni contento de verme. Está en un estado crónico de indiferencia. En las manos tiene el peto y la camisa que suelo dejar bajo la plataforma del patio.

—¿Qué hace aquí? —le pregunto.

Él echa un vistazo a la ropa que tiene en las manos, las examina y comprueba las etiquetas.

—Me ha llamado tu madre —dice con indiferencia—. Me ha pedido que viniera a cambiar los canalones. Estaba tomando unas medidas. ¿Es esto tuyo?

Trago saliva y mantengo la distancia.

—Sí. Es mi ropa de jardín.

—Ah —dice y me la pasa, arrugando la nariz. ¿Puede oler la hierba impregnada en los vaqueros? ¿Se lo va a contar a mamá? ¿Qué hacía escarbando bajo la plataforma del patio?

—¿Has ido de compras? —pregunta al fijarse en las bolsas que llevo.

—Sí. Tengo que… terminar un proyecto de ciencia.

—Mmm —reflexiona, y luego señala la puerta de al lado—. Ya no… Ya no vas por ninguna de estas casas, ¿no?

¿Cómo se ha enterado?

—No —digo de manera impasible—. He aprendido la lección.

El señor Watson frunce el ceño. No era la respuesta que esperaba.

—Bueno, ve con cuidado. Estas casas son peligrosas.

Asiente con la cabeza y se marcha. Yo lo sigo, no estoy segura de cómo he pasado por alto su Volvo aparcado en el frente. Supongo que tenía la mente demasiado preocupada con la idea de terminar en la cárcel.

—Yusef, eso es… una idea totalmente ridícula.

Me río hasta que empiezo a llorar durante otra de nuestras conversaciones a altas horas de la noche, a las que prácticamente me he acostumbrado. Son mejor que fingir que duermo mientras espero a que la policía venga y eche abajo la puerta principal.

—No, lo que pasa es que no tienes visión —insiste Yusef.

—¿Un concurso de jardinería?

—¡Sí! Como un enfrentamiento para ver a quién se le ocurren las distribuciones y los arreglos paisajísticos más chulos. A ver, imagínate que dejaran a nuestro equipo en el jardín de alguien, lleno de escombros, y nos dieran dos horas y un presupuesto de mil dólares para convertirlo en un oasis.

—¿«Nuestro» equipo?

—¡Sí! Tú tendrías que estar en mi equipo. Se te dan bien los terrarios. Y no te pienses que no vi cómo colocaste los capullos de tulipán en el club de jardinería. Lo petaríamos en la competición.

El corazón me va a mil. Parece que los cumplidos sobre la jardinería significan algo más cuando los dice él.

—Pero ¿quién va a ver ese programa?

—¡Todo el mundo! A la gente le encantan los programas de repostería, hacer *cupcakes* espectaculares y mierdas así en menos de veinte minutos. ¿Por qué no nuestro programa?

—¡Porque las tartas lo son todo! El azúcar siempre será mejor que la basura.

—Como digo, es que no tienes visión.

Craaaac.

La puerta hace un ruido, las bisagras gimen, y luego se abre solo un poco, como si quienquiera que esté detrás estuviera decidiendo si entrar o no. Con el pecho tenso, me muerdo el interior de la mejilla.

Tranquila, no es más que una corriente de aire.

—¿Estás bien? —pregunta Yusef.

—¿Qué? Ah, sí. Estoy bien.

—No mientas. Dime, ¿qué te pasa?

Respiro hondo y me alejo de la puerta.

—No… No es nada. Creo que tengo un poco de claustrofobia, nada más. ¿Sabes? La otra noche, cuando fuimos a la playa, eso fue lo más lejos que he estado de esta casa en semanas. Creo que… me estoy asustando a mí misma.

—Bueno, estamos en época de dar sustos —contesta.

—¡Y no he visto ni una calabaza ni una bruja sobre una escoba!

—Mmm. Mañana quiero salir. ¿Te apetece dar una vuelta?

Craaaac.

No es nada. No es nada. No es nada.

—Mmm… sí, claro. ¿A dónde?

DIECISÉIS

El otoño en Cedarville es como el de las películas, donde el aire es fresco, los árboles se vuelven de color ámbar y las calles están llenas de hojas marrones que crujen bajo los pies. Es la manera más idílica de pasar el primer cambio de estación. Yusef deja la camioneta en un sitio lleno de barro y aparcamos justo enfrente de un cartel enorme en el que hay un cerdo vestido con un peto dándonos la bienvenida.

—¿Un cultivo de manzanos? —pregunto, levantando una ceja.

—Dijiste que querías salir de la ciudad —dice él, quitando el contacto—. El club de jardinería viene aquí todos los años.

—¡Me encantan las manzanas! —exclama Sammy desde el asiento de atrás. Me lo he traído porque le vendría bien un poco de contacto con la naturaleza, tanto como a mí.

La granja del señor Wiggle está atestada de familias y niños que pululan por ahí. Tiene un laberinto de maíz, un fotomatón, paseos en carros de heno, un huerto de calabazas y un mercadillo agrícola.

—Mari —suspira Sammy, agarrándome del brazo—. ¡Tengo que subirme a ese caballo!

Señala a un semental agotado que está dando vueltas con niños montados sobre su lomo.

—¡Pero si eso es para bebés!

Sammy levanta una mano.

—Me da igual. Será mi noble corcel.

Yusef se ríe entre dientes.

—¡Di que sí, Sam! Tu hermana es una *hater*.

Me encojo de hombros.

—Corre como el viento —le digo.

Vemos a Sammy ir corriendo hacia el animal en silencio.

—Mmm, ¿te apetece una sidra caliente? —pregunta Yusef.

—Claro.

Yusef no parece el de siempre mientras estamos en la cola para comprar dónuts recién hechos y sidra caliente. Apenas ha dicho nada durante la hora que hemos tardado en llegar, simplemente ha dejado que Sammy fuera pasando las canciones de su lista de reproducción. Está sonriendo, pero, de algún modo, parece forzado.

Tras otros cinco minutos de silencio, por fin dice algo:

—Oye, ¿tienes novio en California? —suelta como si hubiera estado conteniendo la respiración.

Argh, con el buen día que estaba teniendo.

—No —digo sin emoción—. Un ex.

—Oh. ¿Cómo era?

Suspiro.

—Blanco. Rico. No se enteraba de nada.

—Diablos —se ríe entre dientes—. Entonces, ¿por qué salías con él?

Cambio el peso de un pie a otro y me maldigo por no haberme puesto algo más calentito. Dieciséis grados es como estar a menos seis para mi sangre californiana. Pero soy incapaz de encontrar el jersey nuevo de color crema. Debe habérselo tragado la lavadora, junto con mis calcetines.

—Era… rápido. Uno de los que más rápido corría del equipo. Es que, por la manera en que corría, podría cruzar el agua. A mí eso me parecía… fascinante.

Yusef asiente con la cabeza mientras la cola va avanzando.

—Aun así, no parece que tuvierais muchas cosas en común.

Tiene razón. Además de nuestro amor por la hierba, que es como empezamos a salir, no teníamos muchas más cosas en común. Pero sabiendo cómo se puso Yusef en la fiesta, creo que es mejor dejar eso fuera.

—Supongo que por eso rompimos —me río—. ¿Y tú? ¿Tienes novia?

Yusef pone una sonrisita.

—Qué va. Ni siquiera tengo una ex de la que quejarme, aunque muchos dirían lo contrario.

Vamos avanzando en la cola, en el aire hay un olor rico a azúcar con canela y manzanas asadas.

—Eso es imposible. ¿Nunca has tenido novia? ¡No me digas que vas por ahí rompiendo corazones por toda Cedarville!

—Para nada —se ríe cuando llegamos a la barra. Pide dos sidras calientes y cuatro dónuts. Y, como todo un caballero, se ofrece a pagar.

—¿A qué vienen todas esas preguntas sobre mi ex? —pregunto, siguiéndolo.

Yusef se encoge de hombros.

—A nada. Es que me preguntaba cómo eras en California. Tengo la sensación de que, en realidad, no sé nada sobre ti. Eres como una caja superfuerte.

—¿O sea que esto es como una especie de investigación a lo *Misión imposible* para intentar que me abra?

Yusef entrecierra los ojos.

—¿Lo ves? Lo estás volviendo a hacer.

—¿El qué?

—Desviar la atención. Cada vez que alguien se te acerca un poco, te congelas y sueltas bromas de padre.

—Oye, esa broma ha sido buena, y mi padre estaría orgulloso. De todos modos, ¿por qué estás intentando acercarte a mí?

—Porque… ¡somos amigos!

—¿Amigos? —Me doy cuenta del dolor que hay en mi voz y carraspeo—. O sea, sí. Somos amigos.

Yusef asiente con la cabeza como diciendo «pues claro» y se adelanta a mí. No es que deseara a Yusef —o a cualquier otro chico, en realidad—, pero no nos engañemos: me hacía sentir bien saber que me deseaba, era una buena subida de ego. Quién iba a decir que fuera a escocer tanto que te dejaran en la *friend zone*.

—Muy bien —dice, deteniéndose en un arco hecho con balas de heno—. ¿Estás lista para escoger una calabaza?

El huerto de calabazas es enorme, del tamaño de, por lo menos, dos campos de fútbol americano. Vamos caminando por las interminables filas mientras nos bebemos la sidra e inspeccionamos las calabazas que nos vamos encontrando.

—¿Estás seguro de que esto está permitido? ¿No nos van a arrestar si nos la llevamos a casa?

Yusef sacude la cabeza.

—Eres tremenda. ¿Qué te parece esta? —Levanta al aire una calabaza de forma estrecha.

—Parece la cabeza del señor Patata.

—Vaaaale —dice Yusef, y resopla—. ¿Y esta?

—¿Carabultos? Ni hablar.

—Oye, un respeto. ¡Carabultos tiene sentimientos! Te puede oír.

Nos reímos y vamos maniobrando a través de las filas; el cielo está de un color azul claro precioso, el aire fresco es dulce. Puedo ver el huerto de manzanas a la distancia. Tal vez mamá podría preparar su famoso crujiente vegano de manzana o una tarta. Esto es exactamente lo que necesitaba: una tarde normal de sábado.

—Oye, ¿has oído que la Fundación Sterling está intentando derribar la biblioteca?

Casi me tropiezo con una enredadera.

—Ah, no. No me he enterado de nada.

Yusef asiente y sigue avanzando. No sé por qué le he mentido. Me parecía más fácil que decirle la verdad. Y la verdad es que no se puede parar lo que ya está en marcha. Lo que pasa es que Yusef no tiene ni idea.

—Vaya mierda —se queja mientras inspecciona otra calaba-za—. En vez de ponerse a arreglar las cosas, quieren derribarlo todo y ya.

—Bueno —empiezo, intentando mantener la voz ligera—, ¿tan malo sería?

Se gira rápidamente.

—¿Qué?

—A ver, no quiero meterme con el sitio en el que vives ni nada de eso, pero… Maplewood está un poco hecho un desastre. A nuestro instituto, sin ir más lejos, le vendrían bien unas cuantas mejoras. Puede que sea hora de hacer algunos cambios en el vecindario.

Yusef se me queda mirando, su mirada se va endureciendo a cada segundo que pasa, y luego se cruza de brazos.

—¿Alguna vez has visto la serie *Midnight Truth*?

—¡Claro! ¡Es una de mis preferidas!

—Vale, ¿te acuerdas de cuando cambiaron al actor que hacía de Logan por otro porque el Logan original no dejaba de ir a rodar estando borracho?

—Argh, ni me lo recuerdes. ¡El nuevo tenía un aspecto tan aburrido!

—Exacto. La serie continuó, pero ya no era lo mismo. A veces, eso es lo que ocurre con los «cambios»: que le sacan el alma entera a algo. No todos los cambios son algo bueno.

El cambio es bueno. El cambio es necesario. Necesitamos un cambio.

Se me corta la respiración y no estoy segura de por qué me siento tan expuesta. Nerviosa, mojo el último trozo que me queda del dónut en la sidra.

—Entonces, ¿preferirías que el Wood se quedara como está ahora? ¿Hecho un desastre?

—¡No! Yo no quiero que el Wood esté así. Nadie quiere eso. Lo único que digo es que no tiraron la Capilla Sixtina porque la pintura empezara a desconcharse, sino que ¡la renovaron! Necesitaron varios años y bastante dinero, pero lo hicieron. ¿Por qué no puede hacer lo mismo esta ciudad por nosotros? Consiguieron un montón de dinero para el Riverwalk, pero no tienen nada para arreglar el hoyo que hay frente a la casa de la señora Roberson.

Me detengo para echarle un vistazo.

—Vale, no te voy a mentir, estoy superimpresionada con tus conocimientos sobre la Capilla Sixtina —le digo.

Yusef pone una sonrisa burlona.

—Se lo oí a alguien en uno de esos programas tontos de repostería.

—Te lo dije: el azúcar siempre es mejor que la basura.

—Es verdad, es verdad —se ríe—. Bueno, mi tío y yo estamos pensando en empezar una sociedad histórica de Maplewood.

—¿En serio?

—Sí. Tenemos que intentar salvar nuestro legado antes de que arrasen con todo. Mi yayo hizo muchas fotos cuando era pequeño. Tal vez podamos recaudar dinero para crear un museo o algo así.

Sonrío.

—Me encanta lo mucho que… te apasiona Maplewood.

—Es mi casa, ¿por qué no iba a sentirme así?

—No sé. Supongo que yo ya no siento un apego real por nada…

—¿Por qué no?

Porque donde vivía antes está lleno de imbéciles, y mi antigua casa todavía me trae recuerdos de las chinches, de mi exnovio y del divorcio de mis padres. Además, está eso de que casi me muero en el suelo de mi cuarto. Pero no quería hablar de ello.

—No hay ningún motivo —digo encogiéndome de hombros, y luego veo la calabaza perfecta justo al lado de mis pies.

—¡Mira! Tengo una. —La levanto al aire—. Te llamaré Sweets y te tallaré los ojos y la sonrisa con un cuchillo para la carne.

Yusef sacude la cabeza.

—Eso no ha sido nada *creepy*, qué va.

Yusef se ofrece a llevar a Sweets hasta la camioneta al volver de camino. Sammy nos saluda desde el caballo, que prácticamente se mueve a cámara lenta.

—Oye, tendríamos que haber traído a tu hermana —dice Yusef—. A ella también le habría encantado.

Pongo los ojos en blanco.

—A ver, esa mocosa no es mi hermana. Además, habría estado demasiado tentada de atarla a un espantapájaros.

—¡Guau! —responde Yusef, con la cara encendida—. ¿Hablas así estando con ella? Eso no mola nada.

—Tú no sabes cómo es. Hace que la vida sea… horrible. Más de lo que tiene que ser.

Yusef pone los ojos en blanco.

—¡Es una niña!

—Tiene diez años —contesto.

—¡Es! ¡Una! ¡Niña! Dale un respiro. Para ella no es fácil.

—¿Cómo lo sabes?

—Venga ya, esto es el Wood. Todo el mundo lo sabe todo acerca de todos. Se dice que nadie le habla. Que la han cancelado. Piensa en todas las miradas que recibes en el instituto y multiplícalo por cien. Con eso es con lo que está lidiando ella.

La culpa está empezando a corroer mi coraza de caramelo. No sabía que Piper lo tuviera tan difícil. Daba la sensación de que le daba igual si tenía amigos o no, y que estaba perfectamente bajo el abrigo de Alec. Pero puede que sea su mecanismo de defensa, hacer como que todo está bien y que no le importa un pimiento.

Al menos tenemos algo en común.

—Aun así, eso no le da derecho a tomarla con nosotros —mascullo.

—La pobre no recibe amor en la escuela, no recibe amor en casa… Parece que no le queda otra que ser un poco estúpida. Pero hasta la gente estúpida tiene corazón y un punto de inflexión. Solo tienes que darle una oportunidad. Estoy seguro de que la gente te ha dado segundas oportunidades cuando la has cagado.

Se me hace un nudo en el estómago.

¿Lo... sabe?

Domingo. Toca lavarse el pelo.

Estoy frente al espejo, desenredándome los rizos, y vuelvo a pensar en el jardín secreto. ¿Puede que me esté imaginando las cosas? La habitación daba la sensación de estar... rara, revuelta. No parecía que nadie hubiera entrado ahí, la puerta estaba exactamente como la había dejado. Entonces, ¿cómo han podido cambiar de sitio los muebles sin que hayan abierto la puerta? Y si alguien estaba husmeando... ¿Por qué no han tocado las plantas? Puede que estén esperando el momento justo para hacerme chantaje.

—¡Mari! ¡Mari! —llama Sammy desde abajo.

Al principio, todo este plan parecía infalible. Ahora estoy agotada llevando esta doble vida y, lo que es peor, estoy lejos del tipo de colocón que quiero. No, perdón: que necesito.

—¡Mari! ¡Mari!

—¿¡Qué!? ¡Estoy lavándome el pelo! —grito a través de la puerta con las manos llenas de acondicionador intensivo.

—¡Rápido, ven!

—¡Argh! —me quejo y me pongo un gorro de ducha para cubrirme los rizos, que están empapados.

—Mari, ¿vienes?

—Ya voy, ya voy. Espera —digo desde los escalones. Ya me estoy mojando el cuello de la camiseta, porque me cae agua por la nuca.

—¡Date prisa! —dice Sammy haciendo gestos con entusiasmo; luego me agarra de la mano y tira de mí hacia la sala de estar.

—¿Qué pasa?

—¡Ven aquí! ¡Mira a Buddy!

Buddy está sentado sobre las patas traseras, con las delanteras en el aire. Para ser un perro tonto y que babea, está completamente quieto, como un estoico.

—Lleva así como cinco minutos enteros —se ríe Sammy—. No se ha movido. ¡Ni siquiera cuando le he ofrecido chuches!

Sammy chasquea los dedos, pero Buddy ni pestañea. Con la cola tiesa y la mirada centrada, es como una estatua viviente y tensa. Está igual que cuando ve una ardilla; sus instintos de lobo vuelven y no es más que un depredador mirando ferozmente a su presa.

Sigo la línea de visión de Buddy hacia la puerta del sótano.

—¿Buddy? —digo lentamente.

El perro suelta un gruñido bajo entre los dientes, paralizado en el sitio. Se me eriza el pelo de la nuca y siento como si me clavaran cientos de cuchillitos.

Ahí no hay nada. Ahí no hay nada. ¡Ahí no hay nada!

Con dos rápidas zancadas, atravieso la sala corriendo, empujo a Buddy a un lado y él aúlla.

—¡Oye! —chilla Sammy—. ¿Por qué has hecho eso?

Pasmado, Buddy sacude la cabeza y levanta la mirada hacia mí con un jadeo de felicidad y meneando la cola.

—Es que… ehh… No es bueno para las articulaciones que esté sentado de esa manera —digo y me dejo caer en el sofá, intentando mantener la calma—. ¿Quieres que le salga artritis?

—Tiene siete años —se mofa Sammy.

A Sammy se le va apagando la voz, y entonces se da la vuelta y se queda mirando la puerta del sótano. Yo me inclino hacia delante.

—¿Qué ocurre? —susurro.

Durante un momento, Sammy se queda mirando fijamente como Buddy, en trance, quieto, pero exhala y se vuelve a girar hacia mí.

—Ah, nada —dice encogiéndose de hombros—. Creía que había oído algo.

—Algo… como ¿qué? —pregunto, moviéndome poco a poco hacia delante, esperando averiguar su secreto.

—No lo sé —se ríe, ignorándome, y se pone a rascar con ganas a Buddy detrás de las orejas—. No es nada.

Me muerdo la lengua para no insistir más. Quiero que oiga algo. Que vea algo. Quiero que se suba a este tren de la locura conmigo para no sentirme tan sola.

—¿Dónde está Piper? —pregunta, rascándole la tripa a Bud.

—En su habitación, supongo.

—¿Supones? Menuda canguro estás hecha.

—Créeme, es un trabajo que no he pedido y al que renuncio de manera regular —gimoteo y me desplomo en el sofá, en cuyo brazo apoyo la cabeza dando un bostezo. El insomnio y la jardinería a primera hora de la mañana me tienen hecha polvo.

—Es que Piper estaba aquí sentada, a oscuras, sin hacer nada. Sin la tele puesta ni nada. Qué niña más rara.

Después de haber hablado con Yusef, intento ver las cosas desde la perspectiva de Piper, a través de los ojos de una niña pequeña que vive con desconocidos distantes y que no cuenta con ningún amigo de su edad. Echo un vistazo a la encimera, donde está Sweets, a quien acabamos de tallar, y sonrío.

—Oye, ¿te lo has pasado bien recogiendo manzanas? Es decir, después de montarte en el poni.

Sammy entrecierra los ojos.

—Era una yegua de carreras retirada. Y sí, me lo he pasado bien. Yusef es muy guay.

Me viene un recuerdo de David y Sammy jugando a videojuegos en nuestro salón mientras yo hacía los deberes. Sammy quería mucho a David. La ruptura le sentó muy mal, tanto que buscó su número en el teléfono de mamá para llamarlo de vez en cuando, en secreto. Aquello complicó nuestra ruptura.

—Bueno, no te encariñes demasiado —suelto.

Sammy resopla.

—Yo te podría decir lo mismo.

—*Touchée*... —Suelto una risita—. Argh, menudo fastidio es tener a un mellizo más pequeño.

Señala hacia mi cabeza.

—Estás pringando el sofá con tu mejunje del pelo.

—Mierda —suelto entre dientes y me pongo en pie de un salto. La última vez que intenté hacerme un tratamiento con aceite caliente me quedé dormida viendo *Maestros de la repostería* y el aceite se salió del gorro de ducha y dejó una mancha en el cojín. Le di la vuelta y, desde entonces, ha sido mi secretito.

—Oye, ¿qué es eso? —Sammy señala detrás de mí y frunce el ceño.

—¿El qué?

—Lo que tienes en los pantalones.

Hundo una mano a mi lado antes de mirar, esperando tocar algo mojado, pero, en vez de eso, me encuentro con algo seco, minúsculo y... duro.

A Sammy se le ponen los ojos como platos y extiende la mano enseguida.

—Espera, Mari...

Pero ya es demasiado tarde. Bajo la mirada y veo una serie de puntos negros sobre los pantalones, agarro uno y lo aprieto entre las uñas.

—Ay, Dios —susurro y levanto el cojín, de manera que la mancha de aceite queda descubierta... y también unos puntos negros que hay en la tela del sofá.

El grito que se me escapa es agonizante, como el llanto de una sirena. Sammy se cubre las orejas mientras yo me alejo. Me tropiezo con Buddy y siento los brazos en llamas.

Chinches. Tenemos chinches. Chinches chinches chinches...

Sammy se acerca más para investigar.

—¡NO, SAM! ¡No lo hagas! —sollozo, estirando el brazo para agarrarlo. Buddy, desconcertado por mis gritos, empieza a gimotear.

Sam se dobla, agarra uno de los puntos negros y lo examina antes de olisquearlo.

—Es café —murmulla, poniéndose en pie—. No son chinches, solo es café. Mira, huele.

—¡NO ME LAS ACERQUES A LA CARA!

Sammy retrocede de un salto.

—¡Eh, tranquilízate!

Voy corriendo hacia la cocina y me meto debajo del fregadero para agarrar los productos de limpieza.

Necesitamos jabón, lejía. Creo que el limpiador a vapor está en el armario de las sábanas. Pon el agua a hervir, Sammy. Tiene que estar supercaliente. ¿Dónde está mi secador de pelo? No te puedes sentar en la cama, tienes que arrancar las sábanas. Empezaré con la primera colada. Tenemos bolsas de esas enormes y negras para la basura, ¿verdad? Vamos a sacar los muebles al patio, empezaré a fregarlos. ¿Va a llover? No creo que llueva. Se puede airear fuera. Tal vez podamos salvar un colchón, sellar la habitación. ¿Y qué pasa con Bud? No quiero que toquetee las trampas de pegamento. Tenemos que poner trampas en cada una de las patas de la cama. Cuatro trampas, cuatro camas; cuatro por cuatro son ocho, pero deberíamos doblar la cantidad y que sean dieciséis para que podamos hacer dos rondas. Ay, Dios, ¿es eso una picadura? ¡Sí lo es!

—¿Mari? Mari, tranquilízate. No son chinches.

Pero ya es demasiado tarde. Estoy subiendo las escaleras de un esprint, arrancándome la ropa de camino. Con el corazón latiéndome con fuerza, deshago la cama y busco manchas de sangre.

DATO: Las manchas de sangre o de heces que dejan las chinches suelen aparecer de un color como el óxido en las sábanas y en la ropa de cama.

No hay rastro de sangre. Ni en las sábanas ni en el colchón. Puede que haya en la habitación de Sammy. O en la de mamá. O en la de Piper. Podrían estar en cualquier parte. En todas partes. ¡Una plaga!

DATO: Al ojo humano puede resultarle difícil ver los huevos de chinche, ya que son del tamaño aproximado de un grano de arena. Busca huevos del tamaño de un grano de arena que sean de un color lechoso.

Abajo, oigo a Sammy al teléfono.

—¡Tienes que venir a casa! Ha vuelto a tener uno de sus episodios.

No, mamá. No vengas a casa. No te acerques, estamos infectados. Estoy infectada. Las sábanas, tenemos que lavarlas todas con el programa que tenga el agua más caliente, no, no, tenemos que hervir el agua, limpiarlas al vapor, creo que traje el que teníamos, el antiguo… Un momento, ¿el antiguo? ¿Y si nos hemos traído las chinches desde California? ¿Y si llevan con nosotros todo este tiempo?

DATO: Las chinches pueden aguantar sin comer entre veinte y cuatrocientos días, dependiendo de la temperatura y la humedad.

Chinches chinches chinches ¡nos siguen a todas partes!

Piper se queda en la entrada, observándome.

—¡Piper! ¡Quita la ropa de la cama! —grito, con la garganta seca—. ¡Tenemos chinches!

Piper no se mueve, sino que se queda ahí con una sonrisa engreída en la cara. Como si no estuviéramos bajo el ataque de minidemonios; jamás nos libraremos de ellos. ¡Nunca nunca nunca nunca jamás! Se están multiplicando. Viven en las paredes, en los enchufes, en la alfombra… en nuestra ropa. Me examino el cuerpo, todos los rincones y pliegues, en busca de una picadura. Nada, nada. Pero los huevos están ahí, en los pelos de los brazos, invisibles, microscópicos. ¡Lo sabía! ¡Sabía que estaban ahí! ¡Lo sabía!

Una ducha. Me froto la piel con una esponja de lufa nueva. Agua caliente, jabón… y alcohol de limpieza. Salgo de un salto y me resbalo con las baldosas mojadas. No puedo utilizar la toalla, puede que tenga chinches. Calor. Debo usar el calor. El calor terminará con ellas. Enchufo el secador de pelo, lo pongo a tope y me seco los pelos de los brazos y las piernas. Tengo la piel roja y llena de manchas. ¿Es de las chinches o del secador de pelo? ¿Necesito darme otra ducha? Más alcohol pica, quema, pica, quema. No tengo ropa toda está cubierta de chinches están por todas partes, ¡por todas partes!

Abajo, la puerta se cierra de golpe.

—Sammy —lo llama mamá—, ¿dónde está?

—¡Mamá! —chillo y bajo las escaleras corriendo—. ¡Mamá! ¡Volvemos a tener chinches! Las he visto en el sofá.

Sammy se cubre los ojos mientras mamá agarra una manta que saca del salón.

—Marigold, por Dios —chilla y me pone la manta alrededor. Tengo la piel envuelta en llamas.

—¡PERO QUÉ HACES! —grito y me la quito de encima, con fuerza.

Mamá se estampa contra la pared que tiene detrás y suelta el bolso por la conmoción.

—¡Marigold!

—¡Eso no lo he lavado! ¡Podría tener chinches!

—¡No puedes estar ahí desnuda!

—¡Mamá, no me estás escuchando! —grito entre sollozos ahogados, con la cara sudada y la piel ardiendo—. Tenemos que llamar al exterminador. Tenemos que reservar una habitación de hotel para que puedan venir y tirar esas bombas de humo. ¡Tenemos que ahuyentarlas con humo!

Todo me pica. El cuero cabelludo bajo el pelo mojado, las piernas, la barriga, los brazos los brazos los brazos están por todas partes Dios mío por favor por favor por favor...

—No... No puedo respirar. ¡No puedo respirar! —digo con dificultad—. No puedo... No puedo...

Mamá me alza por las axilas con la mirada desorbitada.

—Sam, ¡ve a por el inhalador! Venga, cariño, vamos para fuera.

Mamá agarra la manta y, con cariño, me dirige hacia la parte trasera de la casa. El aire fresco sobre la piel mojada me sienta como una bofetada en la cara.

—Venga, cariño, respira —me indica, de manera lenta y firme—. Eso es, respira.

Los muebles del jardín están cubiertos de hojas que crujen cuando nos sentamos. Mamá me frota la espalda.

—Mamá, tenemos... tenemos que... —Pero no puedo terminar una sola frase. Siento algo sobre el pecho que pesa un millón de kilos.

—Marigold —susurra mamá, poniéndome las manos alrededor de la cara—. Marigold, tienes que calmarte, cariño.

Sammy sale corriendo para venir con nosotras, Buddy va tras él. Me pasa el inhalador y una botella de agua. Mamá rebusca en su bolso y saca el neceser de los medicamentos. Tras unos cuarenta y cinco minutos de inhalar y exhalar profundamente, empiezo a sentir que se me calma el pulso un poquito.

—Ahora, en unos momentitos, vamos a ir para dentro y te voy a mostrar lo que has visto.

—No —gimoteo—. No, mamá, por favor. No puedo. Tenemos que irnos.

Mamá sonríe mirando a Sammy.

—Pero tu hermano ha hecho un gran trabajo para asegurarse de que estuvieras a salvo. ¿Por qué no vienes a verlo?

Dentro, los cojines y las almohadas están tirados en el suelo como una alfombra gigante y gruesa. Mamá quiere que la siga y pasemos por encima, pero yo me resisto.

—No no no no no… ¡Espera, por favor!

—Mira, Marigold —insiste mamá y enciende la linterna del teléfono—. Mira el color que tienen, la forma que tienen. No son chinches, cariño. Sammy tiene razón: es café molido.

Pestañeo una y otra vez.

—¿Café? —repito, como si no hubiera oído esa palabra nunca.

Mamá me habla de forma calmada y racional, incluso me coloca unas cuantas motas en la mano para que las examine. Las olisqueo y reconozco la bebida que se prepara por las mañanas, que huele a bosque pluvial. No son chinches, solo es café. Miro a Sam y se me saltan las lágrimas.

—Lo… siento —susurro con un escalofrío y aprieto la manta contra el pecho, plenamente consciente de que, bajo ella, estoy desnuda. ¿Cuántas veces voy a traumatizarlo de por vida?

—No pasa nada, cariño. Yo también habría perdido los papeles —dice mamá mientras me sostiene.

Me consume la vergüenza. No me puedo creer que le haya dado un empujón a mi madre. Primero hago que se tenga que trasladar por mi adicción, por mi ansiedad, y ahora estoy abusando físicamente de ella, después de todo lo que ha hecho por mí. ¿He tocado fondo? Tengo que haberlo hecho.

—Esas malditas chinches nos han hecho sufrir mucho, ¿a que sí? —dice mamá con una sonrisa tierna mientras me limpia las lágrimas—. No hay duda de que nos han dejado marca.

Sammy pasa la mano por el sofá con el ceño fruncido y perplejo.

—El café molido… ¿cómo ha llegado hasta el sofá?

Mamá se encoge de hombros.

—No lo sé. Supongo que se cayó algo cuando saqué el compost.

—Ya, pero ¿en el sofá? Más bien es como si alguien lo hubiera metido ahí.

Mamá suspira.

—No lo sé, chicos, pero… ha sido un accidente. Ahora todo está bien, ¿no?

Miro por encima del hombro hacia Sammy, que tiene las cejas levantadas, y sé que ambos estamos pensando lo mismo.

Piper.

Mamá me da un beso en la frente.

—Voy a prepararte una taza de camomila, un buen baño de avena y a darte algo de melatonina para que puedas descansar bien esta noche. Así podrás relajarte.

Poco a poco me sobreviene un sentimiento de determinación, porque solo hay una cosa con la que sé que podré relajarme.

Yusef no deja de sonreír en el pasillo junto a su taquilla, sujetando un dónut en alto.

—Cali…

—Ahora no —gruño y paso de largo.

No me he cambiado la ropa, ni me he cepillado los dientes, ni me he hecho nada en el pelo. He salido de la cama, he agarrado la mochila y me he ido al instituto en pantalones de pijama y zapatillas de la marca Ugg. Tengo una misión: intentar ver a Erika antes de clase. Necesito hierba. Necesito fumar un *bong* del tamaño de mi cabeza.

Siento un calambre en el estómago. ¿Me tomé la pastilla ayer? ¿Y hoy? Ya no tengo alarmas en el teléfono, me asusté demasiado. Me tiemblan las manos, el sudor me cae por la cara. Llevo sin estar así de mal desde… ni siquiera lo sé. Pero si no encuentro hierba pronto, voy a necesitar algo más fuerte. Y me juré a mí misma que… nunca más. Lo dije en rehabilitación, e iba en serio. Sé que nadie me cree y no quiero darles ningún motivo que les dé la razón. Lo único que sé es que Piper me hizo esto. Sabía cuál era mi mayor debilidad y la ha utilizado en mi contra de la manera más cruel posible. No sé cómo voy a devolvérsela, pero sé que lo haré.

Prácticamente corriendo por el pasillo, me dirijo hacia la taquilla de Erika, pero me detengo en seco al oír su voz saliendo de la oficina principal.

—¡Esta mierda no es mía! Oye, ¡no puedes hacer eso!

A través del panel de cristal lleno de rasguños, veo que sacan a Erika de la oficina del subdirector, esposada.

—¡No! ¡No me jodas!

A mi alrededor se forma una multitud. Todo el pasillo del instituto Kings está paralizado.

—Haced espacio, echaos para atrás —ordena un policía que lleva la mochila de Erika dentro de una bolsa de las que se utilizan para las evidencias.

Se me seca la lengua y dejo que la multitud me trague mientras dos policías sacan a una Erika que no deja de gritar.

—¡Que esa mierda no es mía! ¡Lo sabéis!

Levanta los pies y patea una taquilla que hay cerca. La multitud se estremece.

—¡E.! —grita Yusef desde el otro lado del pasillo, y se acerca corriendo hacia ella—. ¿Qué pasa? ¿Qué ha ocurrido?

—¡Yusef, yo no he sido! ¡Díselo! Diles que esa mierda no es mía! —se lamenta Erika, que se tira hacia el suelo para que no resulte tan fácil llevársela. Tiene los ojos anegados en lágrimas de pánico. Yo sigo sin poder moverme.

—¿Qué pasa? —pregunta una chica que está a mi lado en un susurro.

—La han sorprendido trapicheando —dice otra chica con una risita—. Acaban de revisar su taquilla.

—Mierda, otra Fisher en Big Ville. ¿Queda alguno fuera?

El pasillo es una multitud de voces, de exhalaciones alteradas y bochornosas que se gritan unas por encima de otras mientras Erika ofrece resistencia.

Un Yusef aturdido se frota la cabeza, consternado.

—¿Qué hago, E.? ¡Dime qué hacer!

Un policía levanta a Erika con una fuerte sacudida y la estampa de cara contra la taquilla.

—¡Oye! ¡He dicho que basta! —ladra a unos centímetros de sus ojos.

Hacen falta cinco chicas para contener a Yusef y que no cargue contra ellos. Forcejean y colocan los brazos alrededor de su cuello, pecho y piernas. Yo me cubro la boca con las manos, tengo los pies pegados al suelo.

—¡Parad! —chillo, pero nadie puede oírme por encima del coro de gritos.

—¡Soltadla! —ladra Yusef.

Erika respira de forma calmada y asiente con la cabeza mientras las lágrimas le caen por el rostro. Se la llevan por el pasillo hacia la entrada principal del instituto, y los de seguridad tienen que contener al resto de estudiantes para que no la sigan.

—Oye, Yuey, cuida de mi abu por mí. Cuídala. ¡Dile que yo no he sido!

El camino a casa desde el instituto es oscuro y frío, el día se ha vuelto borroso. He asistido a mis clases, pero no recuerdo mucho más que ir de un aula a otra. No he abierto un libro ni he agarrado un bolígrafo, porque no dejaba de pensar en una sola cosa una y otra vez: ¿Erika sabía que yo estaba ahí? ¿Me ha visto antes de que se la llevaran a la cárcel?

Hasta la frase suena rara en mi mente: Erika está en la cárcel.

Ha sido una sensación rara, como de *déjà vu*, el ver a los de seguridad registrando a fondo la taquilla de Erika, saquear sus cosas y tirarlas a la basura, como si supieran que no va a volver al instituto. Me ha recordado a la manera en que hurgaron en mi taquilla. No encontraron nada, pero aquello no hizo que me sintiera menos criminal. Me pongo en la piel de Erika. ¿Tendrían que haberme sacado a rastras del instituto, dando patadas y gritando? Me pongo enferma solo de pensarlo.

Yusef se ha ido del instituto antes de hora, seguramente para ver cómo está la abuela de Erika. Pobre mujer, se ha quedado completamente sola. No tiene sentido. Erika fue quien me habló de la Ley Sterling. Se la conocía como alguien se puede saber la letra entera de su canción favorita. Es imposible que haya hecho tamaña insensatez.

A no ser que... le colocaran algo a propósito. Pero ¿por qué?

Se me enciende la bombilla. Mamá cubrió casos juveniles para el periódico LA Times. Ella conoce a abogados, conoce el sistema. Tal vez pueda recomendarme a alguien. Ayudarla con la fianza o algo.

Voy corriendo con las zapatillas, impaciente por llegar a casa y explicárselo todo a mamá. Pero en cuanto entro por la puerta, me recibe la peor fiesta de bienvenida del mundo.

—¡Ah, Marigold! ¡Qué alegría verte!

El señor Sterling debe tener mil millones de trajes nuevos en el armario, todos negros o grises. Está de pie al lado de la isla de cocina, y deja la taza de café en la encimera.

—¿Hola?

¿Qué demonios está pasando?

—Hola, cariño. ¿Estás bien?

La voz de mamá suena... rara. ¿Por qué está nerviosa?

—Sí, estoy bien. ¿Por?

Mamá lanza al señor Sterling una mirada incómoda, y luego sonríe.

—Bueno... mmm, he oído lo que le ha pasado a tu amiga hoy en el instituto. Erika, ¿no?

Mierda.

—Ah —mascullo mientras me quito los zapatos en un intento por encontrar algo que hacer con las manos.

El señor Sterling sonríe en medio de nosotras.

—Sí, es una pena, ¿verdad? Una joven tan encantadora, con un futuro brillante y prometedor. Una lástima que la hayan sorprendido con malas compañías. En cuanto me he enterado, he decidido pasarme por aquí y ver cómo estaba la familia Anderson-Green. Siento que sois algo así como mi responsabilidad, ya que yo os convencí para que os trasladarais a nuestra bella ciudad.

—No tenías que molestarte, de verdad —dice mamá tímidamente.

—No, no, insisto. Solo quiero aseguraros que este tipo de incidentes no volverá a ocurrir. —Me mira directamente a mí, con una mirada oscura sobre una sonrisa reluciente—. Bueno, a no ser que alguien empiece a meterse donde no la llaman. Entonces podría verse envuelta en grandes problemas, y otros podrían salir dañados por dichas desconsideradas acciones.

Tengo un nudo en la garganta tan grande que no puedo ni tragar.

¡Lo sabe!

—Bueno, me marcho. Mi mujer está preparando su famoso pollo asado. Es famoso porque lo compra en la tienda. —Se ríe de su propia broma y asiente mirándome a mí—. Cuidaos. Cuidaos mucho.

Sale de casa, mamá lo sigue, y se ponen a hablar en susurros en el porche.

Queda algo enrarecido en el aire, en las cosas que no se han dicho. Yo sigo anonadada y permanezco un rato en el pasillo, pero luego voy deambulando hasta la sala de estar.

¡Lo sabe! Pero ¿cómo? ¿Nos han colocado micrófonos por la casa? ¿Nos han pinchado el teléfono?

Todavía con el susto en el cuerpo, no puedo sentarme en el sofá, por lo que doy vueltas por la sala, con Buddy detrás de mí. Ojalá tuviera hierba para que me ayudara a pensar, a calmar las voces asustadas y desperdigadas que tengo en la cabeza. El jardín secreto… Tengo que atenderlo. No debería ser una prioridad, pero sin Erika, es mi último recurso. No puedo confiar en nadie más.

Echo un vistazo al reloj que hay en el decodificador y vislumbro la etiqueta del módem. Ahogo un grito y atravieso la sala corriendo para agarrarla: Sedum Cable.

¡Mierda! ¡Están monitorizando el wifi! Y Erika... Ay, Dios. ¡Todo es culpa mía!

Me llevo una mano temblorosa a la boca y contengo las ganas de gritar. Se la han llevado por mi culpa, por fisgonear, por algo que he hecho yo.

Mamá entra en la sala con una cara que significa que me he metido en problemas. Dejo el módem en su sitio.

—Le he pedido a Alec que saliera antes para que vaya a recoger a Sammy y a Piper —dice con un tono severo—. Solo estamos tú y yo.

—Vale...

—Y quiero que me digas la verdad.

Frunzo el ceño.

—¿La verdad sobre qué? —pregunto.

Entra en su despacho y sale con un tarro para hacer pis. Se me seca la boca.

—¿En serio?

¿Acaso sabe el día que he tenido hoy?

—Erika trapicheaba —suelta mamá, como retándome a decirle que se equivoca—. Lo sabías, y es el único motivo por el que eras su amiga. De lo contrario, no lo serías.

Ha soltado esa verdad con tanta mordacidad que me siento culpable. No esperaba volver a sentirme así tan pronto.

—Mamá...

—Ya hablamos sobre esto con el grupo, ¿te acuerdas? Esto es cosa de la adicción, que no te permite distinguir entre lo que está bien y lo que está mal.

Me cruzo de brazos y me sujeto con más fuerza. La palabra «grupo» me retrotrae a las reuniones que teníamos los miércoles en el sótano de una iglesia. Son recuerdos que intento bloquear con gran fuerza.

—Pero estoy limpia —digo con una voz temblorosa. Y es verdad. Bueno, casi.

Mamá respira hondo.

—Marigold, te quiero. Pero te conozco. Y con los niños... No podemos tener otro incidente como el que tuvimos en California. No dejaré que Sammy vuelva a pasar por eso.

Utilizar a Sammy... Menudo golpe más bajo. Pero no se lo puedo discutir. Es lo que ocurre cuando tienes una sobredosis: todo el mundo deja de confiar en ti, y es imposible de arreglar.

Con un suspiro, agarro el tarro y me dirijo al baño. La prueba va a salir negativa, pero que mamá haya tenido que pedírmela me sienta peor que si me rajaran con un cuchillo y me quemaran viva.

DIECISIETE

El club de jardinería se ha asegurado otra donación para el proyecto de embellecimiento de Maplewood. Hoy estamos plantando crisantemos en la escuela primaria con motivo de Halloween. La señora Fern ha dicho que es para animar a los niños a que vayan a pedir caramelos. Como única respuesta ha recibido el silencio de la sala.

Yusef está atacando la porción de tierra con su piqueta, arrancando plantas de raíz y cortando todo lo que se va encontrando en el camino. Yo lo sigo con grandes bolsas de basura y recojo escombros y hierbajos. Yusef trabaja rápido, parece que está intentando cavar un hoyo que llegue hasta la tierra media. Golpea una roca que está bien enterrada y la piqueta resuena como una campana. Eso lo obliga a detenerse y a recuperar el aliento.

—¿Estás bien? —pregunto al fin.

—Todo en orden —dice con una risa triste—, excepto por el hecho de que mi madre, padre, hermano y ahora E. están todos en Big Ville y yo estoy aquí… sin más.

—Lo siento, Yuey. —Y es cierto. Lo siento muchísimo por él. Pero incluso más por E. Mamá tiene razón, solo soy amiga de la gente para conseguir lo que quiero, lo que necesito. De Yusef por sus herramientas, de Erika por la hierba.

Yusef sonríe.

—Te dije que no me llamaras así.

—Ya, pero siento la necesidad de sustituir a Erika. Aunque no le llegaría ni a la suela de los zapatos.

—No tienes que hacerlo. Me gustas tal como eres.

La sonrisa de Yusef se convierte en un gesto de satisfacción encantador y juvenil. Como ya no siento que merezca su simpatía, me doy la vuelta. Todo esto es culpa mía. Le he costado la libertad a una amiga, pero eso no se lo puedo contar a Yusef. Sabiendo de lo que es capaz la Fundación Sterling, quién sabe lo que podrían hacer. No pondré también su vida en riesgo.

—Merecía la pena intentarlo —mascullo, y meto más basura en la bolsa.

Yusef se agacha para arrancar un puñado de ambrosía y sacude la cabeza.

—Ella no llevaría nunca esa mierda al instituto. La conozco de toda la vida. No haría algo tan estúpido. —Suspira—. Esa mierda se la han colocado. No hay duda. Aunque no puedo demostrarlo.

La culpa me inunda el estómago y quiero vomitar lo que sea con tal de aliviar esta presión.

—Mi madre cree que sigo siendo adicta —digo mientras lanzo más basura en la bolsa.

Yusef se queda helado y estira el cuello en dirección hacia mí. Hay que reconocer que hace un esfuerzo por disimular su sorpresa, pero sé que esta revelación ha sido un mazazo a la idea que se ha hecho de mí en su cabeza.

—Mmm… ¿lo sigues siendo? —pregunta con un tono comedido.

—Llevo meses sin probar la oxi, y no planeo hacerlo. El problema es que nadie me cree.

Yusef se pone en pie, se saca los guantes de trabajo y se quita el polvo de la camisa.

—Puede que porque no dejas de mentir, incluso a ti misma.

Me mofo.

—Oye, que estoy bien. He cambiado, en serio, pero la hierba… La hierba no es más que una planta. Es como terapia medicinal. Ni siquiera es peligrosa.

—¿Pero has intentado dejarla de verdad?

—No es tan sencillo —digo, nerviosa—. Tengo ataques raros y la medicación que tomaba cuando estaba en California… me dejaba hecha un desastre con la mente nublada.

—Y la hierba te convierte en un desastre que miente si tienes que andar a escondidas para fumarla.

Sé que no lo ha hecho a propósito, pero que te digan que eres un desastre es bastante mordaz, tanto que me estremezco.

—La hierba… Lo cierto es que me estabiliza —empiezo, intentando encontrar la manera de explicar lo que tan difícil siento que es poner en palabras—. Quiero decir, de una manera mejor que los otros medicamentos. Tengo una ansiedad malísima. Y si fuera legal…

—¡Pero no lo es! —grita—. ¿Y eso de la ansiedad? ¿Qué te puede causar ansiedad? Tienes a tu madre y a tu padre, ambos con trabajos superbuenos, comida en la nevera, una casa gratis… ¡No hay nadie aquí que lo tenga tan fácil como tú! ¡Ellos sí que tienen una excusa de verdad para estar enganchados!

Entrecierro los ojos, estoy que hecho humo.

—Yusef, «tengo ansiedad» es una frase completa. No tengo que excusarme ni darte explicaciones.

Nos echamos una mirada feroz hasta que el odio empieza a desvanecerse de su mirada.

—Tienes razón. Culpa mía, supongo.

Aparte de querer estamparle la cara contra el suelo, estoy bastante orgullosa de haber dado la cara por mí misma, tal y como me enseñó mi gurú. La ansiedad es algo real. No me gustaría ser así por las risas.

Yusef suspira.

—Mira, te entiendo y todo eso, pero esa mierda fue el motivo por el que encerraron a toda mi familia. Todo mi vecindario desapareció así, sin más. La gente sigue sin estar bien. Lo hemos perdido todo, y no puedo perderte a ti también, ¡porque me gustas!

Un montón de cabezas se giran en nuestra dirección, todo el club de jardinería está mirándonos. Me quedo con la boca abierta y rápidamente giro sobre los talones para encontrar algo que hacer con las manos, a ver si así puedo mitigar la tremenda vergüenza que acabo de pasar.

—Ah, yo… Mmm…

Yusef pone una mueca.

—Oh, o sea, no me gustas en ese sentido. Digo que eres linda y tal, pero… —Toma una respiración—. Vale, esto va a sonar… raro.

Resoplo.

—¿Raro? ¿En Raroville? Esto va a ser bueno.

—Es que, a ver, eres la primera amiga normal, la primera que es una chica, que he tenido en la vida. Además de E., claro, pero ella no cuenta.

—Le voy a contar esto que has dicho —me río.

Yusef pone una sonrisita y se rasca la nuca.

—Es que… las chicas de aquí… todas quieren algo.

—¡Ja! Qué modesto eres.

—No, en serio —dice, y parece dividido—. Ya has visto las estadísticas que tenemos después de la Ley Sterling. Quince a uno. No puedo ni mirar a una chica más de diez segundos sin que crea que estamos juntos. Hasta he tenido a chicas asegurando estar embarazadas, intentando cazarme, cuando es simplemente imposible.

—Bueno, todo es posible, sobre todo cuando tienes relaciones —me río—. A no ser que no las estés teniendo. Entonces supongo que lo explicaría.

Yusef se aparta y agarra la piqueta. Yo ladeo la cabeza.

—Espera, ¿en serio me estás contando que eres virgen?

Él se encoge de hombros sin mirarme a los ojos.

—Pero, con todas estas chicas… Buah, estás, literalmente, sentado en una mina de oro con dolor en los huevos. ¡Date un capricho! Nadie te culparía. ¿Qué te retiene?

Se encoge de hombros.

—No sé. Quiero esperar. A alguien especial.

—Ya, claro. Conozco a chicos que matarían por estar en tu posición.

Me mira directamente a los ojos.

—Cali, no todos somos iguales. Créeme.

Trabajamos durante un rato en silencio, y me resulta agradable esto de trabajar con la tierra, no pensar en las clases, en Erika, en Piper, en la Fundación Sterling ni en esa casa tan *creepy*… Hasta que echo un vistazo al reloj.

—Mierda, ¡tengo que irme! Tengo que pasar por la biblioteca antes de que cierre para terminar e imprimir el ensayo para la clase de literatura de mañana.

—¿No tienes ordenador? —pregunta Yusef, verdaderamente confundido.

—Sí. Bueno, tenía. —Suelto una risa delirante—. Pero, al parecer, a la señora Suga no le gusta la tecnología.

Me saco los guantes de trabajo y los meto en la mochila con un bostezo. Esta última semana, como he pasado tantas noches en vela, me está pasando factura. Me doy la vuelta para despedirme de Yusef y me lo encuentro petrificado, con la boca abierta y los ojos saltones.

—¿Qué…? ¿Qué acabas de decir? —pregunta con dificultad.

—¿Eh? ¿Qué he hecho?

Yusef traga saliva y se acerca más a mí.

—¿Cómo… conoces a la señora Suga? —susurra.

Una sensación de ansiedad se me posa en el pecho.

—¿Yo? No, cómo conoces tú a la señora Suga.

—¡Shhhhhh! ¡Baja la voz! —susurra, echando un vistazo a nuestro alrededor. Me agarra por los codos y me lleva hacia una esquina, donde no pueda oírnos el resto del grupo.

—¿Quién te ha hablado de la señora Suga?

—A ver, estaba bromeando. No es más que la amiga imaginaria de Piper, que se la ha inventado para echarle la culpa de las cosas.

Yusef se lleva un puño a la boca.

—Mierda. Antes estaba bromeando contigo, con lo de la Bruja y tal. Pero ahora… Ahora…

Yusef se queda pálido, y mi estómago amenaza con echar lo que he comido antes.

—Yusef… ¿qué ocurre? —pregunto con cautela—. ¿Cómo conoces a la señora Suga?

Lanza la mirada al suelo, como si fuera un gato persiguiendo un juguete.

—Bueno… Tal vez Piper haya oído su nombre en algún lugar… ¿No?

—¿Me vas a decir qué diablos está pasando o qué? —digo.

—¡Shhhh! Está bien. Pero… aquí no. Vamos a mi casa. Tengo que enseñarte algo.

La habitación de Yusef está más limpia de lo que recordaba, pero la música sigue estando alta. Me mantengo a cierta distancia de la cama de madera.

—¿Conoces esto? —Yusef sube la música con una sonrisita. Es «Hail Mary», de Tupac.

Entrecierro los ojos.

—Déjate de historias y cuéntame: ¿de qué conoces a la señora Suga?

Yusef suspira y baja la música.

—Vale, te lo voy a decir… Pero, joder, Cali. No se lo puedes contar a nadie, ¿vale? Ni siquiera a tus viejos.

Asiento de manera brusca y digo:

—Está bien.

Él vuelve a subir la música.

—Venga. Sígueme, pero en silencio.

Nos escabullimos de su habitación y recorremos el pasillo de puntillas. Puedo ver la nuca de su abuelo sentado en su butaca, está viendo algún programa antiguo de televisión. Yusef abre poco a poco la primera puerta a la derecha y me hace pasar a una habitación llena de trastos con las paredes pintadas de azul claro. Dentro huele como a barniz para zapatos mezclado con *aftershave*. En medio de la habitación hay una cama individual de hospital. Me tropiezo con un par de zapatos ortopédicos y me choco con un andador.

Es la habitación de su abuelo. ¿Qué estamos haciendo aquí?

En una mesilla de noche estrecha hay una vieja foto enmarcada de una pareja joven y negra que está posando frente a la casa de Yusef. Deben ser sus abuelos. Sobre la cómoda hay una de esas cámaras clásicas, el tipo de cámaras a las que hay que ponerle un carrete y llevar a revelar.

—Por aquí —dice Yusef en voz baja, de pie junto a una pared con fotos en blanco y negro, antiguas y enmarcadas, parecidas a las que hay en el pasillo. Pero en estas no salen solo personas, sino casas, edificios y horizontes urbanos. Su abuelo debió tomar todas estas fotos cuando era joven. Yusef señala una de ellas, un gran angular de una calle pintoresca que a cada lado tiene casas preciosas al estilo de las mansiones antiguas.

—Esto es Maple Street. Tu Maple Street.

Tengo que mirar dos veces, no es broma.

—¿Qué? Imposible —me río y me inclino para ver nuestra casa, la tercera a la derecha—. ¡Guau!

Yusef le da un golpecito a la foto.

—Las casas que había en tu manzana pertenecían a la familia Peoples. Joe Peoples y Carmen Peoples. Tenían cinco hijos: Junior, Red, Norma, Ketch y Jon Jon. El señor Peoples era carpintero y le encantaba jugar a la lotería. Y un día, le tocó. ¡Le tocó! Eso es algo que nunca le sucede a nadie por aquí. Con todo ese dinero, compró una casa para cada uno de sus hijos en Maple Street y una panadería para la señora Peoples al otro lado de la calle, frente a la biblioteca. La gente la llamaba «La tienda de Suga».

Yusef respira hondo y señala otra foto. Es de una mujer joven, negra, de estatura pequeña, con el pelo largo, espeso y oscuro, que está frente a la tienda; lleva un delantal con volantes, tiene las manos sobre las caderas y está sonriendo satisfecha.

La señora Suga…

—No —ahogo un grito y retrocedo.

Yusef asiente.

—Se decía que preparaba las mejores tartas del estado.

—¿Qué… qué les pasó? —pregunto.

Yusef respira hondo.

—Dicen que el señor Peoples murió en una especie de accidente de tráfico extraño. Entonces empezaron a aparecer un montón de promotores blancos que querían comprarle las casas a la señora Suga, pero ella se negó. Uno a uno, tres de sus hijos terminaron muriendo en algún extraño accidente. Poco después… comenzaron a surgir rumores. Decían que la familia, en realidad, había conseguido el dinero vendiendo droga. Y que el hijo menor, Jon Jon, andaba por ahí colándose en casas ajenas y molestando a niños pequeños. La gente dejó de ir a la panadería. El Wood le dio la espalda a la señora Suga. Luego, después de la Noche del Diablo, tras encontrar a Seth Reed… algunos del Wood… arrinconaron a Jon Jon y le prendieron fuego a su casa. La señora Suga, que vivía al lado, entró corriendo para salvarlo. Nunca salieron. Se quemaron vivos en la casa… justo al lado de la tuya.

Las rodillas me fallan y me caigo en la cama del abuelo de Yusef, pero enseguida me vuelvo a poner en pie y me quito el polvo de los vaqueros.

—Mierda —mascullo—. ¡La casa tapiada!

A Yusef le cuesta continuar con la historia.

—Pero… resultó que todos esos niños mentían. Dijeron que unos mafiosos de Russo les habían pagado para que se lo inventaran. Jon Jon jamás tocó a ninguno de esos niños. Pero era demasiado tarde. El daño ya estaba hecho.

—Pero ¡qué locura! Ellos no… espera, ¿has dicho «Russo»?

—Sí. Eran los que mandaban en la ciudad.

Lo siguen siendo, pienso. Joder, esto es una auténtica pesadilla.

—Entonces, ¿nadie le dijo a la policía que los niños estaban mintiendo?

Yusef sacude la cabeza.

—Si alguien lo hubiera hecho… toda la gente del Wood habría terminado en Big Ville. Por lo que… hay un pacto de silencio por aquí. La gente se lleva lo que sabe a la tumba. El único motivo por el que lo sé… bueno, porque… el yayo…

Parpadeo cuando lo comprendo.

—No. ¡No…! Él…

Yusef se apresura a explicarlo.

—Él creía que estaba haciendo lo correcto, ¿sabes? ¡Pensaba que estaba protegiendo a los niños!

Toda esta información me está consumiendo y me atraganto con un sollozo. Pobre familia. Yusef cruza la habitación.

—Pero bueno, que después de que se quemara la casa, la tapiaron y la dejaron como las otras para que nadie se enterara nunca.

Se me desencaja la mandíbula.

—Ay, Dios —jadeo y cierro los ojos con fuerza mientras pienso en lo que dijo Erika, en lo de que aún había cuerpos en las casas, que los habían dejado para que se pudrieran para siempre.

—La gente lleva intentando aliviar el sentimiento de culpa por lo que hicieron desde entonces… Cada uno, como ha podido.

Drogas. A eso se refiere. Por eso afectó tanto a esta área. Y después de todo eso, aun así, la mayoría de la gente del Wood terminó en Big Ville.

Sin habla, intento poner mis pensamientos en orden. Porque tiene que haber una explicación razonable a por qué Piper sabe todo esto.

—Alguien en la escuela debe haberle hablado a Piper de la señora Suga.

—Puede —Yusef se encoge de hombros—. Pero... se dice que, desde entonces, todas las casas de Maple Street han estado encantadas, y que ha sido cosa de la señora Suga. Que estaba tan enfadada por haber perdido a su familia que se convirtió en la Bruja. Y si dices algo malo sobre ella o sus hijos, te perseguirá en sueños. Nadie pasa por esa calle, ni a pie. ¡Han encontrado tantos cuerpos a lo largo de los años! La gente está afectada. Cali, si de verdad la señora Suga tiene tu casa encantada, debes andar con cuidado. Tiene sed de sangre.

—«Y si obedeciereis cuidadosamente a mis mandamientos que yo os prescribo hoy, amando a Jehová vuestro Dios, y sirviéndole con todo vuestro corazón, y con toda vuestra alma, yo daré la lluvia de vuestra tierra a su tiempo, la temprana y la tardía, y recogerás tu grano, tu vino y tu aceite. Daré también hierba en tu campo para tus ganados, y comerás y te saciarás», Deuteronomio, capítulo 11, versos 13-15. ¿Lo veis? Aquí dice cómo planea el Señor cumplir con sus promesas de milagros. Él pone ángeles en forma de alcaldes y gobernadores por igual, para protegerte del pecado, para que puedas llevar una vida próspera.

Salimos de la habitación y entramos en el salón, me siento aturdida. Me entran ganas de vomitar ante la idea de que vivo en una casa con una historia tan trágica, justo al lado de otra que aún tiene cadáveres dentro. Una parte de mí quiere ir corriendo a los brazos de mamá. Con esto debería bastar para que nos mudáramos, pero le he prometido a Yusef que no se lo contaría a nadie. Contarlo lo único que haría sería meter a más gente en la cárcel. Y aún no he desembuchado lo de Erika.

—Siempre recogerás lo que plantes en la voluntad del Señor. Al sembrar, recogerás. Quienes no sigan la voluntad del Señor recogerán lo que siembren. Por eso, si llamas ahora, te mandaré las SEMILLAS SAGRADAS y ungidas...

El abuelo de Yusef está hablando por el teléfono inalámbrico, y su voz suena ligera y alegre. Nunca lo había oído así.

—Ahhh, sí, al habla el señor Brown, padre. Estoy llamando para hacer el pedido de la semana.

Nos quedamos detrás de él y oímos que pide cinco paquetes de las semillas milagrosas de Scott Clark mientras en la televisión siguen con el publirreportaje.

—¿Por qué permites que se gaste el dinero de la Seguridad Social en esas malditas semillas? —pregunto en un susurro.

Yusef se encoge de hombros y saca dos refrescos de la nevera.

—Es mayor. Dejamos que haga lo que quiera. Además, lleva años haciéndolo.

—No me puedo creer que hayan pasado tantos años y que nadie haya conseguido que crecieran las semillas. Este hombre dirige la mayor estafa que hay en Cedarville y el FBI no ha hecho nada.

Yusef toma un sorbo mientras observa a su abuelo.

—Él cree que las semillas no brotan debido a lo que hizo. Así que... se ha pasado la vida entera intentando ayudar a que crezcan las semillas de otras personas, a que consigan el milagro.

Sacudo la cabeza.

—Scott Clark está engañando a la gente para que fracase y luego les hace pagar por su fracaso. Pero ¿cómo espera que alguien coseche algo si no pueden sembrar esas semillas fraudulentas? ¡Menudo timo!

Yusef suspira.

—La verdad es que la tierra de aquí es yerma, siempre lo ha sido. —Me mira—. Y no puedes crecer donde no te quieren.

Pum.

Pum.

Pum.

Algo duro golpea el suelo que hay encima de mí.

Pero es imposible, porque no hay nada por encima de mí. Nada más que el techo.

Pum, pum, catapum.

Ahí está, otra vez. Como si un paquete grande de arroz aterrizara sobre el tejado.

O un cuerpo…

Levanto la mirada como si quisiera ver más allá del yeso, y me doy cuenta de que durante todo este tiempo he estado intentando mover los brazos y no puedo.

Moveos, ordeno a todas mis extremidades, pero no obedecen. Es como si mi cuerpo estuviera dormido, pero mi mente estuviera completamente despierta. Hay algo que me presiona contra el colchón y que me lo pone cada vez más difícil para que me libere a base de sacudidas.

Por el rabillo del ojo veo un leve resplandor naranja que viene desde la ventana. La luz se vuelve más brillante, más potente, y la habitación oscura resplandece.

Entonces la veo. De pie, en la esquina, con el delantal puesto, el pelo recogido con los rulos, las manos llenas de harina, el brazo chamuscado y la baba cayéndole de los labios.

Abro la boca, pero no sale nada. Mis pulmones son como ladrillos de cemento. Por la ventana entra una corriente de humo.

Pum. Pum.

Tiene la espalda encorvada y una mirada salvaje en los ojos. La luz naranja se vuelve más brillante y revela su rostro. Y no es baba lo que le cae por los labios, sino sangre que se derrama por el suelo, al lado de sus pies descalzos. El estómago me da un vuelco, siento arcadas que tiran de los músculos de mi cuello, pero sigo sin poder moverme. La mujer se pasa un brazo débil por delante del pecho hasta llegar al brazo calcinado, y se quita la piel muerta como si estuviera pelando un plátano, de manera que deja expuesto el músculo sangriento.

¡La Bruja! ¡Está aquí! ¡Y quiere mi piel!

Como si me hubiera leído el pensamiento, la mujer se pone derecha, y puedo oír cómo se colocan todos los huesos de su columna.

—¡Fuego! —exclama Alec, y se oyen pasos bajando las escaleras a toda prisa—. ¡Que todo el mundo salga!

Un momento. Esa es su voz de verdad. ¡Esto no es un sueño!

—Marigold, date prisa —dice mamá, y el eco de los pasos atraviesa el pasillo.

Me abandonan. ¡No saben que no puedo moverme! No puedo moverme, no puedo moverme. Estoy… petrificada. Atascada. Atrapada.

Pum, pum. La habitación se vuelve más luminosa.

Me lloran los ojos por la mezcla del hedor de la Bruja con el humo denso, y me da miedo ahogarme en mi propio vómito antes de que me mate. Da un paso, tiene el pie cubierto de hollín negro.

—¡Ayuda! —grito, pero sale como una gárgara ahogada.

Otro paso. Le cuesta caminar, pero viene decidida a por mí.

Me muerdo la lengua y aguanto la respiración hasta que no puedo más. Ella da otro paso. El fuego en la casa de al lado está alcanzando la nuestra, está acribillando el tejado. El humo es asfixiante.

Con el corazón a mil, me centro en mover un brazo. Me cuesta, contraigo todos los órganos hacia dentro. Si me puedo liberar, entonces podré…

Pum, pum. ¡PUM!

Una exhalación dolorosa sale disparada por mi boca. Toso y trago aire. La presión va disminuyendo, ya puedo mover brazos y piernas, y me dejo caer desde la cama; termino de cara en el suelo.

¡Corre! ¡Tienes que salir corriendo!

Pero en cuanto levanto la mirada… se ha ido. La habitación está oscura y helada.

Pum, pum.

Respiro agitadamente y me pongo como puedo en pie. Siento las piernas como si fueran gelatina y me arrastro hasta la ventana. La casa de al lado sigue estando bien tapiada y… no hay ningún incendio. El enorme árbol que separa nuestras propiedades se cierne sobre nosotros; tiene una rama suelta cubierta de enredaderas colgando como una zanahoria y baila sobre nuestro tejado. El viento debe haberla golpeado hasta que se ha salido.

—Mierda —refunfuño.

Buddy baja las escaleras hasta la cocina conmigo. Vuelvo a llenar la tetera y enciendo la hornilla. No tiene sentido intentar dormir después de todo esto. La cafeína no es la mejor cura para los nervios y el pánico, pero no quiero volver a cerrar los ojos nunca más. De haber sido real, podría haber muerto en el incendio. Tengo que encontrar alguna manera de controlar la parálisis del sueño.

Preparo el café instantáneo, el azúcar, la crema de almendra y mi taza favorita en la encimera. Tengo aún cinco minutos que matar antes de que el agua se ponga a hervir, así que me paseo por el perímetro de la primera planta, asimilando el lugar como si fuera la primera vez que lo veo; me masajeo las sienes en un intento por sacarme las imágenes de la señora Suga de la mente. El sueño ha sido muy vívido. Sentía como si estuviera nadando entre barro, con palos y ramas atascadas en la garganta. Podría haber muerto…

¡Basta, Mari! No es real. Todo esto es por el estrés.

En la puerta principal, echo un vistazo rápido entre las cortinas. Sweets me mira sonriendo desde su nuevo hogar en el porche. Y, en la distancia, la camioneta oscura vuelve a estar aparcada en el mismo sitio. Está demasiado lejos y bien metida entre las sombras como para que pueda atisbar su matrícula. Me traslado a la sala. Esperaba encontrar un ángulo mejor, pero... ¿Por qué debería hacer como que no veo a ese imbécil? Quienquiera que sea, debería saber que fisgonear de esa manera tan rara no está bien. Además, después de esta horrible pesadilla, ya basta de mierdas *creepy*.

Abro la puerta principal de par en par y salgo a la calle a toda velocidad. La camioneta enciende las largas y me deja ciega, y luego hace un cambio de sentido chirriante y se marcha acelerando. Va demasiado rápido, tanto que no puedo alcanzarla corriendo con las chancletas de dedo.

—¡Joder! —grito en la esquina, con el corazón latiendo violentamente y sin aliento. Se me ha vuelto a escapar. Yusef dijo que nadie viene por esta manzana, pero este imbécil no tiene ningún problema en hacerlo.

Veo una sombra a mi izquierda. Alguien acaba de salir de mi campo de visión, detrás del jardín secreto. O creo que ha sido alguien. Los arbustos me bloquean la vista. Podría haber sido una sombra cualquiera. O tal vez...

—¿Hola? —grito, presa del pánico. Los insectos chillan en el aire de la noche. Una brisa agita las copas de los árboles y las hojas caen sobre mí. Me estremezco cuando una me roza el hombro, y vuelvo corriendo a casa.

Buddy gimotea desde el porche, no está acostumbrado a estar fuera sin correa. Lo agarro del collar y lo meto en la casa, luego cierro la puerta.

Dentro está todo en silencio. Me lleva un momento procesar que estoy de pie en la oscuridad. ¡Las luces! Estaban encendidas cuando he salido. Si alguien las hubiera apagado, ¿no se habría preguntado por qué estoy corriendo por la calle en mitad de la noche?

Poco a poco, voy caminando por el pasillo y enciendo un interruptor. La tetera no funciona. No ha llegado a silbar, ni siquiera ha llegado a hervir el agua. El café instantáneo, la crema y el azúcar que he sacado han desaparecido.

Y mi taza está en medio del suelo de la cocina.

DIECIOCHO

Vale. Puede que esté en medio de una película de terror supercursi. He visto las suficientes con Sammy como para saber cómo va esto. Tenemos todos los elementos básicos: una familia se traslada a una nueva ciudad y a una casa espeluznante con un pasado oscuro.

Pero hay algo que no está bien. Es como si a la fórmula… le faltara algo. A estas alturas, ya deberíamos haber visto una silla levitando o, por lo menos, haber oído a algún niño muerto riéndose dentro de las paredes. En líneas generales, no ha pasado nada del otro mundo.

Bueno, excepto el incidente ocurrido en el sótano. Y la mano arrugada que se metió en la ducha. Y que se apagaran las luces. Y lo de mi taza…

No me puedo creer que vaya a hacer esto.

Tecleando con los pulgares, empiezo a investigar. No es que no crea en fantasmas, estoy segura de que existen. Pero no voy corriendo a contárselo a la gente. Sobre todo, cuando esa gente ya se piensa que estoy loca, con eso de que veo chinches allá donde vaya. Esto solo empeoraría las cosas.

Fuera, está lloviendo con ganas. Y viendo la manera en que el viento azota los árboles, he comprobado varias veces que no estemos en medio de un huracán.

—Oye, Sammy —grito en dirección a la puerta—. ¿Puedes sacar las linternas? Por si acaso.

Mamá y Alec se han ido a una cena de parejas con el señor Sterling y su esposa. Ha sido idea de Alec, y a mí me han vuelto a dejar en casa haciendo de canguro. Piper no ha salido de su habitación en toda la noche y Sammy ha descubierto series nuevas en Netflix, por lo que se ha negado a abandonar el sofá.

Yo estoy en mi habitación, envuelta con la manta de peso y buscando en Google «cómo saber si tu casa está encantada». Si hace tres meses alguien me hubiera dicho que iba a mudarme al Medio Oeste y que estaría investigando sobre casas encantadas durante una oscura noche de tormenta… le habría pedido la hierba que estuviera fumando, porque a mí también me gustaría estar así de emporrada. Pero aquí estamos.

Primer artículo: «Seis cosas que indican que tu casa podría estar encantada».

1. RUIDOS U OLORES INEXPLICABLES

Pues vaya. Esto lo tenemos, sin duda. Ese hedor fétido no proviene solo del sótano, también lo hemos olido en la segunda planta.

Sigo leyendo.

2. MOVIMIENTO DE OBJETOS INANIMADOS

Puertas que se abren y cierran solas, los armarios de la cocina…

Respiro para calmarme y me rasco la cara interna del brazo. Vale, dos de seis.

3. LUGARES EXTREMADAMENTE FRÍOS O CALIENTES

Mmm. Bueno, nada extremo. Pero, por otra parte… yo siempre tengo frío aquí, así que ¿cómo iba a notar la diferencia? No cuenta.

4. COMPORTAMIENTO ANIMAL EXTRAÑO

Echo un vistazo al sitio de Buddy en la cama, que ahora está vacío porque está con Sammy. Buddy está raro desde que nos hemos mudado aquí. Los ladridos, los gimoteos, el que se quede mirando a la nada…

Tres de seis. Podría ser peor.

—¡Mari! ¡Mari! —grita Sammy desde abajo.

Seguramente no debe encontrar las linternas.

—¡Un segundo! —digo y sigo mirando la pantalla.

5. SENTIR QUE TE ESTÁN OBSERVANDO, TOCANDO O INCLUSO ATACANDO FÍSICAMENTE

Sí, no y… no. Aparte de mi orgullo, no ha habido daños físicos. Y hasta yo debo admitir que mi paranoia puede ser algo… intensa.

6. PROBLEMAS ELÉCTRICOS

Se me hiela la sangre al pensar en la noche en que fui con Yusef y Erika a la playa. La manera en que se apagaron todas las luces. Le resté importancia pensando que la instalación eléctrica tendría fallos. Podría seguir siendo eso.

En ese preciso instante, las luces parpadean y oigo interferencias.

Vale, pueeees… puede que nuestra casa esté encantada.

Respiro hondo y abro una nueva ventana de búsqueda: «Qué hacer si tu casa está encantada». Echo un vistazo a un artículo y me centro en una frase que está hacia la mitad…

Si no se realiza de manera correcta, la quema de salvia puede irritar a los espíritus. Puede que incluso veas más actividad. Proceder con cuidado.

Mierda.

—¡Mari! ¡Mari! ¡Rápido, ven! —grita Sammy.

¿Qué hace? Y, joder, ¿por qué hace tanto frío aquí? ¿Está rota la caldera?

—Mari, ¿vienes? ¡Date prisa!

—Ya voy, ya voy —refunfuño y bloqueo la pantalla.

Fuera, la lluvia está rugiendo y golpea las ventanas. Sammy tiene todas las luces de casa encendidas, es algo que hace cuando tiene miedo, pero no quiere admitirlo. Suelto una risita y me dirijo hacia el vestíbulo, abajo.

—¿Sí? ¿Qué pasa?

Pero la primera planta está vacía. La televisión está encendida, el episodio cinco aún se está reproduciendo, y Sammy… no está por ninguna parte. Tampoco hay señal de Buddy. No pueden haber subido sin que me haya dado cuenta, porque con esas escaleras oiríamos hasta a las hormigas desplazándose. Y no hay duda de que Sammy me ha llamado desde aquí abajo… aunque sonaba muy lejos. Más lejos de lo normal. Apago la televisión y observo la sala.

—¿Sam?

Silencio. El tipo de silencio que parece pesado y cargado. En el sofá hay un cuenco con palomitas volcado. Las pepitas de maíz están desperdigadas por la alfombra y la mantita del sofá aún está caliente. Suena un trueno tan fuerte que los armarios de cristal se estremecen y a mí me recorre por la nuca una sensación heladora.

Algo va mal.

—Sam —digo, más fuerte esta vez, mientras me paso la mano por los bolsillos buscando el teléfono que sigue en la planta de arriba, cargándose.

Quizá se haya llevado a Buddy a dar un paseo. Es algo que no tiene sentido, pero últimamente nada tiene sentido. Con la luz de los relámpagos, las ventanas de la parte trasera son como una pared de espejos negros que reflejan la quietud de la casa: una tetera plateada sobre la cocina de gas, sartenes que cuelgan de un aparador en el techo, una cesta de metal llena de manzanas Red Delicious sobre la mesa, bañada por una luz cálida. Con el corazón palpitante, me acerco a mi reflejo en la puerta del patio, y me pongo las manos alrededor de los ojos para mirar hacia la oscuridad. Los árboles se agitan al viento con violencia en una danza frenética. Dentro, la casa está en calma, pintoresca. Entonces, algo hace ruido detrás de mí.

Craaaac.

En el reflejo, veo que la puerta del armario del pasillo se abre poco a poco, y la cara que se me queda parece sacada de un cartel de película.

—¿Sam? —susurro, mirando por encima del hombro; me tiembla la voz tanto como las manos.

La casa contiene la respiración.

No debería mirar, sé que no debería mirar, todo en mi interior grita que debería salir corriendo. Pero… ¿dónde está Sammy?

Hay un relámpago y los pomos dorados atrapan su reflejo. Con paso ligero, me acerco más. *No es nada, no es nada, tranquila,* me canturreo a mí misma; ahora todo el cuerpo me tiembla. Doy dos pasos rápidos, abro la puerta de par en par y salto para enfrentarme a lo que sea que haya detrás. Pero ahí no hay nada, solo algunos abrigos colgados, unos zapatos cualesquiera y una mopa.

—¿Sammy? —grito, desesperada—. ¿¡Dónde estás!?

De repente, una mano sale de entre los abrigos y me tira del cuello de la camisa. Suelto un chillido y me golpeo la frente contra la pared trasera del armario; la puerta se cierra de golpe detrás de mí. Con un equilibrio precario en plena oscuridad, me doy la vuelta rápidamente, azoto el aire, la ropa, los colgadores… Estoy lista para luchar por mi vida, pero entonces se enciende una linterna e ilumina una cara.

Sam.

—¡Sammy! —vocifero, dándole un empujón en el hombro—. ¿Qué diablos estás haciendo?

Sammy me clava las uñas en el antebrazo, está temblando y tiene los ojos vidriosos y abiertos de par en par, y el rostro teñido de puro terror.

—¡No soy yo! —grita en un susurro, con los labios temblorosos—. ¡No soy yo!

—¿Qué? ¿Qué dices? ¿Estás...?

Entonces lo oigo. Es su voz. La voz de Sammy. Me está llamando desde fuera del armario. Y todo mi interior se encoge, se endurece y dejo de respirar.

«¡Mari! ¡Mari! ¡Baja!».

DIECINUEVE

—«¡MARI! ¡MARI!».

En el armario angosto del pasillo, me cuesta desenmarañar los pensamientos que intentan encontrarle sentido a todo esto. Mi hermano pequeño está frente a mí, con la boca cerrada. Pero su voz, la voz que reconocería en cualquier lugar, me está llamando desde el otro lado de la puerta del armario.

«Mari, ¿vienes?».

—No puede ser —jadeo.

Sammy está temblando, la linterna le baila en las manos. A mí se me llena la boca de algo ácido. Hay alguien ahí fuera haciéndose pasar por Sammy. ¡Hay alguien en la casa!

«¡Mari! ¡Mari, ven aquí! ¡Rápido!».

Algo me toca el brazo y yo me estremezco. Es la manga de un abrigo. El armario, que está abarrotado, parece estar encogiéndose a nuestro alrededor. Está apretando, estrangulando. Y si hay alguien ahí fuera buscándonos, aquí podría encontrarnos fácilmente. Me centro en Sammy.

—Apaga eso —susurro rápidamente.

Sammy hace lo que le digo y me agarra el brazo en la oscuridad. La única luz que hay es la que pasa por debajo del umbral de la puerta. Buddy nos husmea los pies, confundido por nuestro jueguecito, y yo pego la oreja a la puerta. No hay ningún movimiento. La voz... la voz de Sammy... suena apagada y muy lejos, pero cerca a la vez. Demasiado cerca.

—¿Qué es eso? —susurra Sammy.

—No… No lo sé —balbuceo, y empiezo a buscar a tientas algo alrededor con lo que nos podamos proteger: un bate, un palo de golf, una pala, lo que sea. Pero no hay suerte. Entonces, doy con una caja estrecha en el estante superior. Son las zapatillas que compró Alec, que no llegó a devolverlas. Me las calzo.

Sammy me agarra con más fuerza y luego susurra:

—Mari…

Debajo de nosotros, el suelo retumba como si estuviéramos sentados en la tripa de la casa y tuviera hambre. Luego, silencio. Hasta que se oye el ruido sordo y fuerte de un pie golpeando la madera hueca, luego otro.

¡Alguien está subiendo por los escalones del sótano!

Sammy abre mucho los ojos y yo le pongo la mano sobre la boca para que no grite.

Con un fuerte repiqueteo, el cerrojo del sótano hace un ruido y la puerta se abre. Empujo a Sammy detrás de mí, detrás de los abrigos; me hierve la sangre.

«¡Mari! ¡Mari!».

La voz de Sammy se oye más fuerte. Más cerca. Casi como si estuviera justo a nuestro lado. Noto que sobre la mano me caen lágrimas del verdadero Sam.

«¡Mari! ¡Mari, ven aquí! ¡Rápido!».

Su voz suena queda y tiene un ligero eco. El verdadero Sam tiembla pegado a mí. De repente, Buddy suelta un gruñido, y rápidamente lo agarro del hocico para que se calle. Pero es demasiado tarde. La casa se queda quieta. La casa nos ha oído.

Pasos pesados, los pasos de un dinosaurio que se mueve lentamente, arrastrándose, en dirección a nosotros.

Me golpea una oleada de pánico y me adelanto con un tumbo; agarro el pomo de la puerta, pongo una pierna a cada lado del marco y echo el peso hacia atrás. Un hedor podrido inunda el armario, es como una mezcla de olor a ratas muertas y cocidas en una ola de calor con… pis. Me echo más para atrás y contengo una arcada.

Entonces aparece una sombra en el umbral de la puerta y los pasos se detienen. Se me hace difícil respirar. Sammy me rodea con los brazos y aprieta la cara contra mi espalda. Yo estoy casi convulsionando del pánico.

Por favor… Dios, por favor…

La sombra resuella como un caballo y sigue adelante, deja atrás la puerta y avanza por el pasillo. Ahora está por encima de nosotros y la oímos fuerte, por lo que nos estremecemos con cada paso que da en dirección a la segunda planta.

Eso quiere decir que en la planta de abajo no hay nadie. Me giro rápidamente hacia Sammy y le digo:

—Vale, a la de tres, voy a abrir la puerta.

—No —gimotea Sammy, con los ojos desorbitados—. No, Mari. Vamos a quedarnos.

—Sabe que estamos aquí —explico con cuidado—. Si no nos movemos, seremos un blanco fácil.

Sammy solloza en silencio.

—No puedo. Tengo miedo —confiesa.

—Tienes que hacerlo.

—¡Nos seguirá!

—No, no lo hará. Los fantasmas solo pueden atormentarnos dentro de la casa. No nos puede hacer daño una vez que estemos fuera.

—¿Fantasmas?

Entrecierro los ojos. Mierda, a él ni siquiera se le había ocurrido eso. En el momento en que lo verbalizo, rezo por estar en lo cierto y que no sea cualquier okupa desquiciado que se esté poniendo cómodo en casa.

—Cuando abra la puerta, quiero que salgas corriendo de casa tan rápido como puedas. Echas a correr y no te detienes, sin importar lo que pase.

—Mari, por favor. No.

Me apoyo en la puerta, con la mano sobre el pomo, y me inclino ligeramente para poder mirar.

—¿Listo? Una, dos…

A la de tres, irrumpimos en el pasillo. Las luces nos ciegan después de haber estado tanto tiempo a oscuras. Emprendo la carga con Buddy a mi lado, rozándome. Abro la puerta principal de par en par y contemplo las escaleras vacías a nuestras espaldas. Sammy estampa el hombro contra la mosquitera de la puerta y baja los escalones del porche de un salto y soltando un grito. Con los pies ya en el pavimento, estoy en modo esprint cuando me doy cuenta de algo.

Piper.

—¡Sam, espera!

Sammy se da la vuelta, y la lluvia nos azota.

—¿Qué? —grita.

—Tengo que ir a por Piper. ¡No puedo dejarla aquí!

—¡Que le den!

Sacudo la cabeza.

—¡Ve! Corre y llama a la policía.

—¡Mari, no! ¡Espera!

Sin tiempo para discusiones, vuelvo corriendo a la casa, subo de un salto el porche y entro a trompicones.

—¡Piper! —grito hacia la escalera oscura, con el corazón aporreándome—. Piper, ¿dónde estás?

Una puerta se abre escaleras arriba. Por el pasillo se oyen pasos ligeros y sin prisa. Piper se detiene en el primer descansillo. Cuesta verla en las sombras, pero me está echando una mirada feroz, como si no me hubiera visto en su vida.

—¡Venga! ¡Tenemos que salir de aquí! —insisto y le indico que baje. Imposible saber dónde están… o está—. ¡Corre! ¡Vamos!

Piper no se inmuta. No se mueve, solo mira fijamente. Tiene el rostro frío y duro, como el mármol.

—¿Qué haces? ¡Tenemos que irnos!

Piper echa los hombros hacia atrás y luego, de repente, gira el cuello hacia la derecha, como si alguien la hubiera llamado. Pero yo no he oído nada. Me echa un último vistazo y luego, poco a poco, sale de mi vista.

—¿A dónde vas? Piper, vuelve aquí —le grito y voy tras ella, subiendo los escalones de dos en dos.

A medio camino, una voz rasposa se lamenta. Es tan desconcertante que casi me quedo helada en medio de una zancada.

—¡ESTA ES MI CASA!

Entonces, como si alguien se estuviera apoyando sobre la barandilla de arriba, hay algo que sale de la oscuridad zarandeándose y veo el destello de una escoba que cae.

Pero qué...

La escoba me da de lleno en la cara, y yo me caigo escaleras abajo pegando un grito. Me doy un golpe en la cabeza contra el suelo de madera y en el coxis contra el escalón de abajo.

—¡MARI! —grita Sammy desde fuera.

—Ahhh, mierda —gimo, ruedo a un lado con una explosión de dolor y empiezo a ver pequeños puntos blancos.

Buddy está ladrando de manera histérica y arañando la mosquitera. La voz vuelve a gritar, es un sonido estridente:

—¡FUERA DE MI CASA!

Se me encogen los pulmones hasta convertirse en pasas, y casi me meo encima al mirar hacia la parte de arriba de la escalera y ver... que no hay nada. Que ahí no hay nadie.

—¡Mari, levántate! Por favor, levántate —ruega Sammy desde el porche, intentando alcanzarme, con la lluvia salpicando a su alrededor.

Noto un movimiento suave entre las sombras y no puedo desviar la mirada. Me inclino hacia delante e intento descifrar la forma en la oscuridad, pero entonces hay algo que sale disparado en dirección a mi cabeza.

—¡Ah! —chillo y me volteo sobre el estómago para esquivarlo rápidamente, y cae a mi lado con fuerza y un estruendo.

—¡Mari!

Me doy la vuelta y me encuentro cara a cara con el cepillo de una escoba. La misma escoba que estaba buscando mamá.

—Mierda —grito, la aparto con el pie y me pego rápidamente a la pared.

Una puerta se cierra en la planta de arriba, a lo que le siguen unos pasos pesados. La casa resopla.

«¡Mari! ¡Mari, ven aquí! ¡Rápido!».

Me apoyo con dificultad sobre las manos y las rodillas, y salgo gateando. Luego me pongo en pie y bajo del porche cojeando.

—¡Venga! ¡Venga! —grita Sammy, que va como un rayo al viento, corriendo rapidísimo. Con los músculos como los tengo consigo atravesar la calle a trote ligero, hasta que siento el cuerpo demasiado pesado como para transportarlo. Las farolas lejanas empiezan a emborronarse, y lo único que puedo oír es el latido de mi corazón en mi oído.

Mierda, me voy a desmayar.

—Sammy —digo jadeando y me tambaleo hacia la derecha, porque el suelo se inclina bajo mí.

Sammy vuelve sobre sus pasos.

—¿Qué ocurre? —pregunta.

Doy un traspié y caigo de rodillas, respiro de manera irregular y lenta.

—Mari —grita Sammy y me recoge la cabeza antes de que golpee el pavimento. Se vuelve rápidamente, frenético, y empieza a gritar—: ¡Ayudaaaa! ¡Ayudadnos!

Nadie lo va a oír. No con esta lluvia.

—Sammy, ve a por Yusef —balbuceo, abriendo y cerrando los ojos. El mundo se vuelve oscuro.

—¡Mari! Mari, no te duermas, por favor —se lamenta Sammy, que me sacude—. ¡Ayuda! ¡¡¡Ayuda!!!

Buddy da vueltas a nuestro alrededor, ladra y gimotea.

—Pasando… la siguiente manzana —farfullo—. La casa con las rosas.

Sammy sorbe por la nariz y asiente con la cabeza.

—Buddy, abajo. ¡Abajo, Bud!

Buddy se recuesta sobre el suelo mojado y Sammy coloca mi cabeza con cuidado sobre él.

—¡Quieto, Buddy! ¡Vuelvo enseguida!

Sammy echa a correr, pero no puedo decir en qué dirección de lo oscura que está la calle. Las casas abandonadas... Parecen tan grandes desde este ángulo, como si hubieran crecido cinco metros y se inclinaran hacia dentro. Las ventanas parecen ojos enfadados que me miran. Buddy gimotea y me da un golpecito en la cara con su nariz fría. Cierro los ojos, la lluvia torrencial es bastante relajante, como darse una ducha fría después de entrenar durante un día caluroso. No es exactamente eso, pero se le parece bastante. Hasta que siento a Buddy poniéndose tenso debajo de mí y un pequeño gruñido que sale de su tripa.

—¿Buddy? —murmuro, incapaz de abrir los ojos.

El perro se pone en pie de un salto y me golpeo la nuca contra el cemento. Llorando del dolor, consigo voltearme a un lado. Buddy está encima de mí, ladrando furiosamente. Está ladrando de esa manera que se reserva para los extraños o los intrusos que se acercan demasiado. Hay alguien ahí.

—Buddy —jadeo y abro los ojos.

Las luces de un coche se encienden y me ciegan. Pasos. Pasos fuertes, como los de casa.

Ay, Dios. ¡No era un fantasma!

En pánico, le ruego a mi cuerpo que se mueva, que coopere, y con la mano intento agarrar cualquier cosa que haya a mi alrededor.

—Socorro —digo con voz ronca entre lágrimas y sollozos, y luego pienso en Sam. Ha conseguido huir y no está aquí para presenciar el asesinato de su hermana. Siento un alivio extraño en mi interior al mismo tiempo que se me rinden los brazos y me volteo. Estoy lista.

Entonces, deja de llover. O creo que lo hace, porque la lluvia ha dejado de golpearme en la cara, pero el sonido nos sigue envolviendo. Abro los ojos a la fuerza y, por un breve momento, veo una sombra sobre mí con un paraguas. No es una sombra, es un hombre.

¿Es el señor Watson?

Demasiado débil como para gritar, suelto un grito ahogado y luego todo se vuelve negro.

—¡Ey, ey, Cali! ¡Venga, Cali, despierta!

Estoy bajo el agua y la voz de Yusef me llama desde la superficie. Me cuesta centrar la mirada, porque la oscuridad se sigue extendiendo poco a poco; siento que mi cerebro flota y sube para tomar aire.

Yusef está inclinado sobre mí, dándome golpecitos en la mejilla.

—¡Eso es! Abre los ojos, venga.

Tengo la cabeza recostada sobre algo blando. Y bastante seco. Me rasca el cuello, es algodón áspero.

—Mari —gime Sammy, y me doy cuenta de que me está agarrando la mano.

Quiero decirle «No llores, Sam», pero siento que me vuelvo a desvanecer, rápido, y miro a Yusef.

—La… la casa —consigo decir e intento hacer una señal con los brazos, pero no tengo fuerza. Piper sigue dentro.

Yusef me recoge del suelo y me acuna en sus brazos. Luego, otra vez, todo se vuelve negro.

Lo primero que veo es el color amarillo. Por un momento, creo que estoy mirando directamente al sol. Luego me doy cuenta del frío que tengo, de lo suave que siento el sol, y abro los ojos y me recibe un estampado de florecitas rojas sobre una tela desteñida. Es un cojín de sofá. Tengo la cara apoyada en... ¿un sofá cualquiera?

DATO: Las chinches no causan ni propagan enfermedades. Hay personas que reaccionan a sus picaduras, y rascarse de manera excesiva puede provocar infecciones secundarias.

Me incorporo rápidamente y la habitación me da vueltas, por lo que me inclino de lado. Necesito levantarme, necesito levantarme. Ahora mismo podría estar agarrando una infección. ¿Tengo algo en el brazo? ¿Una picadura? ¿Un huevo? Jabón, alcohol, lejía...

—Ey, para el carro —dice Yusef, que está a mi lado y me ayuda a recostarme otra vez con suavidad—. No tan rápido.

Yusef me ha pasado el brazo por los hombros. Siento como si pesara quinientos kilos, y estoy demasiado débil como para quitármelo de encima. Me sigue ardiendo la piel y me la quiero raspar con un pelador. Quiero rascar, necesito rascar. Quiero fumar. También quiero ser una persona normal y corriente, no una chalada frente a los desconocidos. Tengo los ojos anegados en lágrimas.

—Oye, Cali, no pasa nada —dice Yusef, inclinándose sobre mí para apartarme el cabello mojado de la cara. Huele muy bien, incluso con la ropa húmeda. Cedo y me dejo abrazar, y, por primera vez esta noche, me siento segura.

—Todo va bien —susurra mientras me abraza—. Mira, Sammy está aquí.

Sammy, envuelto en una toalla azul, está sentado en la butaca del abuelo de Yusef, mirando hacia el suelo. Tiene la cara pálida, los ojos abiertos como platos y no pestañea, como si hubiera visto algo muy loco. Es la misma mirada que tenía cuando me desperté en el hospital, con vómito en el pelo y un lavado de estómago. Recordar eso es como hurgar en la herida.

—Toma, bebe un poco de agua —dice Yusef, que me ofrece un vaso—. ¿Qué tal la cabeza? Mi tío dice que tenemos que mantenerte despierta, por si acaso tienes una conmoción cerebral.

Al otro lado del salón, el señor Brown habla por teléfono en susurros y me mira cada pocos segundos. En la cocina, el abuelo lleva una bata de rizo azul y zapatillas de andar por casa de cuero, y tiene una mirada de sospecha. De repente me sobreviene el recuerdo de las luces del coche.

—Oye, ¿dónde... dónde está el señor Watson? —pregunto, mirando en la habitación. ¿Ya se ha ido?

—¿El señor Watson?

—Sí. Estaba conmigo.

Yusef levanta una ceja y mira a Sammy.

—Cali, cuando te encontramos, estabas tirada en medio de la calle, inconsciente. Y sola.

Imposible... Las luces del coche... No me lo puedo haber imaginado.

—Pero él... él me tapó, con un paraguas —gimoteo, el cansancio se está volviendo a apoderar de mí—. Me dio una manta para la cabeza. ¿No lo habéis visto? ¿En serio?

A Yusef se le desencaja la cara y aprieta los labios. Está intentando no revelar lo que piensa, pero es demasiado tarde. Conozco esa expresión. Cree que estoy emporrada, colocada, que me he metido algo y veo cosas. Eso explicaría todo lo ocurrido en la casa. Y si no fuera por Sammy, que estaba ahí conmigo... yo también cuestionaría mi cordura. Pero sé lo que he visto. O lo que he oído.

—Oye, ¿de qué huíais? —pregunta Yusef—. Sammy ha dicho que había alguien en casa.

No tengo la menor idea ni de por dónde empezar. Siento punzadas en la cabeza, un dolor agudo. La ropa está empezando a acartonarse, y la lluvia y el agua embarrada se están secando sobre mi piel.

Sammy mueve la rodilla arriba y abajo. Tiene esa mirada de estar intentando resolver un rompecabezas supercomplejo.

—Sonaba igual que tú, Sam —mascullo. Me atraviesa un escalofrío y me agarro a la toalla con la que Yusef me ha envuelto—. Era exactamente tu voz.

Sammy, que sigue en estado de *shock*, parpadea un largo rato.

—A no ser que… alguien estuviera imitándome de algún modo o algo así —dice con un tono inexpresivo.

Yusef alterna la mirada entre nosotros cuando el señor Brown entra en la sala de estar. Carraspea y dice:

—Vuestros padres han vuelto. Venga, os llevo a casa.

Para cuando el señor Brown nos acompaña a casa, la lluvia ha cesado. Alec está en la cocina, con una expresión dolorida, y lleva a Piper en brazos, bien agarrada a su pecho. Las luces de la policía resaltan la piel pálida que tienen.

Nos acercamos a ellos y oigo la última parte de lo que cuenta Piper:

—Y entonces me dejaron sola —se lamenta—. Me gritaron y salieron corriendo por la puerta.

Alec frunce los labios cuando me ve. Deja a Piper a sus pies y mamá se acerca corriendo a nosotros.

—¡Mamá! —grita Sammy, que sale corriendo a toda velocidad hacia su tripa y se agarra a ella—. Mamá, ¡la casa está encantada!

Al decir eso, la policía aprovecha para irse. Doy pasos lentos, sigo estando mareada y no tengo ninguna prisa por volver a entrar a este lugar. Me pregunto cuánto tardaré en hacer la maleta para que nos vayamos a un hotel. Porque está claro que no podemos quedarnos aquí. Ni una noche más. La casa está enfadada, se nota en el aire.

—¿Dónde diablos habéis estado? —ruge Alec con un tono explosivo.

—Me… dejaron… so… la —Piper se atraganta con las palabras porque está sollozando de manera histérica—. Tenía mucho miedo, papi.

Siento un dolor intenso, y a través de él estallo de ira:

—¿Qué dices? —escupo—. ¡Si me viste al final de la escalera! ¡Te estaba llamando y tú te marchaste!

—No lo hice —contesta, y la comisura de sus labios se transforma en una sonrisita cruel; luego se frota la cara contra el costado de Alec.

La negación de Piper es suficiente como para que me dé un vuelco el estómago. Me tambaleo y la nevera frena mi caída.

—¡Has empujado a Mari por las escaleras! —grita Sammy; mamá lo está agarrando desde atrás para que no salte a por ella—. ¡Se podía haber matado!

—No es verdad. —Piper levanta la mirada hacia su padre y, con una voz tan dulce como el azúcar, dice—: Papi, yo estaba en mi habitación y luego he oído que gritaban.

—Increíble —exclama Alec—. No puedo dejarla sola ni una maldita noche.

Miro fijamente a Piper. O, mejor dicho, la atravieso con la mirada y la veo desde otra perspectiva. Me fijo en su piel extrapálida, en sus ojos muertos de cansancio; en el peso que ha perdido. Pienso en esa cosa rara de que hablaba con las paredes, en la señora Suga. De repente, a pesar del dolor punzante que siento en la cabeza, me asalta un pensamiento y lo veo todo claro:

—Ay, Dios mío —susurro—. Está poseída.

—¿QUÉ? —grita Alec, y coloca a Piper detrás de él.

—Es lo único que se me ocurre. ¡La Bruja se ha apoderado de ella!

Ahora es Sammy quien la está mirando, con las cejas levantadas.

—Es que… se quedó ahí, sin más —murmura.

—Bueeeeno, pues parece que habéis visto demasiadas películas —suelta mamá y sacude la cabeza.

Precisamente, esa es la cuestión: no me acordaba de lo que me habían enseñado todas esas películas, sino que intentaba buscarle una explicación a todo lo que ocurría en vez de enfrentarme a la verdad. Y la verdad es que nuestra casa está encantada. Y que a Piper la ha poseído la Bruja. Y que esa bruja se llama Suga.

Estaba a punto de contarles todo lo que sé acerca de este sitio, pero con mirar una sola vez a Alec, que tiene la cara ardiente y roja, me quedo en silencio.

—Raquel, esto es el colmo. Me dijiste que tenía sus problemas bajo control.

—Alec…

—¿Cómo la vas a excusar esta vez? ¡Ha puesto en peligro las vidas de Piper y de Sammy!

Mamá suspira y se mete en el despacho, de donde saca un tarro para el pis.

No puede ser. Me estás tomando el pelo.

—¡Mamá! ¿Qué haces? —grita Sammy, que se pone en pie frente a mí y estira los brazos para protegerme—. ¡Yo estaba aquí! ¡Yo también lo he oído! ¡Mari no está mintiendo! No está… ¡No se ha drogado! No se iba a ir sin Piper. Ha subido corriendo las escaleras para ir a por ella. ¡Estaba intentando salvarla!

Piper tiene el rostro confuso y suaviza la mirada.

—Sam… ¿estás seguro de que no estabas oyendo cosas? —pregunta Alec.

—Lo hemos oído los dos —suelta Sammy.

—Y aquí dentro solo estábamos tres —añado, apoyándome contra la encimera—. A no ser que Piper se haya hecho ventrílocua de la noche a la mañana.

Alec me ignora y mira directamente a Sammy.

—Mira, sé que esto es difícil, colega, pero ¿es posible que a tu hermana le haya vuelto a pasar... que no haya sido ella misma? ¿Es posible que se haya tropezado y caído por las escaleras, sin más?

Mamá se endereza.

—Alec —le advierte. Pero ha sido una advertencia vaga.

—Entonces, ¿cómo es que yo también he oído la voz? —responde Sammy—. ¿Estoy fumado?

A mamá se le llenan los ojos de lágrimas y se cruza de brazos.

—Ay, Sammy —se lamenta.

Con un dolor de cabeza palpitante y sin ningunas ganas de pelear, le doy un toquecito a Sammy en el hombro y le digo:

—No pasa nada, Sam. Olvídalo. No voy a hacerme esa estúpida prueba porque me marcho.

—¿Te marchas? —se plantan Alec y mamá.

—Sí. Quiero volver a California y vivir con papá.

—¿Qué? No puedes tomar esa decisión por tu cuenta, así, sin más —se mofa Alec.

—Sí, sí que puedo —digo, mirando directamente a mamá—. Ese era el acuerdo que teníamos con papá, ¿no? Si las cosas no funcionaban con Alec, podía mudarme con él. Solo así iba a permitir que nos fuéramos contigo a otro estado. Y si mi padrastro me acusa de andar drogada cuando no es verdad, está claro que las cosas no funcionan. No es que estas sean las mejores condiciones para una adicta que se está recuperando.

Alec parpadea y se gira hacia mamá.

—¿Es eso cierto? —le pregunta.

Mamá respira hondo para tranquilizarse y, sin apartar su mirada de la mía, responde:

—Sí.

Desconcertado, Alec se mira las manos como buscando las palabras correctas que decir. Piper lo agarra con más fuerza. Sammy resopla a mi lado.

—Pues si ella se va, ¡yo me voy con ella!

—Sam —jadea mamá con un labio tembloroso—, cariño…

—¡No! Mari tiene razón. ¡Y odio este lugar! ¡Quiero irme a casa!

VEINTE

A la mañana siguiente, llamo a papá para arreglar la situación inmediatamente. Me da igual a quién le haga daño, no me puedo quedar aquí. Estos fantasmas son violentos, y tengo un chichón en la nuca que lo demuestra.

Dado que papá aún está en Japón terminando un proyecto, tenemos que esperar otras dos semanas antes de que pueda tomar el avión para llevarnos a casa.

Eso quiere decir que tendremos que sobrevivir esta noche, como quien dice. Mejor dicho, varias.

Sammy fortifica su cuarto con trampas cazabobos y una cantidad infinita de linternas. Yo ya no duermo, y sobrevivo a base de una dieta de café, pastillas de cafeína y caramelos. Quemo tanta salvia que prácticamente vivimos metidos en una niebla baja.

Pero la casa lleva en silencio varios días. Nada de olores raros, voces ni pasos extraños. Es como si supiera que ya ha hecho su trabajo y estuviera satisfecha con los resultados. Nos marchamos, como quería que hiciéramos. Bueno, algunos de nosotros.

Alec y Piper van a lo suyo la mayor parte del tiempo, comen fuera y juegan en la habitación de ella. Mamá se esconde en su despacho, trabajando, hasta que llega el sábado por la mañana y llama a la puerta de Sammy.

—¿Os apetece dar un paseo?

El Riverwalk es un paseo de ladrillo rojo al lado del río de Cedarville que está lleno de restaurantes, tiendas, *food trucks* y kioscos y, a los lados, casinos y un cine-restaurante. El sitio está totalmente decorado para Halloween. En el pabellón, pasamos por delante de un concurso de decoración de calabazas, donde también vemos carteles anunciando el desfile de perritos de Halloween.

Vamos al Johnny Rockets, y Sammy escoge una mesa en la ventana para que podamos ver cómo zarpan los barcos de vapor. Hace meses que no estamos solo los tres juntos, y es un alivio no tener que andar con pies de plomo.

—Bueno, Sammy —dice mamá después de pedir tres hamburguesas vegetarianas con guarnición de patatas—, ¿ya sabes de qué vas a ir por Halloween?

Sammy juega con la pajita de la limonada.

—Iba a ir de zombi… Pero creo que es demasiado.

Suelto un bufido, es la primera vez que me río en días. Mamá me lanza una mirada y yo me hundo en el asiento.

—Chicos —empieza, cruzando las manos sobre la mesa—. Sé que las cosas han sido… duras. Ha habido muchos cambios este año.

Me mira directamente a mí y yo no me achanto. Estoy cansada de que utilicen mi error como un arma en mi contra. Ella suspira.

—¿Sabéis? En toda mi vida, nunca he ganado nada —dice, y le da un beso a Sammy en el costado de la frente—. Bueno, aparte de vosotros dos. Pero, en serio, nunca he quedado primera en los deportes, nunca he conseguido una beca para la universidad ni nada por el estilo. Así que, cuando me aceptaron para esta residencia, estaba emocionada. Más que eso. Creí que sería una oportunidad para empezar de cero, no solo para mí, después del divorcio, sino para todos nosotros.

Parpadeo.

—Entonces… ¿No querías mudarte solo… por mí? —pregunto.

—¡No! Claro que no. Quería hacerlo. Quería un cambio. Y cuando se lo comenté a Alec —continúa—, él estaba totalmente convencido. Sabía lo importante que era para mí, y sabía que sería una gran oportunidad para vosotros. El hombre se acababa de mudar a nuestra ciudad con Piper y estaba dispuesto a volver a trasladarse con ella. Así que da igual lo que penséis, él os quiere mucho, a ambos.

—Bueno, tiene una manera curiosa de demostrarlo —me mofo.

—Ya… —dice mamá, levantando la ceja—. Tú también. No es que seas la alegría de la huerta precisamente.

Sammy abre mucho los ojos y aparta la mirada mientras sorbe la bebida, lo que quiere decir que está de acuerdo.

Quiero responder, pero no puedo, porque es posible que tengan razón. No he sido especialmente amable con Alec, aparte de por el hecho de que, a los meses de haberse mudado a nuestra casa, yo estuviera con un paro cardíaco en el suelo de mi cuarto. No es la mejor manera de dar una buena primera impresión.

—Para ser sincera —continúa mamá—, está un poco dolido por nuestro plan de contingencia secreto. Porque las familias no tienen de eso. Las familias se mantienen unidas, sin importar lo demás, y se ayudan mutuamente.

Pienso en Yusef y suspiro.

—Pero… él no nos cree con lo de que la casa está encantada —murmura Sammy.

Mamá se pone recta y frunce los labios. Ella tampoco nos cree.

—Habéis tomado una decisión respecto a lo de marcharos y… yo lo respeto —dice—. Yo siempre respetaré vuestros deseos. Pero es que creo… que este lugar nos podría venir muy

bien. Para nuestro futuro. Además, no quiero vivir sin mis niños.
—Abraza a Sammy—. Así que… pensadlo un poco más. Por mí.
Por favor.

—¡Señor Watson! ¿Qué hace aquí?

El señor Watson nos recibe en la entrada para vehículos
cuando aparcamos a la vuelta de la comida. Lleva una vieja caja
de herramientas y una escalera de mano pequeña.

—Me ha llamado Irma. Dice que teníais problemas con las
luces.

Mamá asiente con la cabeza y se sube la cremallera de la
chaqueta mientras Sammy y yo sacamos las bolsas de la compra.

—Ah, sí. Alec debe… habérselo dicho. ¿Ha visto algo?

Él sacude la cabeza.

—He comprobado lo que he podido y todo parece estar
funcionando correctamente.

—Entonces, ¿ha bajado al sótano? —pregunto abiertamente.

Me mira durante cinco segundos muy largos.

—No.

—Claro que no —mascullo y saco de un tirón una bolsa del
maletero.

El señor Watson tiene algo de lo que no me fío. Todas las
respuestas que da parecen densas y frías. Sabe más de lo que
dice, pero no puedo demostrarlo.

—Quizá debería hablar con Irma y que llame a un electricis-
ta —le dice el señor Watson a mamá—. Por si vuelve a pasar
algo.

—Tiene razón —dice mamá—. Y gracias. Perdón por las
molestias.

Desde el porche, veo al señor Watson guardarlo todo en el
Volvo. No en una camioneta.

Pero sé lo que he visto.

La habitación de Sammy es como la mía, excepto que él tiene muchas más cosas y es muchísimo menos espeluznante. Su puerta no se abre ni se cierra sola. Y, después de haber pasado los últimos días acampando en su suelo, también confirmo que aún no he visto a ningún extraño de pie en la esquina. ¿Acaso será mi habitación el epicentro encantado de esta casa?

No me puedo creer que tenga que hacerme este tipo de preguntas, pero lo único que he estado haciendo ha sido buscar información sobre apariciones demoníacas, hasta he pedido agua bendita del Vaticano; ya no me importa quién lo vea, esto es, si es que hay alguien que aún monitorice el uso que hacemos de internet. La Fundación Sterling debe saber lo que está ocurriendo aquí. Nos colocaron específicamente en la casa de la señora Suga. Pero ¿por qué? ¿Por qué quieren darnos un susto así de grande cuando su objetivo es que esta comunidad vuelva a ser la de antes?

Me pongo las manos detrás de la nuca y me tumbo sobre la cama de Sammy; me quedo mirando al techo y me pregunto cómo será la vida viviendo con papá. Por lo menos estaré más cerca de Tamara, solo serán cuatro horas en coche. Pero... estaremos a miles de kilómetros de mamá. Todo este tiempo he creído que se había trasladado por mí, cuando, en realidad, ella quería un cambio tanto como yo.

El cambio es bueno. El cambio es necesario. Necesitamos un cambio.

Sammy está sentado en el suelo con las piernas cruzadas, jugando a un videojuego. No ha dicho gran cosa desde que hemos vuelto de la comida. Ambos hemos estado callados. Yo sigo dándole vueltas a lo que nos ha dicho mamá, una y otra vez.

—Me siento como una mierda —digo, por fin, en voz alta.

Sammy pausa el juego y me mira con unos ojos llenos de culpa.

—Yo… yo no quiero dejar a mamá —dice con un tono vacilante.

Suspiro.

—Ya… Yo tampoco. Pero no me puedo quedar aquí. No es seguro.

—Pero… si Piper te empujó por las escaleras, piensa en lo que le hará a mamá si no estamos por aquí.

Existen un millón de maneras en las que Piper podría hacerle daño a mamá. La idea me consume. Me volteo a un lado.

—Ella no vendrá con nosotros, Sam. Da igual lo mucho que se lo pidamos.

—Ya. Pero… a lo mejor podemos obligarla —dice frotándole la cabeza a Buddy, pensando.

Me río.

—¿Tú conoces a Raquel? No vamos a conseguir que esa mujer haga algo que no quiera hacer.

Sammy se acerca más a mí y dice:

—Si podemos demostrar que la casa está encantada y que Piper está poseída, tendrá que venir con nosotros.

—¿Y qué plan tienes para hacer eso?

Se arrastra hasta el escritorio y rebusca en un cajón inferior. Luego dice:

—¡Usar esto!

En las manos tiene dos cámaras GoPro, un par de baterías recargables y cables. Me incorporo.

—¿De dónde las has sacado?

—Eran de papá. Las utilizó para algún proyecto de construcción y me dijo que podía quedarme con ellas.

Le quito una de las cámaras para examinarla.

—¿Y qué vas a hacer con ellas? —pregunto.

—Las voy a colocar por la casa. Si conseguimos pruebas de que a Piper se le ha ido la olla y se las podemos enseñar a mamá, seguro que vendrá a vivir con nosotros… y con papá.

Se nota el entusiasmo que hay en su voz, las ganas que tiene de que mamá vuelva con papá, y a mí se me parte el alma.

—Sam —le digo con suavidad—. Mamá no va a dejar a Alec. Recuerda que ahora es su marido.

Sammy desvía la mirada, se encoge de hombros y se pone a juguetear con las cámaras.

—Eso ya lo sé —dice entre dientes—. Supongo que tal vez también podría venir Alec. Pero esta es la única manera de que nos crean. Además, vamos a necesitar pruebas de que Piper está poseída. Si no, la Iglesia no le hará el exorcismo.

—¿Cómo diablos sabes eso?

—¡Pues por *El conjuro*! Te quedaste dormida antes de que terminara.

Vale, seguramente sea cierto. Me quedo dormida durante la mayoría de las películas. Pero de haber sabido que esa película iba a ser clave para mi supervivencia aquí, habría tomado café.

—Venga, Mari. Por lo menos, tenemos que intentarlo. ¡Es nuestra única oportunidad!

Bueno, tener un plan es mejor que no tener ninguno.

—Venga, vamos a hacerlo.

—¿Qué haces aquí, Cali? —dice el señor Brown con una risa mientras saca las cosas de la camioneta—. Pensaba que os habríais marchado hace tiempo.

—Nop, mis padres insisten en torturarnos —digo, acercándome por la entrada para vehículos.

Se ríe entre dientes.

—Yusef está dentro, preparando la cena.

—Lo estás domesticando —digo, asintiendo con la cabeza de manera impresionada—. Me gusta.

—Y como dice en la Primera epístola a los corintios, capítulo tres, verso ocho: «Y el que planta y el que riega son una misma cosa; aunque cada uno recibirá su recompensa conforme a su labor». Y yo, hijos de Dios, estoy aquí para facilitaros las semillas que plantaréis, y vosotros os encargaréis de regar. No reneguéis de sus palabras, pues el diablo está entre vosotros. Ha envenenado vuestras mentes, os hace sentir que no podéis confiar en las mismas personas que ha colocado para que os cuiden...

Como es habitual, el abuelo de Yusef está en su butaca, fiel a su programa. Yusef mete patatas en una olla con agua hirviendo y se seca las manos con un trapo de cocina.

—Traigo regalos —anuncio y coloco una caja de refrescos sobre la mesa de la cocina—. Ya sabes, por haberme salvado la vida y tal.

Yusef sonríe.

—Oh, no tenías que haberte molestado. —Levanta una ceja y sonríe de manera traviesa—. Ya que en realidad fue el señor Watson quien te salvó.

Frunzo los labios.

—¿De verdad te vas a reír de una chica que tiene una conmoción cerebral?

Yusef se ríe y me alcanza la mano, luego entrelazamos los dedos.

—Lo siento, supongo que no eres la única que hace bromas cuando se siente incómoda. —Su voz se vuelve seria y me frota con suavidad la parte interior de la palma—. Estaba... muy preocupado por ti, la verdad.

Es tan tierno que me voy a deshacer en él. Cómo necesito un abrazo. Pero... doy un paso atrás, me tropiezo con el asiento de su abuelo y me alejo como puedo.

—Ya, bueno. Pero aquí estoy —digo soltando algo a medio camino entre una risa y una tos, y meto las manos en la sudadera solo para que queden ocultas y él no las alcance. Así puedo fingir que yo no quiero alcanzar las suyas. Soy una maestra convirtiendo los momentos incómodos en más incómodos aún.

Yusef pone los ojos en blanco y una sonrisita.

—Oye, pero ¿cómo ha sido eso? El señor Watson vive en la zona del parque. ¿Qué estaría haciendo en tu manzana? ¡Y a esas horas de la noche!

—No lo sé. Pero teniendo un demonio que anda suelto por la casa, el señor Watson es lo que menos me preocupa.

—Bueno, que no se diga que no intenté avisarte. —Me sonríe de manera comprensiva—. ¿Te quedas a cenar?

—Claro. ¿Puedo acampar en tu garaje con Sammy? No te molestaremos, tan solo necesitamos un alargador de cables y la contraseña del wifi.

Yusef finge pensárselo dándose golpecitos en la barbilla.

—Mmm, no estoy seguro de cómo se lo tomarán los vecinos. Ya hay suficientes rumores circulando por Maplewood. —Abre el horno y mete un pollo sazonado dentro—. Por si aún no te lo he dicho, estoy orgulloso de que volvieras a por tu hermana. Significa que no eres tan despiadada como crees.

Me guiña el ojo y yo siento el estómago tenso. Se me va el apetito. He venido aquí con la misión de contarle la verdad, pero ahora tengo mis dudas. Dependiendo de cómo reaccione, puede que después de esta conversación no me quede ningún amigo en Cedarville.

—Mmm, oye… Tengo que contarte algo —suelto—. Es sobre Erika.

—Lo único que tienes que hacer es llamar al número de abajo, hacer el pedido y te mandaremos un paquete de semillas totalmente gratis. Sigue las instrucciones que hay en la carta detallada que te mandaré…

Yusef se endereza.

—Vale, ¿qué pasa?

Abro un refresco y me tomo un sorbo para ganar algo de tiempo.

—Sí, hola. Soy el señor Brown, quiero hacer el pedido de esta semana.

Le echo un vistazo al abuelo, veo la última parte de los créditos del programa de Scott Clark y casi me atraganto.

—¡Espera! ¡La chica! —grito.

Yusef pega un salto y mira por la ventana de atrás.

—¿Qué chica? ¿Dónde?

—Haced el favor de callar —vocifera el abuelo de Yusef—. Estoy hablando por teléfono.

—La chica de la foto —digo señalando la televisión—. ¿Puedes echar para atrás?

Yusef asiente y acude corriendo al salón.

—Yayo, déjame ver eso un momentito —dice y le quita el mando de la televisión de las manos.

—¡Oye! ¿Qué haces con mi televisión? —grita el abuelo, que intenta en vano levantarse del asiento.

—Solo un momento —dice Yusef mientras retrocede unos cuantos segundos hasta la parte final del programa de Scott Clark.

—¡Justo ahí! ¡Para! —grito.

Se detiene en una foto que hay en la estantería de Clark. Me inclino para hacer una foto de la pantalla, y luego asiento mirando a Yusef.

—Gracias, yayo —dice rápidamente mientras volvemos corriendo a la cocina—. ¿Qué ocurre? —me pregunta, inclinándose sobre mi hombro.

Hago *zoom* en la foto de familia, borrosa, donde todos los niños son rubios. A juzgar por la ropa y los peinados modestos que llevan, la foto la tomaron hace mucho tiempo, pero los ojos de la chica son de un color azul cristal que me resulta familiar. Son evocadores y parece que te van a robar el alma. Recuerdo pensar esto mismo la primera vez que los vi.

—¿Me dejas buscar una cosa en tu teléfono? —le pregunto, sin aliento.

—Eh… claro —contesta Yusef, que se queda con ganas de preguntar algo cuando me pasa el teléfono.

Puede que la fundación esté vigilando nuestra wifi, pero a lo mejor no la suya.

Busco en Google a Scott Clark y lo primero que me sale es un artículo de la Wikipedia. Deslizo hasta llegar a la sección sobre su vida personal.

Scott Clark tiene cinco hijos: Scott Clark III, Kenneth Clark, Abel Clark, Noah Clark, Eden Clark…

¡Eden! Esa es la mujer que está en el comité de la Fundación Sterling. Eden Kruger. Su apellido de soltera es Clark. Scott Clark es su padre. Scott Clark, el traficante de semillas mágicas, el estafador de Cedarville.

—¡Joder! —murmuro.

Si hubiera indagado un poco más hondo, buscado con un poco más de ahínco, los árboles me habrían dejado ver el bosque. Pero en cuanto he sabido lo que andaba buscando, lo he encontrado todo con facilidad. Las conexiones…

«Patrick Ridgefield, cirujano cardíaco». Y, además, copropietario de Lost Keys, el estudio de arquitectura al que contrataron desde el ayuntamiento para el proyecto de reurbanización, y miembro de la junta directiva municipal, que aprueba los presupuestos.

«Richard Cummings, exjugador de fútbol americano y activista comunitario». Y, además, propietario de Big Ville, una prisión privada.

«Eden Kruger, filántropa». Y, además, la hija de Scott Clark, estafador de semillas mágicas.

«Linda Russo, abogada en el bufete Kings, Rothman & Russo». Tiene relación con la mafia del imperio Russo.

«Ian Petrov, CEO del grupo inmobiliario Key Stone». Su nombre está en las escrituras de más de cincuenta propiedades de Maplewood. Todas abandonadas. Y así llevan más de treinta años, por lo que ha permitido que el Wood parezca estar hecho un desastre cuando podría estar mucho mejor.

Papá tenía razón: esto es una partida de ajedrez. Y han ido moviendo todas las piezas para hacer jaque mate a Maplewood.

—Oye —dice Tamara por teléfono—, esto que estamos haciendo es una gran investigación, como las de los casos criminales. Una casa encantada y, ahora, esto… Puedes venir a vivir conmigo lo que queda de instituto. A mi madre no le importará.

Al saber que la fundación nos estaba vigilando, he hecho una llamada desde uno de los teléfonos gratuitos de los casinos Riverfront a la única persona que sabía que podría llevar a cabo toda esta investigación.

—Hay algo más —dice Tamara—. Mencionaste algo sobre la Noche del Diablo, ¿verdad?

—Sí.

—Es que, buah, está por todo Instagram. ¿No lo has visto?

Vuelvo a sacar el teléfono y lo intento.

—No. No hay nada con esa etiqueta. No sale nada.

—Mmm. —Tamara resopla—. Bueno, pues… habrán hecho un baneo en la sombra.

—¿Eso qué es?

—Es cuando bloquean una etiqueta concreta para que la gente no pueda ver ningún contenido relacionado. O sea que yo veo fotos de la Noche del Diablo en Cedarville aquí en California, pero tú no. Lo que quiere decir…

—¡Que están baneando el contenido para que nadie pueda ver lo que está ocurriendo en Maplewood! Pero ¿por qué?

Tamara chasquea la lengua.

—Tienes que salir de ahí. Y a juzgar por las fotos que te voy a mandar, más te vale hacerlo antes de Halloween.

Acurrucada en una cama hecha con mantas y almohadas en el suelo al lado de Sam, Buddy ronca junto a nosotros mientras yo contemplo el techo. Ni siquiera puedo fingir estar durmiendo. No después de haber visto las ocho fotos de la Noche del Diablo que me ha mandado Tamara, a cada cual peor: fuegos violentos en casi todas las esquinas, hogares convertidos en bolas de fuego enormes y que pintaban el cielo de color naranja; vecinos sollozando frente a sus casas, donde vivían, desesperados por salvarlas. Parece que se llevaron la parte más mierdosa de una situación muy de mierda. Lo sé, no es superelocuente, pero es la verdad.

Reconozco algunas de las casas de cuando salgo a correr por las mañanas. Los restos chamuscados apenas se mantienen en pie, y ahora están rodeados de hierbajos, como recuerdos retorcidos del pasado. En las fotos más recientes de la Noche del Diablo no había muchas casas quemadas, solo unos cuantos contenedores incendiados.

Pero todo parece poco convincente, como si estuviéramos sentados con una falsa sensación de seguridad. Este lugar podría volver a caer en los viejos hábitos con facilidad.

Crac.

Llevo suficientes noches despierta como para reconocer los diferentes sonidos que hace la casa. Y sé, sin lugar a duda, que la puerta del baño se acaba de abrir al final del pasillo, pero que nadie ha entrado ahí.

Buddy se pone tenso, levanta las orejas y mira fijamente la puerta; hay una silla atada con una cuerda, así que está bloqueada.

Crac.

De repente, Sammy se incorpora y busca a tientas la linterna. El miedo se me agarra a la garganta y aprieta.

—¿Has oído eso? —susurro.

Con la boca abierta, Sammy tan solo asiente en respuesta. Y no voy a mentir: sienta bien tener a alguien más experimentando esto conmigo. Sienta bien no estar tan sola. Pero detesto que tenga que ser Sam. Ya ha sufrido bastante, y en parte es por mi culpa.

Pum. Pum.

Se oyen pasos fuera. Algo está bajando por las escaleras. No me creo que Alec o mamá no lo oigan. No pueden estar tan cansados.

Los pasos van golpeteando por todo el pasillo hasta entrar en la cocina. El agua cae poco a poco del grifo; se oyen vasos tintineando. Buddy se pone en pie, con el pelaje de punta, y yo lo agarro por el collar para retenerlo. No quiero que vaya a cazar el ruido.

Esta vez, lo aceptamos.

Por la mañana, Sammy recoge todas las cámaras que colocamos en la cocina y la sala de estar.

—Seguro que anoche captamos algo —dice, sonriendo abiertamente.

Se lleva las cámaras hasta la televisión, donde juguetea con diferentes cables, y me quedo sorprendida por sus habilidades de friki de la tecnología, por lo útiles que han sido en momentos de necesidad. Yo apenas puedo poner a cargar el móvil sin necesitar ayuda.

—Vale, creo que ya lo tengo —dice, dándole a un interruptor, y entonces sale una imagen congelada de la cocina con la visión nocturna.

—Deja que te diga que esto es muy *Paranormal Activity*.

Sammy me lanza una mirada furiosa.

—No digas eso.

—¿Por qué? —pregunto.

—Está claro que tampoco viste el final de esa película.

Se me tensa la espalda. *Ay, Dios.*

—¡Mamá! ¡Alec! —grita Sammy en dirección a la parte de arriba—. ¿Podéis bajar un momento?

Después de acorralar de algún modo a nuestros padres en el sofá de la sala de estar, Sammy se pone en pie al lado de la televisión, orgulloso, con la cámara en la mano.

—Lo que os voy a enseñar os va a reventar la cabeza —anuncia como si fuera el acto de apertura de un espectáculo de magia—. Es la prueba que necesitamos.

Mamá y Alec se intercambian una mirada curiosa y sueltan una risita.

—¿La prueba de qué? —pregunta mamá.

—¡Ya lo verás! Mari, apaga las luces.

En la habitación a oscuras, Sammy aumenta la velocidad de reproducción de lo que ha grabado la cámara de la cocina. La mayor parte de la noche no ha habido actividad. Pero luego, cuando el reloj marca las 02:52 a.m., en la esquina se mueve algo. La luz se enciende, la cocina está vacía. Mamá y Alec se sientan más rectos. Yo aguanto la respiración, los veo estudiando la pantalla, con las mismas ganas de verle la cara al monstruo que lleva persiguiéndome los últimos dos meses. Pero no es más que Piper con su pijama azul pálido entrando en la cocina, yendo hacia el fregadero y llenando un vaso de agua.

A Sammy se le desencaja la mandíbula.

Vemos a Piper detenerse en medio de la cocina para dar un gran trago, y, aunque es algo difícil de distinguir, parece estar mirando directamente a la cámara.

Giro la cabeza rápidamente y veo a Piper en el vestíbulo, mirándome fijamente a mí. Tiene una risa en los labios.

Nos la está jugando.

Mamá frunce más el ceño.

—¿Qué se supone que estamos viendo?

En el vídeo, Piper se limpia la boca y coloca el vaso en la encimera, prácticamente en el mismo sitio en el que me he encontrado los vasos en otras ocasiones.

—Pero… anoche oímos algo —dice Sammy tropezándose con las palabras.

—¿Por qué estabais espiando a Piper? —pregunta Alec con una ceja levantada.

Rápidamente, doy un paso adelante para agarrar el mando de la televisión y apagarla.

—Falsa alarma —suelto antes de que se desvíe la conversación—. Me llevo a Buddy a dar un paseo. ¡Vamos, Sam!

—¡Oye! ¡Sam, Marigold! ¡Volved aquí!

Agarro a Sammy por la muñeca.

—Ups, no podemos hablar, ¡tenemos que irnos!

En la esquina del jardín secreto, el viento otoñal se nos cuela entre la chaqueta. Sammy, desanimado, le da una patada a una piedra que hay cerca.

—Nos habrá oído hablar sobre las cámaras —se queja—. Habrá estado husmeando, como siempre. ¿Qué hacemos ahora?

Por un momento, me inundan las dudas. ¿Es posible que, todo este tiempo, hubiera sido Piper yendo a por un vaso de agua a altas horas de la noche? Pero… ¿cómo llegaba hasta los vasos? Y esos pasos… eran demasiado pesados para ser de Piper. A no ser que estuviera caminando así de pesado a propósito. Son tantas las preguntas… y puede que lo mejor que tengamos para encontrar las respuestas sea un vídeo.

—Vamos a intentar otra cosa —digo—. Esta vez, vamos a colocar las cámaras en sitios diferentes. ¡Tenemos que sorprenderla haciendo algo! Papá llegará en unos días, así que tenemos otra oportunidad.

Sammy, resuelto, asiente.

—Vale, pero ¿qué hacemos con Piper?

—La distraeré mientras tú vuelves a colocar las cámaras.

—¿Cómo lo vas a hacer?

Sofoco una risa.

—Fácil. Hablaré con ella y ya está.

Desde mi habitación, veo a Sammy bajar las escaleras de puntillas y hacerme un gesto con el pulgar hacia arriba. Necesita por lo menos diez minutos para colocar todas las cámaras. Yo tomo una respiración profunda para calmarme y cruzo el pasillo. Piper está tumbada en el suelo, con el pijama puesto, dibujando sobre folios de papel impreso. La lámpara de lava hace que la habitación esté de color rojo sangre.

—Tenemos que hablar —digo, cerrando la puerta detrás de mí.

Piper frunce el ceño y deja la cera con la que está pintando en el suelo. Después, se sienta sobre los talones.

—¿Sobre qué?

—Ya lo sabes. Este jueguecito al que estás jugando. Ya basta de tonterías.

Al principio, se hace la loca, como si no tuviera ni idea de a lo que me refiero, pero luego se le oscurece el rostro.

—Ya te lo he dicho —sisea—. Esta es la casa de la señora Suga, y quiere que te marches.

Me cruzo de brazos y, disimuladamente, miro la hora. Dos minutos.

—Entonces, tú qué eres, ¿el perrito guardián de la señora Suga?

Piper levanta la barbilla.

—¡Es mi amiga!

—No, tú no tienes amigas porque no dejas de hablar con ella, que es imaginaria. No es real.

—Sí que tengo amigas —dice Piper con un temblor en la comisura de los labios—. La señora Suga es mi amiga. ¡A ella le importo! ¡No como a ti!

—¿Qué? ¿Por qué crees que no me importas?

—Nunca has sido buena conmigo. Siempre te reías de mí a mis espaldas. Y dijiste que soy un incordio.

—¿Qué? ¿Cuándo?

—El día antes de que tú... que tú... —Se detiene—. Y luego terminaste en el hospital ese.

Mierda. Tengo un recuerdo muy vago de ese día. Me acuerdo de que estaba especialmente colocada, ni siquiera llegué a tiempo al entrenamiento. Piper vino a mi habitación a enseñarme... algo, pero la saqué a empujones.

—¿Todo esto es por eso? Piper, sé que por entonces no nos conocíamos demasiado. A ver, te acababas de mudar, pero... he cambiado.

Piper se pone en pie de un salto y dice:

—No, no es verdad. ¡Sigues siendo mala conmigo! Sigues fumando eso que te hace estar dormida. Y a la señora Suga no le gusta. Esta no es tu casa. Es su casa y son sus normas, y dice que no te quiere aquí. Ha dicho que cuando os vayáis, va a preparar una tarta de manzana para mí y para papi tal y como hacía la abuela...

Se corta a sí misma. Sabe que ha dicho más de lo que debía y que ha desvelado su objetivo real: reemplazar a su abuela, la única amiga que ha tenido de verdad. Se me ablanda el corazón, no puedo enfadarme siquiera. Piper está dolida y está actuando desde ese dolor.

—Piper, yo...

Me detengo en seco, porque me llama la atención el dibujo que tiene a sus pies. Son figuras de palo de ella y de Alec fuera de la casa, donde todas las ventanas están en llamas. Luego, en la esquina, en lo que entiendo que es la calle, veo a otra persona. Es una mujer de piel morena, con mechones de pelo blanco... que lleva un delantal rosa y tiene una tarta al frente. Se me seca la boca.

Piper me arrebata el papel y se lo esconde detrás de la espalda.

Tranquila, me digo a mí misma mientras me froto las sienes, aunque estaba a punto de salir corriendo, gritando. Cinco minutos.

—Piper —digo con suavidad—, escúchame. La señora Suga... no es real.

—Eso no es verdad —se queja.

Seis minutos.

—¡Sí que lo es! Y esta ya no es su casa. Ahora es nuestra casa. La señora Suga tiene que dejarlo estar. Tenemos que ayudarla a que lo haga, a que pase página. Y podemos hacerlo... juntas.

Piper está confusa.

—Pero ella es real. ¡Y dice que te tienes que ir! ¡Eres una yonqui y tienes que marcharte!

—¡Que no es real, imbécil! Tú no eres más que un títere en sus manos. ¿No lo entiendes? ¡Te está utilizando!

Las palabras se me escapan de la boca antes de que pueda detenerlas. Y me lleva un milisegundo darme cuenta de que la he cagado.

Piper entrecierra los ojos y pone las manos en un puño.

—¡Te arrepentirás de lo que has dicho!

¡Zzzzzz plop!

Las luces se apagan y nos quedamos a oscuras. El miedo que siento es instantáneo. Retrocedo y me choco con la puerta del armario de acordeón. Grito. La puerta se sacude, las perchas repiquetean y yo me alejo de un salto.

¿Me... me acaba de empujar esa maldita puerta?

Me giro hacia Piper y ella no se mueve, su carita es una sombra. Se me atraganta un grito, las piernas están desesperadas por salir huyendo. Pero no me puedo mover. No sé qué hay ahí fuera. Luego miro a Piper y me doy cuenta de que tampoco sé lo que hay aquí dentro.

Abro de golpe la puerta que da al pasillo y me choco con un muro de hedor tan fétido que me lloran los ojos. Huele a carne mala, a vómito agrio y a mierda. Como hace frío, el olor es fuerte y me arde en la nariz.

Hay algo ahí. Alerta y despierto. Es como si la casa pudiera oír absolutamente todo lo que decimos, como si supiera lo que estamos pensando...

¡Ay, no!

Salgo corriendo e intento no tropezarme por las escaleras.

—¡Sammy! —grito y atravieso el pasillo de un esprint.

Sammy se encuentra en la sala de estar y tiene una linterna apuntada a la cara.

—¿Estás bien?

Él asiente mientras agarra a Buddy para que se quede quieto y levanta el dedo pulgar. Está a salvo… por ahora.

La puerta del sótano resopla y el metal zangolotea.

—¿Has oído eso? —digo con un gemido. La casa… está cobrando vida.

Con los ojos como platos, Sammy lleva poco a poco la luz hacia el otro lado de la sala vacía, hacia la esquina.

En la puerta del sótano, vemos la camisa azul fuerte de Alec y los reflejos pelirrojos naturales de su cabello.

—¿Quién ha cerrado esto con llave? —pregunta Alec, que vuelve a tirar del mango.

Suelto un gran suspiro y me dejo caer en el sofá.

—¿De dónde sales? —pregunta Sammy con la voz resquebrajada.

—Estaba en el despacho de mamá, arreglándole la impresora.

¿O sea que estaba ahí abajo en la oscuridad, sin más? Qué raro.

Mamá baja las escaleras con dificultad, con una linterna en la mano.

—¿Por qué no estáis en la cama? —pregunta mientras apunta con la luz hacia la esquina buscando a Alec, que menea el pomo y examina la cerradura.

Empujo a Sammy detrás de mí y me pongo de espaldas a las ventanas para observar a Alec intentando abrir lo único que nos protege del demonio que vive abajo.

—Quizá… quizá no deberíamos hacer eso —expreso, con los músculos tensos.

Alec se detiene para echarme una mirada.

—Bueno, es que, si no puedo entrar en el sótano, no puedo acceder al diferencial para que vuelva la luz.

Sea lo que fuere lo que esté en el sótano, quiere que bajemos ahí. Nos ha estado intentando engatusar desde el principio. Sammy me agarra de la camisa.

—Mari…

Mamá nos mira y frunce el ceño.

—Pero ¿qué os pasa a vosotros dos?

Alec entra en la cocina y abre un cajón.

—¿Dónde está la llave?

—¿La llave? ¿Qué llave?

—La llave del sótano —dice, como si fuera una pregunta tonta—. La dejé aquí después de guardar las cajas de la mudanza.

¿Tenemos una llave? ¿Alec ha estado bajando al sótano todo este tiempo?

Buddy se pone tieso y suelta un gruñido bajo.

—¿Papi?

Nos damos la vuelta de repente y apuntamos todas las linternas en dirección a la voz de Piper, que está de pie en el pasillo, haciendo una mueca y con las manos encima de los ojos para protegerse de la luz tan brillante.

—¿Qué pasa?

—No pasa nada, cariño —contesta Alec llevando un destornillador plano hacia la cerradura.

Piper parpadea, parece afligida.

—Papi —susurra con vacilación—. No lo hagas.

Mierda. ¡Ni siquiera la Piper poseída quiere que Alec vaya al sótano! Y si abre esa puerta, yo no me voy a quedar esperando a ver qué hay al otro lado.

—Sal corriendo —le susurro a Sam—. ¡Date prisa!

Sammy asiente con la cabeza y se escabulle por el pasillo con Buddy. Yo doy la vuelta y aumento la distancia hasta el sótano; luego, le doy un toque suave a mamá en el codo.

—Mamá —susurro—. Mamá, tenemos que irnos.

Mamá no se da cuenta de la seriedad que hay en mi tono de voz, está demasiado preocupada mirando a Alec.

—Vamos a llamar a la compañía eléctrica —decide mamá mientras apunta con la linterna sobre la mesa para buscar el bolso.

Voy a tener que sacarla de aquí a rastras. No voy a dejarla.

—Mamá…

¡Zzzzz plop!

Todas las luces se encienden a la vez y nos estremecemos. Sam ya está fuera, donde lo ilumina la luz del porche.

—Bueno, pues ahí lo tenéis —dice Alec con una amplia sonrisa mientras se sacude las manos—. Mi trabajo aquí ha terminado.

—¿Qué ha sido todo eso? —se ríe mamá mientras vuelve a programar el reloj del horno.

—Casa vieja, problemas viejos —dice Alec encogiéndose de hombros—. Si consiguiera bajar, podría hacer alguna comprobación para quedarnos seguros. Mañana habrá que llamar al cerrajero.

—¡Mamá, mira esto! —grita Sammy —. Creo que en el resto de Maple Street siguen sin luz.

Nos reunimos en el porche, donde se nota que el aire de la noche es fresco. Sweets está sobre la repisa, de cara a la calle. Alec va arrastrando los pies por el camino a la entrada, forzando la mirada para ver.

—No creo que sea solo en Maple Street —dice—. Creo que es en todo Maplewood.

Para nosotros es fácil juntarnos en medio de la calle, porque los coches nunca pasan por aquí. Desde donde estamos, podemos ver que Maple, Sweetwater y Division están completamente a oscuras. A la distancia, las casas se camuflan con el cielo de la noche. Nuestra casa es como una velita en medio de un bosque oscuro.

—Seguro que en cualquier momento volverán a tener luz —dice Alec con gran optimismo—. Mirad, podemos quedarnos aquí y ver cómo ocurre. ¡Como si fueran fuegos artificiales!

Esperamos y esperamos y esperamos y esperamos. Nada. Los árboles parecen desplomarse, las sombras se están haciendo más grandes a nuestro alrededor, y el viento mece las hojas y las trae a nuestra calle. Levanto la mirada hacia la ventana de Piper y no puedo sacudirme la inquietante sensación de que nos están observando.

—Papi, tengo frío.

Mamá, que está toqueteando su teléfono móvil, refunfuña.

—No encuentro el número de la compañía eléctrica. Es como si no existieran. Ah, un momento. ¿No hay cobertura? ¿Qué diablos está pasando?

Un escalofrío me recorre la espalda y me estremezco. Tenemos que salir de aquí.

—Papi —dice Piper, señalando el final de la calle—, viene alguien.

No es simplemente alguien. Son muchos. Una estampida de pasos firmes en dirección a nosotros. Alec frunce el ceño y se ríe, perplejo.

—Me pregunto qué querrán —dice.

Mamá se queda mirando fijamente, y luego se le enciende una bombilla.

—Todo el mundo, adentro —ordena y nos empuja de vuelta a casa—. Ya. ¡Vamos!

—¿Qué ocurre? —pregunta Sammy mientras mamá tira de él por el camino a la entrada y escaleras arriba.

—¡Dentro! ¡Rápido!

Una muchedumbre sale de la oscuridad y se acerca a nuestra casa.

—Raquel —dice Alec sin darse cuenta de lo que está ocurriendo, como siempre—, ¿qué pasa?

—¡Oye! —ladra una voz a nuestras espaldas, y nos quedamos helados.

El señor Stampley acecha por el césped y señala nuestra casa con un dedo.

—¿Por qué vosotros tenéis luz y nosotros no?

La caravana de vecinos que lo seguían se esparce y forman un semicírculo en el jardín. Todos fruncen el ceño, el ambiente está cargado y es hostil.

Alec, verdaderamente confundido por su presencia, se encoge de hombros.

—No lo sé. Tendréis que preguntar a Cedarville Electric.

Mamá, que está frente a nosotros en el porche, marca disimuladamente el número de emergencias. Sigue sin haber cobertura.

—Mierda —murmura.

—Oh, ya veo, ¿con que crees que al tener luz en tu nuevo y lujoso hogar sois mejores que nosotros?

—¿Lujoso? —se ríe Alec—. ¿Has visto esta manzana?

Alguien ahoga un grito, la furia es visceral.

—¿O sea que el Wood no es lo bastante bueno para vosotros? —grita un hombre.

Se lanzan improperios e insultos inflamados. Al fondo del todo, Yusef permanece en la calle, aparentemente desconcertado por la magnitud de la muchedumbre. Nuestras miradas se cruzan y él sacude la cabeza, decepcionado por nuestros vecinos. Son vecinos a quienes reconozco de cuando salgo a correr, del instituto y de la biblioteca. Personas que nos conocen, pero que parecen ansiosas por atacarnos.

—¿Qué pasa, es que no os gusta vivir con negros?

—¡Él no ha dicho eso! —salta mamá, que baja los escalones para unirse a Alec en el de más abajo.

Lanzo una mirada a Piper, que está al lado de Sammy, tiritando por el frío. Ella mira por encima del hombro dentro de casa, como si estuviera esperando a que saliera alguien.

—Nadie te ha preguntado a ti, hermana —grita una mujer más joven, torciendo el cuello—. ¡Y cuidado con ese! Ha estado tirándoles a todas las mujeres con las que se ha encontrado.

—¿Qué? —exclama Alec—. ¿De qué hablas?

—Es verdad —dice otra mujer—. Lo he visto coqueteando con todas las de la oficina. Es un ligón.

Alec se gira hacia mamá.

—Esto es ridículo. No estoy coqueteando con nadie.

Mamá asiente de manera cortante. Ella lo cree. Y, la verdad, yo también. Alec parece demasiado tonto como para poner los cuernos.

—No creo que ande detrás de las mujeres —dice el señor Stampley—, ¡porque está demasiado ocupado yendo por ahí y robando las cosas de la gente!

La multitud clama, señal de que están de acuerdo.

—Ya se lo hemos dicho —dice mamá con un tono uniforme—. No sabemos cómo terminaron sus cosas en nuestro porche.

—¡Tal vez se las llevó el chico! —grita un hombre señalando a Sammy—. Lo veo por ahí paseando al perro.

—Es lo que hace la gente —contesta Alec—: ¡Pasear a sus perros!

Una mujer grita:

—¡Y luego está la niña, que intenta que los otros niños vayan a jugar con ella en las casas abandonadas!

Piper toma una brusca bocanada de aire, se estremece y agarra a Sammy por el brazo; luego, lo deja ir rápido.

—Eso es, a todos les gusta pasar el rato en esas casas. Y la mayor también se pone a fumar ahí.

Me pongo tensa ante la alusión y se me duermen las piernas.

—Ajammm. Esa chica tiene un problema, y lo sabéis —suelta alguien—. ¡Ha estado en rehabilitación y todo!

Las lágrimas me inundan y al instante siento una vergüenza cortante. Sammy se acerca a mí y me agarra la mano con fuerza. Mamá me vuelve a lanzar una mirada con dolor en los ojos. Dolor por mí. Sé que no se lo ha contado a nadie, así que ¿cómo lo saben?

—Sip. La he visto entrar a hurtadillas en esa casa que hay en la esquina —vocifera otro hombre, otro rostro sin nombre.

El jardín secreto. ¡Mierda! ¿Cómo he podido ser tan tonta como para creer que nadie se iba a dar cuenta? *Niégalo niégalo niégalo... nadie tiene pruebas.*

Yusef frunce el ceño al observar los comentarios a un lado y a otro de la multitud, y luego nuestras miradas se cruzan. Sacudo la cabeza y gesticulo con la boca: «No es verdad».

Lo único que hace Yusef es devolverme la mirada; su rostro está falto de emoción.

—¡Eso! ¡Sigue con el mono! —restalla alguien.

La multitud se ríe, y es como si cada vez me dieran golpes en el estómago y el viento me noqueara.

—Lo siento —le digo con un gemido a Sammy, ya que sé lo mucho que lo avergüenzo. A toda mi familia. Mamá sube los escalones de dos en dos y me echa un brazo alrededor de los hombros.

—Vamos, cariño —susurra—. No tenemos por qué oír esto.

—¡Oye! —ladra Alec bajando de las escaleras—. ¡A ella no la metáis en esto! No tenéis ningún derecho a hablar de ella de esa manera. ¡Es una niña!

Nunca he visto a Alec defenderme ante nada. Es casi gracioso.

—Mirad, yo trabajo para el señor Sterling —dice Alec mientras saca el teléfono—. Puedo llamarlo y preguntarle por lo de la luz. ¡Pero aquí estamos todos igual! No tengo ni idea de qué está pasando. No soy yo quien está al mando.

—Pues claro que no. Tú ni siquiera has pagado por esta casa —contesta el señor Stampley—. Vivís aquí de gratis y hacéis como que sois mejores que nosotros.

—¡Eso! —grita el resto, que está de acuerdo.

¡Cómo se atreven a venirnos con estas cuando ellos han hecho cosas mucho peores! ¡Quemaron a una familia viva! O, bueno, sus familias lo hicieron. Seguro que la mayoría de ellos ya están muertos. Miro hacia la casa de al lado, la que está tapiada con los cuerpos en el interior, y trago saliva. Como si me estuviera leyendo el pensamiento, Yusef sacude la cabeza a modo de advertencia. Y tiene razón, podrían matarnos simplemente por saber lo de la familia Peoples.

La multitud, enfadada, está cada vez más tensa y se acerca más a la casa. Es una turba. Y mi mente, presa del pánico, empieza a procesarlo a la vez que vuelvo a mirar la casa que tenemos al lado.

Podríamos terminar como ellos.

Si entro corriendo ahora, podría agarrar las llaves del monovolumen y tendríamos menos de cinco segundos para llegar hasta él.

Entonces, sin hacer ruido siquiera, las farolas vuelven a la vida en las aceras, una a una, y la multitud se sobresalta.

—¡Ahí está! ¿Lo veis? Ha vuelto la luz —suelta Alec, señalando la calle—. ¿Podéis marcharos ya de mi propiedad y dejar de acosar a mi familia? ¡Por favor!

Después de algunos gruñidos, la multitud empieza a dispersarse y retrocede hacia la calle para dirigirse a sus hogares sin ofrecer una sola disculpa. Mamá suelta la respiración que estaba conteniendo y Piper baja corriendo los escalones para saltar a los brazos de Alec.

Yusef se queda mirando, luego se mete los puños en los bolsillos y sigue al gentío. En la distancia, escondido entre las sombras, el señor Watson se sube rápidamente a una camioneta que hay en la esquina. Una camioneta que reconozco porque lleva varias noches aparcada en nuestra manzana.

VEINTIUNO

Antes del amanecer, me pongo la ropa para ir a correr y salgo por la puerta, aliviada al ver que no hay nadie en nuestro jardín. Cómo me dolió que unos desconocidos utilizaran los peores errores que he cometido para restregármelos y avergonzaran a mi familia otra vez. Solo nos quedan cuatro días en esta casa, y no quiero darles ningún motivo a estas personas para que me retengan. Tengo que cambiar de sitio las macetas y destruir cualquier evidencia de que he puesto un pie en el jardín secreto. Tendría que haberlo hecho antes, por ejemplo, cuando vi cómo se llevaban a Erika. Supongo que estaba demasiado… desesperada. Pero no voy a pasarme la vida en prisión con el resto de Maplewood por la hierba, no merece la pena.

Atravieso el caminito lleno de hierbajos y aparto a un lado la puerta. Me agacho bajo la lona impermeable y me encuentro cara a cara con un hombre que está en medio de la cocina.

Yusef.

—Mierda —suelto con un grito ahogado y me llevo la mano al corazón—. Pero ¿¡es que no he tenido suficientes sustos!? ¿Qué haces aquí? ¿Cómo has…?

Yusef, con el rostro inalterable, toca uno de los capullos en flor.

—¿O sea que para esto has estado utilizando mis herramientas? ¿Mi fertilizante? ¡Has estado cultivando esta porquería!

Mierda.

—Mmm… bueno… Yo…

—Me has mentido —sisea.

Una parte de mí quiere decirle que se meta en sus asuntos. Que no tenía ningún derecho a irrumpir aquí como si el lugar fuera suyo. Ni siquiera salió en mi defensa cuando el vecindario entero me dijo de todo menos bonita. Pero otra parte de mí quiere que Yusef grite más fuerte, que me destroce, porque me lo merezco. Merezco todo su enfado y su rabia. Por esta y muchas otras cosas.

—Lo siento —mascullo.

—Deshazte de esto —suelta.

Ese era mi plan desde un principio, pero echo un solo vistazo a las plantas brotando, a mi obra de arte, mi orgullo, y me entran las dudas.

—¡Pero falta tan poco! Están casi a punto para la cosecha. Yusef, no soy traficante ni nada, es que… esto me ayuda, de verdad. Y, bueno, ¡a Erika se lo pasas por alto!

—No me jodas, ¿estás hablando en serio? ¿Te estás comparando con E.?

Me siento avergonzada, la cabeza no me da para entender que no debo sacar un tema tan delicado. Desesperada, lo intento desde otra perspectiva.

—Vale, pero, tal vez… juntos… podríamos sacar algo de dinero y…

La mirada que pone Yusef me deja helada y me detengo. Tiene los ojos entrecerrados y la mandíbula tensa.

—¿Sabes qué, Cali? En realidad, tu lugar está en Big Ville. ¡Estás tan desesperada por esta mierda que ni siquiera ves lo que está pasando delante de ti! ¡Lo que estamos sufriendo todos! No me extraña que todo el mundo te diga que eres una yonqui. No les falta razón. La manera en que maquinas contra todo el mundo, hasta contra tu propia familia… ¿Quién se iba a fiar de alguien como tú?

La frialdad con la que habla me atraviesa el pecho.

—Yusef. —Respiro y lucho por contener las lágrimas.

Él se pone los dedos alrededor del puente de la nariz y resopla.

—No soy ningún chivato. No está en mí. Pero si no te deshaces de esta mierda, yo mismo te voy a delatar. Y me la suda lo que te ocurra después.

Es difícil poner en palabras lo que se siente al tirar plantas de cannabis que están perfectas a un cubo de compost. Es como si a un niño hambriento le obligaran a tirar alimentos frescos. Era imposible quemarlas sin que el olor llamara la atención, y demasiado arriesgado dejarlas en un contenedor de basura normal, donde cualquiera pudiera encontrarlas. El cubo de compost de mamá era el lugar más seguro.

He arrancado las plantas de raíz y las he sacado de la maceta con lágrimas en los ojos. No por la pérdida, que debería haberme destrozado después de todo el trabajo invertido en ellas, sino por una mezcla de... todo.

Yonqui. La palabra tiene un significado cruel hasta la médula y no deja espacio para la comprensión ni para la compasión. Nadie sabe por qué soy como soy. Ni siquiera les interesa saberlo. Solo ven la superficie, y con eso les basta. Pero, de entre toda la gente, nunca pensé que Yusef fuera a ser tan superficial. Él me conoce, más que nadie por aquí. No me puedo creer que sea igual de cruel.

Me muero por salir a correr un buen rato. Un rato largo, como para darle la vuelta a la ciudad entera dos veces. No estoy lista para hacerle frente a ninguno de mis vecinos, pero, sin hierba, correr es mi único desahogo. Así que, después de las clases, me pongo la música, centro la mirada y hago como si estuviera en medio de una carrera y todas las personas a las que paso corriendo fueran un árbol. Aprieto el paso, cada vez más, voy respirando a través de las intensas miradas, el dolor y las lágrimas. Y habría seguido corriendo si Tamara no me hubiera llamado.

—Oye —digo entre jadeos, y aminoro la marcha hasta detenerme al borde del parque—, ¡mi vida es una mierda en tantos aspectos!

Se lo explico todo, le suelto una diarrea verbal sobre la casa, Piper, Erika, Yusef... no dejo ningún detalle fuera. Ella me escucha en silencio, y luego se ríe entre dientes.

—Yusef tiene razón.

—¡Diablos! ¿Tú también? —refunfuño.

—Yo estoy contigo y te quiero, pero... a veces eres una cabrona egocéntrica —dice como si lo sintiera, pero no—. O sea, ¿te das cuenta de que solo llamas cuando necesitas algo? En serio, ¿cuándo fue la última vez que me preguntaste qué tal me iban las cosas a mí? Parece que todo te ocurre a ti, como si tú no tuvieras nada que ver con ello.

Abro la boca, pero vuelvo a encontrarme con que no tengo ninguna excusa. Es lo que ocurre cuando llevas una semana sin dormir.

—Y ya te lo he dicho antes, ponte en el lugar de Piper por una vez —dice—. Si fueras ella y tu nueva hermana te hiciera una putada, ¿qué querrías?

Suspiro.

—Que me pidiera perdón —contesto.

—Exacto. ¿Por qué no empiezas por ahí?

El cambio es bueno. El cambio es necesario. Necesitamos un cambio.

—Pero no te he llamado por eso —dice Tamara, animándose—. Ya no tienes que seguir cultivando esa mierda. ¡Te vas a salvar!

—¿Eh?

—Acabo de leer que el año pasado legalizaron la marihuana recreativa en todo el estado. Lo único es que Cedarville ha estado esperando a otorgar las licencias para los dispensarios. Por fin han aprobado una, ¡y es una cadena nacional!

—¿Lo dices en serio? —pregunto con la voz entrecortada mientras me sale una sonrisa.

—Sip. Te mando el artículo.

Los líderes municipales han aprobado la primera licencia
para dispensarios a Good Crop Inc., permitiendo así a Cedarville la oportunidad de participar en una industria que
se estima que recauda 5.000 millones de dólares en ven-
tas anuales. Actualmente, Good Crop tiene dispensarios en
Arizona, Connecticut, California, Florida, Maine, Maryland,
Nueva Jersey, Nevada y Nueva York.

El CEO de la compañía, Nathan Kruger, dice: «¡Estamos
entusiasmados con la idea de crear nuevos empleos en la
ciudad de Cedarville!».

—Oye... —gimo, cerrando los ojos.
—¿Qué?
—Por favor, dime que Nathan Kruger no está relacionado de
alguna manera con Eden Kruger.

Tamara se queda callada y teclea de manera frenética. Luego
suelta un «mierda».

«Eden Kruger, filántropa». Hija de Scott Clark, estafador de
semillas mágicas. Además, está casada con Nathan Kruger, im-
pulsor de la hierba.

Cuando vuelvo a casa, mamá me saluda desde el coche y se
marcha. Luego, me encuentro a Sammy en la cocina.

—Ey, ¿a dónde se va mamá? —le pregunto mientras saco
una botella de agua de la nevera.

Sammy mete un cuenco con avena en el microondas y se
encoge de hombros.

—A alguna reunión con la gente de la fundación. Estaba
esperando a que llegaras antes a casa. Piper está arriba.

Me acerco a él y le susurro:

—¿Has mirado ya las cámaras?

—Aún no. Estaba esperando a que no hubiera nadie. Además, aún no había merendado.

Cierto. El cuenco de avena de después de las clases es sagrado.

—Iré a por ellas mientras tú comes, ¿vale?

—Vale —contesta Sammy y sonríe abiertamente al oír el pitido del microondas.

Me quito la camisa sudada y subo corriendo para cambiarme. Justo cuando llego arriba, piso un clavo con el pie descalzo.

—¡Auch! —grito y me agarro de la barandilla para no caerme. Doy saltitos sobre el otro pie, el dolor me está cegando.

—¿Estás bien? —pregunta Sammy.

Consigo sentarme en el escalón de arriba del todo y levanto el pie para inspeccionar los daños. No hay sangre, solo se me ha quedado la marca, gracias a Dios. Lo último que necesito ahora es una visita a Urgencias. Busco al culpable y ahí, unos escalones más abajo, me encuentro no un clavo, sino un guijarro pequeño y *beige*.

—Puaj —me quejo y me agacho para recogerlo—. Por eso mamá dice que nada de zapatos dentro de casa.

Me pincho con el guijarro en el pulgar al sostenerlo entre los dedos y, al examinarlo con más detenimiento… Parpadeo dos veces, me tiembla el ojo. Tampoco es un guijarro, es un diente.

—Qué… demonios —balbuceo.

El diente está afilado, es amarillo y tiene sangre seca de color negro que se está desconchando por debajo. Sammy ya ha perdido todos sus dientes de leche. La única persona que queda sería Piper.

Llamo al marco de su puerta.

—Ey.

Sentada sobre la cama, Piper está doblando la ropa limpia de manera meticulosa, y se toma su tiempo para dejar cada camisa en un cuadrado bien hecho y luego colocarlo en un montón perfecto. De la misma manera en que lo haría una viejita.

El diente, en mi palma... es demasiado grande y está demasiado desgastado como para que pertenezca a una niña. Pero ¿de dónde ha salido?

—Papi dice que te marchas —dice con desprecio sin levantar la vista.

Rápidamente, me meto el diente en el bolsillo.

—Mmm, sí. Al final vas a conseguir lo que querías, ¿no?

Con los labios bien apretados, Piper levanta la barbilla y se encoge de hombros.

—Bueno... Bien.

Pienso en Tamara y me trago el orgullo.

—Mira, solo quiero decir que siento mucho lo que dije ayer. Lo de que no eres más que un títere. Y por lo que hice... estando colocada.

Piper gira la cabeza bruscamente en mi dirección. La he sorprendido. No estoy segura de si es algo bueno o malo, por lo que continúo.

—En aquel momento, tú no tenías la culpa de nada, sino que todo tenía que ver conmigo. Tu padre y tú me conocisteis en un momento diferente de mi vida. Pero he cambiado, tanto si me crees como si no. Solo esperaba que pudiéramos... ya sabes, tener una especie de tregua estos últimos días.

Piper frunce el ceño.

—¿Qué es eso?

—Es como cuando aceptas dejar de pelear y discutir durante un período de tiempo específico. ¿Podemos hacerlo y tener paz durante los próximos cuatro días?

Piper lo sopesa.

—Y entonces... ¿te marchas?

—Sip.

Vacila y se mordisquea el labio, pero luego asiente:

—Ah, vale.

¿Por qué tengo la sensación de que no es lo que realmente quiere? Estoy a punto de preguntárselo cuando oímos un estruendo abajo. Salgo al pasillo.

—Sammy, ¿qué haces?

No recibo ninguna respuesta, solo oigo a Buddy ladrando.

—¿Sammy? —lo llamo, bajando las escaleras poco a poco, intentando ignorar el hormigueo que siento en el estómago. Llego a la esquina, la cocina está vacía, hay un vaso de agua derramado en la encimera, volcado. Una nueva oleada de pánico me hiela los huesos.

Mierda. ¿Dónde está Sammy?

De manera instintiva, desvío la mirada hacia la puerta del sótano, que sigue cerrada. Buddy ladra de manera alocada y brinca al lado de la mesa. Hay algo que se mueve; un chirrido llena el aire. Me tambaleo hacia Buddy con un nudo en la garganta y me encuentro a Sammy despatarrado en el suelo detrás de la isla de cocina.

—¡Sam! —grito, y me abalanzo hacia él.

Sammy se araña la garganta, tiene la mirada desesperada y está dando patatas. Me lo llevo hacia el regazo.

—¡Qué! ¡Qué pasa! ¡Qué…!

Entonces lo huelo. Un olor al que no siempre estoy acostumbrada. Uno que no hemos tenido en casa desde que Sammy tenía cuatro años. Dulce pero salado, proveniente del cuenco de avena que hay a su lado.

Crema de cacahuete.

Una cosa es tener miedo y otra es estar absolutamente petrificada. Y yo no había llegado a ese nivel hasta este preciso instante.

Sammy está sufriendo estragos. Indefenso y desesperado, patalea de manera que sus zapatillas chirrían contra el suelo.

—No pasa nada, no pasa nada —le aseguro con una voz aguda—. ¡Estoy contigo!

Piper llega corriendo y se detiene en seco.

—¿Qué pasa? —chilla—. ¿Qué le pasa a Sam?

A Sammy se le están hinchando los labios y las mejillas. Mamá nos ha preparado con simulacros para momentos como este. Sé lo que hay que hacer, solo espero no cagarla.

—Le está dando una reacción alérgica —exclamo, pongo a Sammy de espaldas y voy corriendo a la nevera—. Le va a dar un *shock*. ¡Llama a emergencias!

Con los ojos como platos, Piper mueve la boca, pero no sale ni una palabra.

Yo doy un salto y busco un tarro encima de la nevera. ¿Es que mamá no lo puso aquí? Sé que lo hizo, ¡la vi! Pero no hay ningún tarro, ninguna inyección de epinefrina. En su lugar, con los dedos rozo algo afilado y de plástico, como los Legos. Los alcanzo, agarro un puñado y, en cuanto abro la mano, el estómago me da un vuelco. Es la cámara GoPro, rota en pedazos.

—Mierda —mascullo y miro a Piper, que se ha quedado helada por el susto al ver a Sam sufriendo esos estragos y tiene los ojos anegados en lágrimas—. Piper, ¡por favor! —le ruego, y estallo en lágrimas yo también mientras me dirijo hacia las escaleras—. ¡Llama a emergencias!

Entro en la habitación de Sammy y hurgo en su mochila. Mamá siempre deja una inyección de emergencia en el bolsillo delantero, pero los bolsillos están vacíos. Los de todas sus mochilas.

—¡Joder! —grito.

Sin que dejen de azotarme oleadas de pánico, intento llamar a mamá mientras revuelvo entre las cosas de su habitación. Sammy necesita la inyección de epinefrina, no llegará vivo al hospital sin ella. ¿¡Dónde están las inyecciones!?

¡Un momento!

Voy a mi habitación, me zambullo bajo el escritorio y saco una caja de documentos. Hurgo en ella hasta que lo noto con la mano. Es la inyección extra que metí en mi kit de autocuidados antes de que nos fuéramos de California. Me hacía sentir segura saber que podría cuidar de mi hermano. Casi se me olvida que lo tenía. Pero… ¿cuánto tiempo lleva aquí dentro? ¿Estas cosas caducan? Joder, mamá, ¡contesta el teléfono!

Veo algo negro sobre las sábanas e, impulsivamente, doy un paso atrás, lloriqueando. Se me cae la inyección y el cuerpo se me pone rígido.

DATO: Espera… ¡no!

Doy un paso adelante y, al mirarlo con más detenimiento… son más piezas de Lego. Tengo los restos de la segunda cámara GoPro desmenuzados en las manos.

¡Céntrate! No hay tiempo.

Al pasar por delante del baño a toda prisa, noto un hedor cercano y violento. Fantasmas. Demonios. Todos están intentando matar a mi hermano. Esta casa y todo lo que hay en ella lleva intentando matarnos desde el principio.

De vuelta en la cocina, Piper está de pie sobre Sammy, temblando y llorando.

—No… puede… respirar —dice entre sollozos por teléfono, inclinada sobre él.

¿Está hablando por teléfono de verdad? ¿Es todo una farsa?

—¡Aléjate de él! —grito y la aparto a un lado.

Piper suelta un chillido, sus gritos son desgarradores. Necesito sacar a Sammy de aquí. La casa no puede hacernos daño una vez que estemos fuera.

Lo arrastro por las axilas y lo saco por la puerta hasta llegar al porche. Sammy tiene la cara azul. Lo está pasando muy mal, y emite unos ruidos balbuceantes y espantosos. Entonces, se queda sin fuerzas.

—Vale, vale, vale —balbuceo para mí misma mientras coloco a Sammy—. Agarrar la inyección. La punta naranja hacia abajo. Quitar el tapón. Girar, pinchar, tres segundos, clic.

¡Dios, espero que esto funcione!

Piper se cae de rodillas a mi lado, todavía tiene el teléfono pegado a la oreja.

—¡No respira! —chilla Piper.

—Por favor por favor por favor —gimoteo, levanto la inyección al aire y se la clavo a Sammy en el muslo.

—Siempre ha ido con mucho cuidado con el tema de sus alergias —dice mamá sorbiendo por la nariz en la puerta de la habitación de hospital en la que está Sammy—. Siempre mira los ingredientes… Ni siquiera toma los caramelos que le ofrecen en Halloween, ¡solo lo finge! No entiendo cómo ha podido pasar esto. ¡Y yo ni siquiera estaba en casa! ¡Soy la peor madre del mundo! ¡No hago nada bien!

Alec le frota la espalda a mamá; tiene la frente sudorosa y lleva la corbata desatada.

—Cariño, no pasa nada. Sammy está bien. Mari lo encontró a tiempo, sabía lo que tenía que hacer, justo como le enseñaste. Eres una madre estupenda.

Piper está a un lado, guardando las distancias. Está mirando fijamente a Alec, pero, por una vez, no interrumpe a nuestros padres en un momento tan tierno. Tiene la cara cubierta de lágrimas secas, los ojos rojos e hinchados.

—¿Estás segura de que eran cacahuetes? —Mamá sorbe por la nariz—. ¡Llevamos años comprando la misma marca de avena! Ayer comió y no le pasó nada.

—Cien por cien —dice la doctora de manera sucinta—. Lo tendremos monitoreado hasta la mañana. Por ahora, está estable y fuera de peligro.

Mamá se rompe del dolor y Alec la consuela.

Piper abre la boca y la vuelve a cerrar. Se retuerce los dedos. Me mira, pero enseguida desvía la mirada y se fija en el suelo, aturdida. Puede que haya sentido el enfado tremendo que tengo y que me sale por los poros. Porque como dé un paso en esta dirección, la mato. Piper tiene algo que ver con todo esto. Lo sabe ella y lo sé yo. Es solo una cuestión de tiempo que nos quedemos a solas. Que le den al exorcismo, me encargaré de ella yo misma.

Papá está en un vuelo de urgencia desde Japón. Estuvo echando pestes y vociferando durante todo el camino hacia el aeropuerto. Él también conoce a Sammy, y sabe que jamás echaría crema de cacahuete a la avena. Algo… o alguien le ha hecho esto.

Estoy tan ocupada mirando fijamente a Piper que ni siquiera oigo que dicen mi nombre.

—Marigold —repite mamá—. Tu hermano quiere verte.

La habitación de hospital huele como si la hubieran empapado con alcohol de limpieza, los fluorescentes son cegadores e, inmediatamente, me retraigo a la última vez que me vi atada a una de estas camas. Tenía vómito en el pelo, pis seco sobre los muslos… y el estómago cruelmente vacío.

—Mari —gime Sammy, y yo voy corriendo a su lado. Está envuelto en una sábana blanca y limpia, y conectado a un monitor. Su cara está tan hinchada que tiene los ojos casi cerrados.

—Ey —gimoteo, aguantándome las lágrimas—. ¿Estás bien?

Sammy intenta encogerse de hombros y, arrastrando las palabras porque tiene la lengua hinchada, dice:

—Doy asco.

—Sammy, lo siento muchísimo. Debería haber estado vigilándote. Nunca debería haberte dejado solo en casa, ni siquiera un segundo. Soy un desastre.

—Pero no puedes vigilarme todo el rato todos los días.

Resoplo y suelto una risa.

—Ya… pero moriré intentándolo.

—No es culpa tuya —dice Sammy, intentando tranquilizarme.

Me inclino sobre la cama y lo agarro de la mano.

—No dejo de pensar en que… lo único que querías era pasar tiempo conmigo o jugar a videojuegos con David. Pero, en realidad, lo que pasaba era que echabas de menos a papá.

Sammy rápidamente baja la mirada hacia su estómago, sin responder.

—Siempre estás supertranquilo —continúo—. ¿Quién iba a saber que te pasaba algo? ¿Y qué voy yo y hago? Ignorarte, una y otra vez, hasta que tuviste que arrancarme del suelo para que no me ahogara en mi propio vómito. —Contengo un sollozo—. Te mereces… una hermana mejor.

—Pero yo no quiero otra hermana —balbucea, intentando sonreír—. Yo te salvé y ahora me has salvado tú a mí. Estamos en paz.

Ahogo una risa.

—Ni por asomo.

Sammy respira hondo y hace una mueca, entonces mira por encima de mi hombro hacia la puerta, que está cerrada.

—¿Has encontrado las cámaras? —susurra con voz ronca.

—Sí. —Sorbo por la nariz—. Ambas estaban rotas. Seguro que Piper las ha vuelto a encontrar.

Sammy intenta tragar saliva.

—Había otra más.

Me lleva un momento entender lo que ha dicho.

—¿Qué?

—Que hay otra cámara más. Una de la que no te hablé, porque es muy vieja y no estaba seguro de que fuera a funcionar. Está en el armario de cristal de la cocina, detrás de la vajilla de porcelana de mamá.

La esperanza florece.

—¡Sammy! Oye, ¡eres un genio!

Asiente y hace un gran esfuerzo por sonreír satisfecho.

—Esta vez tiene que haber algo ahí. Se demostrará que de verdad hay un fantasma… o que Piper ha intentado matarme.

VEINTIDÓS

Hacemos la vuelta en coche hasta Maplewood en silencio. Alec ni siquiera enciende la radio. No parece natural que estemos los cuatro sin Sammy. Pero está vivo, y eso es lo que importa. Y conseguiré que se le haga justicia, que es el único motivo por el que me he mostrado dispuesta a irme del hospital y no dormir en la esquina de su habitación.

Piper mira fijamente por la ventana mientras juega con el dobladillo de su chaqueta; está sollozando en silencio. No me mira ni una sola vez. Seguramente se la estén comiendo la vergüenza y la culpa. ¡Esa cámara lo va a demostrar todo! Y cuando lo haga, voy a asesinar a esta mocosa. La rabia me corroe entera y me cauteriza las venas.

Alec detiene el coche en la entrada para vehículos y la casa se cierne sobre nosotros. La lámpara de lava de Piper está encendida, por lo que su ventana resplandece de color rojo. ¿Estaba encendida cuando nos hemos ido? No me acuerdo. Todo estaba borroso cuando ha llegado la ambulancia.

—¿Alguien tiene hambre? —pregunta mamá de manera débil mientras se dirige hacia los escalones del porche para abrir la puerta.

Normalmente, estaría muerta de miedo ante la mera idea de volver a poner un pie en esta casa, pero en esta ocasión… siento la adrenalina en las venas. Me balanceo sobre las puntas de los pies y estiro los gemelos. Lo único que tengo que hacer es correr hacia la cocina, agarrar la cámara y quedarme con ella antes de que alguien pueda detenerme. Después de eso, ya no sé. Ni siquiera sé cómo funciona, pero no puedo guardarla en la casa. Las cosas tienden a desaparecer por aquí, y puede que sea la única prueba que tengamos para cazar a Piper.

En cuanto mamá abre la puerta, me abro paso a empujones y adelanto a Alec. Al llegar a la mitad del pasillo, oigo una tos aguda y jadeante. Nos quedamos todos helados, con los rostros ocultos por la oscuridad.

—¿Qué ha sido eso? —pregunta mamá con la voz entrecortada.

Escucho el silencio y luego lo vuelvo a oír. Una tos fuerte y productiva. ¡Hay alguien en casa!

Alec se lleva un dedo a los labios y estira una mano frente a Piper.

—Todas, afuera —susurra mientras nos acompaña hacia la puerta.

Vuelvo sigilosamente hacia él, luego me enderezo y doy vueltas en el umbral.

—Mari, ¿qué haces? —susurra mamá.

—Espera —digo con los músculos tensos—, ¿dónde está Buddy?

No ha habido un solo día en el que Buddy no haya saltado de alegría a los cinco segundos de haber entrado en casa. Ya debería estar aquí.

Mamá, estupefacta, piensa lo mismo y entra corriendo.

—¡Buddy!

Alec enciende las luces.

—¡Buddy! —grita él.

Lo vuelvo a oír: una tos fuerte y productiva, por encima de nuestras cabezas.

—Buddy —grito y subo las escaleras corriendo; mamá va detrás de mí.

En cuanto llego arriba, me tropiezo con una almohada que han dejado en medio del suelo y me caigo de bruces.

—¡Dios mío! —chilla mamá, y yo me doy la vuelta rápidamente.

Buddy está tumbado de costado frente al baño, jadeando y resollando. Es una escena casi idéntica a la de Sammy. Me arrastro frenéticamente hasta abalanzarme sobre él.

—No, no no no… —digo lloriqueando mientras le acaricio la cabeza—. Buddy, no pasa nada, chico. Estoy aquí. ¡Estoy aquí!

Mamá lo examina y le intenta abrir la boca.

—Venga, Bud, ¿qué has comido? —le dice.

Buddy forcejea, la tos es mucho peor de cerca y es exagerada la manera en que tiene los ojos en blanco.

—Mamá, ¡no puede respirar!

Alec hace a un lado a mamá con suavidad y levanta a Buddy con los brazos.

—Buen chico, ya te tengo —lo arrulla—. Raquel, conduce tú.

Bajo las escaleras como puedo tras él.

—Esperad, ¡yo también voy!

—No, Mari —dice mamá y me agarra del brazo—. Tú te quedas aquí con Piper.

—¿Buddy? —Piper está sollozando en el vestíbulo y se cubre la boca con ambas manos—. Papi, ¿qué le pasa?

—Nada, cariño —exclama Alec por encima del hombro, de camino al coche; mamá se apresura delante de él para abrir la puerta—. Nos llevamos a Buddy al médico, eso es todo. Quédate aquí con Marigold. Buddy se pondrá bien.

Desde el porche, veo a mamá dar marcha atrás por la entrada para vehículos y acelerar por Maple Street, dejando la casa atrás. Piper está en la puerta, tiene la cara rojita e hinchada. Cruzamos las miradas, da un paso atrás y, por primera vez, parece que de verdad me tiene miedo. Como debería ser.

—Esto ha sido cosa tuya —siseo, y cierro las manos hasta que se convierten en puños.

Piper sacude la cabeza con violencia.

—¡NO! Yo no he sido. ¡Lo juro!

Paso por delante de ella con un empujón y entro airada en la cocina.

—¿Qué haces? —grita Piper, que me persigue.

En el armario, detrás de los platos, encuentro la última cámara GoPro. Está colocada de manera tan discreta que nadie diría que estaba ahí.

Piper mira fijamente la cámara que tengo en la mano y jadea.

—Mari. —Se estremece—. Creo que tendríamos...

—Vamos a ver cómo sales de esta —vocifero, y me dirijo hecha una furia hacia la puerta.

—¿A dónde vas? —implora.

—¡Lejos de ti, joder!

—¡Espera, por favor! No sabía que la señora Suga iba a hacerle daño a Sammy. ¡No lo sabía!

—¡Déjate de tonterías, Piper! ¡Tú lo sabías!

Piper se muerde el labio, sus lágrimas y sollozos son el colmo.

—Por favor, no me dejes —ruega, agarrándome de la manga—. ¡Por favor! ¡Tengo miedo!

Me sacudo para quitármela de encima y la miro directamente a los ojos; está aterrorizada.

—¡Me alegro! —ladro y cierro la puerta de golpe detrás de mí.

Yusef abre la puerta con una camiseta blanca y pantalones vaqueros oscuros.

—Qué —dice con malos modos y la mirada fría.

Intento ralentizar la respiración y mantener la calma, a pesar de encontrarme muy lejos de ello.

—¿Puedo pasar?

Yusef sorbe por la nariz, con el rostro impasible.

—Es tarde.

—Por favor —digo con la voz resquebrajada—. Es que... necesito hablar con alguien.

Yusef echa un vistazo por encima del hombro y pone los ojos en blanco.

—Está bien, pasa. Pero solo un momento. Luego, te piras.

En el salón, me sorprende ver a su abuelo todavía despierto en su sillón, viendo algún antiguo programa de televisión en blanco y negro. Me mira de manera desaprobatoria cuando pasamos por delante de él y nos metemos en el cuarto de Yusef.

—¿Estás bien? —pregunta Yusef sin que, en realidad, le importe lo más mínimo.

Suspiro.

—No, la verdad es que no —contesto.

Yusef resopla, baja el volumen de la música y nos quedamos en silencio.

—He oído que Sammy está en el hospital. ¿Está bien?

Asiento con la cabeza, nerviosa por si abro la boca y me echo a llorar, porque tengo su imagen todavía demasiado fresca y cruda en la cabeza. Pero luego me acuerdo de lo que me dijo y saco la GoPro de la sudadera.

—¿Tú sabes cómo funciona esto?

Yusef levanta una ceja al ver la cámara y da un paso atrás.

—O sea que solo necesitabas hablar, ¿no? ¿Y quieres mi ayuda? ¿Otra vez? ¿Por qué no me sorprende?

Me sobreviene una nueva oleada de vergüenza.

—No es por mí, sino por Sam. Puede que sea lo único que nos ayude a saber lo que le ha ocurrido. Por favor.

—Eres tremenda —se queja. Yusef sacude la cabeza y, haciendo un gesto hacia la cama, indica—: Siéntate. En cuanto terminemos, te vas.

Echo un vistazo al bastidor de la cama y noto que se me está inflamando el brazo.

—¿Puedo, mmm..., ir a por una silla de la cocina? O, si no, me quedo de pie.

Yusef sigue mi mirada y se estremece.

—¡Ah! Eh, sí. Iré a por otra silla. Toma, ten la mía.

La silla de escritorio de Yusef es de cuero y bastante nueva en comparación con el resto de su habitación. Me siento, no estoy realmente a gusto, pero después del día que he tenido, no aguanto mucho más rato de pie.

Yusef coloca una silla de cocina al lado de la mía, y luego empieza a juguetear de manera nerviosa con los cables que hay detrás del monitor.

—Sabes... —empieza—. Yo, ehh, nunca intentaría nada contigo ni nada de eso.

Lo miro con el ceño fruncido.

—¿Eh?

Él no me mira a los ojos.

—Por eso no te has querido sentar en la cama, ¿no?

Pasan unos segundos hasta que suelto una risa agotada.

—No, no es por eso. Es que... me dan miedo las chinches.

Yusef ladea la cabeza.

—¿Qué? —pregunta.

Mientras prepara la GoPro, le hago un resumen de la fobia que les tengo a las chinches y, la verdad, siento como si me quitaran un peso de encima al contar la verdad, al compartir un poco cómo veo el mundo.

El cambio es bueno. El cambio es necesario. Necesitamos un cambio.

—Pero no entiendo cómo puede ayudarte la hierba. ¿No te vuelve más... paranoica?

Sacudo la cabeza.

—Hay dos variedades —empiezo—: Sativa e índica. La índica es buena para relajarse y para aliviar el dolor. No tiene ese efecto alucinógeno.

—Pareces una profesional —dice Yusef, pensativo—. Yo nunca la he probado.

—Ya. Y no te culpo por odiarla. No está bien lo que ocurrió aquí, con tu familia. Sobre todo, cuando la hierba es legal en el resto de los sitios. Debería haber sido más delicada con el tema.

Lo siento. A veces me olvido de qué es importante para mí. O... quién.

Yusef parpadea, sorprendido, y, justo al ir a abrir la boca, aparece una imagen en la pantalla. Frunce el ceño.

—¿Eso no es tu cocina? —pregunta.

La cámara muestra la cocina a vista de pájaro y la sala de estar que hay al fondo, aunque parte de la nevera está bloqueando el pasillo. Yusef asiente, impresionado.

—Oye, ¿has visto la peli esa de *Paranormal Activity*? —se ríe entre dientes y se recuesta en la silla.

—Es una de las películas favoritas de Sammy. Le encanta toda la saga. Para mí es demasiado aburrida. Es como ver la pintura secarse, porque estás ahí esperando a que algo se mueva cada quince minutos.

Yusef se ríe a carcajada limpia.

—Al final toma más ritmo.

Pienso en Sam y echo un vistazo a la GoPro; me atraganto con un sollozo.

—Siempre me pierdo el final. Nosotros... Sammy y yo... solíamos ver películas todos los viernes por la noche. Desde que tenía cinco años, Sammy siempre elegía películas de miedo porque no quería verlas solo. Necesitaba a otros a su alrededor para sentirse seguro. El año pasado empecé a fallar algunas noches porque tenía competiciones de atletismo o por lo que fuera. La verdad es que estar en casa era... incómodo. Veía motas negras por todas partes, encontraba picaduras que nadie más podía ver y todo el rato me estaba rascando. Sentía que me estaba volviendo loca. ¿Sabes? Llevo años sin dormir más de cuatro horas seguidas. Por eso siempre me quedaba dormida durante las películas. Entre eso y la oxi, estaba dormidísima. Entonces, un día, Sammy me hizo prometerle que me quedaría a ver la película con él. Y como quería mantener mi promesa, me pasé todo el día sin tomar ninguna pastilla. Pero... cuando sonó el timbre a última hora... sentía que iba a lanzarme al sol,

¡me picaba tanto todo! Así que pensé: nada de oxi, fumaré hierba. Me imaginé que si le daba una calada rápida podría aguantar toda la película por una vez. Pero a mí no me quedaba nada, y a mi contacto lo habían pescado. Mi ex dijo que conocía a alguien... y confié en él. Lo último que recuerdo, en realidad, es entrar en mi habitación. Sammy me encontró con espuma en la boca. Resultó que la hierba estaba mezclada con fentanilo.

—Joder —masculla Yusef.

—Después de aquello, no tardaron en expulsarme del instituto. Mi ex dijo que iba a decir la verdad, que fue él quien me había dado la hierba, pero... no llegó a hacerlo. Mis padres utilizaron todos sus ahorros para que yo me pusiera mejor. La gente empezó a tratarnos como a parias. Los padres de los otros niños ni siquiera dejaban que sus hijos vinieran a jugar con Sammy, y él estaba ya tan... solo.

Yusef se pone tieso y deja la cámara en la mesa. En la pantalla, la cocina sigue estando vacía; no hay movimiento ni señal de Piper. Suspiro.

—La sobredosis es un tipo de error del que nunca te libras, porque la única persona que cree que de verdad estás mejor eres tú. Pero supongo que me lo merezco. Porque, al fin y al cabo, yo quería estar colocada más de lo que quería estar pasando el rato con mi hermanito. Elegí el colocón por delante de Sammy. Dejé en evidencia a mi familia, hice que nos endeudáramos y por eso nos vimos obligados a mudarnos aquí. Así que no me merezco cosas bonitas como los vestidos de colores, los amigos, novios... ni siquiera el atletismo. Me merezco ser, simplemente, miserable. Pero... cuando aún vivíamos en California, todos esos días que pasé estudiando desde casa y yendo al centro de rehabilitación, encerrada en mi cuarto, Buddy y Sammy estuvieron ahí para mí, ¿sabes? Nunca me trataron como si fuera un desastre, a pesar de que así era como me sentía. Bueno... como me siento, incluso ahora.

Yusef asiente despacio y se inclina un poco hacia delante, como para agarrarme.

—No puedo perder a Buddy. —Suelto un sollozo, el dique se desmorona—. No puedo perder a Sammy. Son los únicos a los que no les importa lo desastrosa e inútil que soy. ¡Piensan que soy increíble! ¿Tú sabes lo que es eso? ¿Alguien que cree que eres lo más sin importar la de veces que la hayas cagado?

Yusef suspira.

—Yo no creo que seas ninguna inútil.

—Sí, sí lo crees —me lamento—. Tú me odias. Y me lo merezco.

—Yo no he dicho nada de eso. Que no entienda lo que haces no significa que no te entienda, ¿me entiendes?

Parpadeo.

—Eso… no tiene ningún sentido, en absoluto.

Nos reímos, y Yusef deja su frente apoyada sobre la mía.

—No eres ninguna inútil, Cali —dice en voz baja mientras me pasa un dedo a lo largo de la mandíbula.

Me estremezco bajo su roce y cierro los ojos. Las lágrimas vuelven a brotar.

—Yusef… No me merezco a alguien como tú.

—¿Por qué sigues castigándote simplemente por haber cometido un error? La gente a la que le importas no querría que lo hicieras.

—¿Cómo puedes saberlo? —susurro, desesperada por encontrar respuestas.

—Porque… espera. ¿Qué…? ¿Qué ha sido eso?

—¿Eh? —digo, pestañeando y abriendo los ojos.

Yusef mira fijamente el monitor y lo estudia atentamente.

—Ehhh —susurra, se lleva el puño a la boca y señala algo; yo miro a donde apunta.

En la cocina, todo parece seguir estando en calma. Pero al fondo, en la esquina de la izquierda, la puerta inferior del armario que hay al lado del fregadero oscila ligeramente y luego se abre sola.

Ahogo un grito y sonrío abiertamente a Yusef. ¡Lo tenemos! Es la prueba que necesitamos para mostrarle a mamá que de verdad hay un fantasma, que no veo cosas ni estoy chiflada. Sí, es super *creepy*, pero casi me echo a llorar de lo agradable que es el alivio que siento. ¡Tengo que llamar a Sammy y decirle que lo hemos conseguido!

—Espera un momento —masculla Yusef y entrecierra los ojos—. ¿Qué es eso?

Por el borde superior de la puerta del armario aparece una mano pequeña agarrando la madera con fuerza. El corazón se me sube hasta la garganta porque reconozco esa mano: los nudillos marcados, la piel oscura y quemada, las uñas...

—¿Qué demonios? —masculló y me acerco más.

Aparece otra mano. Luego, un pie descalzo toca el suelo, como para colocarse bien, y da golpecitos con los dedos retorcidos... hasta que del armario sale una mujer mayor a gatas.

—¡Joder! —gritamos al unísono y nos echamos para atrás en las sillas.

La mujer no es grande, tiene el cabello fino y alborotado, como si fueran brotes de color gris, la cara demacrada y la espalda corva. Mira de izquierda a derecha, se estira, y entonces avanza cautelosamente. Lleva unos trapos andrajosos por ropa, y en la parte delantera del delantal que tiene atado alrededor de su cuerpo huesudo se puede intuir una tarta cosida.

—Lleva puesto mi jersey —masculló completamente desconcertada. Es el jersey de punto, de color crema; el que creía que se había tragado la lavadora. Está tan sucio que es prácticamente irreconocible.

La mujer abre la nevera y saca la leche de avena. Bebe directamente del cartón, y luego se mete un plátano en la boca. Después, un yogur, seguido de montones de guacamole. Estoy a punto de vomitar.

—Tengo que avisar a mi tío, ¡tiene que ver esto! —dice Yusef, que sale torpemente de la habitación.

La mujer parece sentirse cómoda y no tener ninguna prisa, como si ya hubiera hecho esto un montón de veces. Intenta darle un mordisco a una de las manzanas que nos trajimos de la granja y hace una mueca. Entonces, se lleva una mano a la mejilla.

Me acuerdo del diente que me metí en el bolsillo cuando Piper entra en la escena, impávida ante la presencia de la mujer, y se me hiela la sangre. Hablan, primero con calma, pero Piper parece confusa, está sacudiendo la cabeza… se está negando a algo.

Entonces, me suena el móvil. Es mamá.

—Mamá, estaba a punto de llamarte. No te vas a creer…

—¡Mari! ¡VE… YA… MISMO!

—¿Qué? —digo. La conexión es muy mala.

—¡Hay alg… casa! ¡Ve a por Piper! … ¡SALID!

Piper le dice una última cosa a la mujer y se va caminando lentamente. La mujer la observa, y luego se saca una llave del bolsillo del delantal hecho jirones y se dirige hacia el sótano.

Piper decía la verdad todo este tiempo. Nadie la creía. Y ahora está en esa casa… sola.

—¡Encontrado… en Bud… SAL! ¡YA!

Me viene a la memoria la voz de la mujer: «FUERA DE MI CASA». Se me escapa el teléfono de la mano y voy corriendo hacia la puerta.

—¡Cali! —grita Yusef a mis espaldas—. ¡Espera!

Pero ya estoy en la entrada para vehículos, bombeando los brazos, intentando batir mi propio récord… de vuelta a Maple Street.

VEINTITRÉS

Las luces están encendidas. Todas y cada una de ellas. La casa es como una antorcha en la distancia. La puerta principal está abierta de par en par, y las hojas secas entran por ella.

—¡Piper! —chillo, subiendo los escalones del porche de dos en dos, y me doy cuenta de que han espachurrado a Sweets hasta convertirlo en masa de calabaza—. ¡Piper, venga! ¡Tenemos que irnos!

Embisto hacia la cocina, que es donde la dejé. La televisión está encendida, con Scott Clark escupiendo el veneno de siempre. La planta entera está vacía, pero la puerta del sótano está abierta.

Ay, no.

—Pues la venganza está en manos del Señor, pero como te ha hecho a su imagen y semejanza, espera que actúes a su voluntad y que hagas lo que considere necesario. Él habla a través de los ángeles, los profetas y los líderes comunitarios que han sido designados…

Bajo la mirada hacia el abismo, que no está tan oscuro ni es tan interminable como normalmente, y veo el resplandor de una luz suave.

—¿Piper? —digo con la voz temblorosa.

Silencio. Pero tiene que estar ahí abajo.

Con la respiración entrecortada, bajo las escaleras sigilosamente. La fina madera cruje y gime bajo mi peso. Agarro la vieja barandilla, con temor a que uno de los tablones ceda, me caiga por ahí y me rompa una pierna o algo peor.

—¿Piper?

Hay un muro de sillas y mesas de madera rotas rodeando la parte de abajo de las escaleras, como si fuera un dique que llega hasta el techo, con las cajas de la mudanza de Alec metidas en la esquina. Pero detrás de todo esto, la luz resplandece con más fuerza. Me deslizo por una entrada angosta, se me remueve todo por dentro, y encuentro el resto del sótano… despejado. Es un espacio prácticamente vacío, con el suelo lleno de polvo, el aire frío y húmedo, y olor a comida podrida. Una gruesa capa de polvo cubre las estanterías desnudas. Con el pie golpeo una lata vacía que se va rodando hacia un lado, donde hay otras latas de sopa y verduras, también vacías, al lado de un triciclo oxidado. Y en la esquina más alejada hay dos estructuras que hacen las veces de camas; están hechas con harapos carbonizados y sábanas: el paraíso de las chinches. La única vela que hay parpadea cuando me detengo en seco.

Sobre una estera encuentro el aparato para hacer espirales de calabacín de mamá, junto con el reloj de Alec, el martillo con el mango de color rojo y negro… y la lista continúa. Un tesoro hallado de bienes robados. Algo conocido me llama la atención. Al lado de una almohada hecha con sábanas desteñidas hay una vieja grabadora. Se parece a la que utilizaba mamá cuando hacía los reportajes para el periódico local cuando yo era pequeña. Me dejaba grabar notas y voces divertidas, que es el único motivo por el que sé cómo funciona. Le doy al *play*.

—¡Mari! ¡Mari, ven aquí! ¡Rápido!

El estómago me da un vuelco y la grabadora se me cae de la mano, entumecida. Y aterriza sobre una lata de… crema de cacahuete.

Ay, Dios mío…

—Piper —gimoteo, dando un paso atrás. Subo corriendo las escaleras, giro la esquina a toda velocidad y voy hacia a la segunda planta.

—Piper, ¿¡dónde estás!?

Suelto un chillido. Su habitación está vacía. Puede que se esté escondiendo. Tiene que estar aquí, en alguna parte, ¡tiene que estar aquí! Me lanzo bajo la cama y luego abro su armario de par en par. En el suelo hay mantas saliendo de un pequeño escondite que hay en la esquina, además de bolsas de patatillas, cartones de zumo y paquetes de galletitas saladas con queso y embutido. Todo está vacío.

¡La mujer estaba viviendo aquí!

Con un gran revuelo en la cabeza, entro corriendo al baño y abro las cortinas de la ducha. Piper no está aquí. Siento una gran culpa que me pesa en los pulmones y se me derraman las lágrimas. ¡La he dejado sola y ahora la Bruja —o quienquiera que sea— la ha capturado!

El olor a agrio me golpea como un ladrillo en la cara. Me cubro la boca, tengo arcadas y me doblo sobre el lavabo para que, si tengo que soltar algo, sea ahí, porque por fin lo reconozco: es humano. Olor corporal puro mezclado con mierda y... sangre. El olor a cobre es tan fuerte que es imposible de confundir.

Detrás de mí se mueve algo. Es suave, pero perceptible. Me quedo helada y levanto la mirada hacia mi reflejo. El baño grande está en calma, reluciente de lo limpio que está, no hay nada fuera de lugar. Pero la puerta del armario de las sábanas está entreabierta. Y en esa rendija oscura, un ojo amarillo y gigante me está mirando fijamente.

Jo-der.

Se me revuelven las tripas y me quedo paralizada lo que parece ser una eternidad. Me muerdo la lengua para ahogar un grito, luego intento hacer como si no pasara nada, desviando la mirada de manera casual, haciendo como que no he visto nada en absoluto. Abro el grifo y me echo agua fría en la cara. Pero el peso que siento en el pecho y las manos temblorosas deben delatarme.

La mujer sabe que puedo verla. Mierda, mierda mierda...

Un riachuelo de sangre sale poco a poco del armario, como si fuera una serpiente, y baja fluyendo por los surcos de las baldosas blancas y negras del baño hasta llegar a mi zapatilla. Rápidamente forma un charco en mi tobillo y yo me pongo rígida como la madera. La puerta se va abriendo lentamente hasta quedar abierta de par en par. Y detrás de ella no hay una mujer mayor de poca estatura, sino… un hombre gigante. El mismo hombre que estaba de pie en mi habitación la noche de la fiesta.

«Los demonios odian cualquier cosa que sea feliz».

Mi cuerpo no quiere darse la vuelta. Nada en este mundo sería capaz de hacer que me diera la vuelta. Nuestras miradas se cruzan en el espejo. La mitad de su cara tiene la misma textura que la arcilla oscura para moldear. El fuego le chamuscó la carne de la mejilla, del cuello y del pelo; tiene la piel deforme alrededor de los músculos y las venas, y le falta la oreja izquierda. A su lado, la sangre cae hasta el suelo con un suave ruido seco. Le faltan dos dedos, como si se los hubieran arrancado o… mordido.

Buddy…

La luz refleja algo metálico que tiene en la bota y yo me desmorono. En su mano buena tiene agarrado el mango del hacha del señor Stampley.

Un hacha. ¡Lleva una maldita hacha en la mano!

Se me encienden todas las alarmas cuando el hombre se lleva un solo dedo a los labios. Entonces, en un abrir y cerrar de ojos, ataca. Al hacerlo, por detrás de él ondean jirones de ropa, como si fueran serpentinas colgando, y con el hacha raya las baldosas. El grito que se me escapa de la boca me hiela la sangre y salgo corriendo del baño.

—Es-es-es-espera —chilla.

Habla. ¡Tiene voz! Es real. Y darme cuenta de eso hace que todo sea mucho peor. Con el tamaño que tiene, que parece un bisonte, sus pasos pesados son como un terremoto que me persigue. Huele de manera repugnante, pero me resulta familiar.

Presa del pánico, voy corriendo hacia la puerta, pero aun así me doy cuenta de que… es el hedor del sótano, el que se colaba por los conductos de ventilación. Todo este tiempo estábamos oliéndolo a él.

Escaleras abajo, me resbalo y estrello contra la pared, y él salta frente a la salida. Yo lo rodeo, en dirección a la cocina, tomando velocidad. Atravesaré el cristal de la puerta trasera corriendo si hace falta, y luego…

Algo me agarra alrededor del cuello, me atrapa; tomo aire y me caigo de espaldas. Intento gritar, pero solo balbuceo, y él tira de mí por el cuello de la camisa y me arrastra hacia la cocina. Yo me sacudo y doy patadas de manera violenta.

—¡NO! —grito, y le doy con el codo en la parte trasera de la pierna. Él se tambalea y cae como un árbol; su enorme puño me golpea con fuerza en el estómago y me saca todo el aire. Veo las estrellas y me hago un ovillo.

—Es-es-espera —tartamudea, poniéndose en pie; hay pánico en su mirada y todavía lleva el hacha en la mano.

Levanto la mirada hacia el rostro de mi futuro asesino justo cuando oigo otros pasos entrar corriendo en la casa.

—¡Marigold! —grita Yusef desde algún lugar.

Al mismo tiempo, una pala atraviesa el aire y golpea al hombre en toda la cabeza. Este hace una mueca, deja caer el hacha y se cubre la oreja buena. Yusef vuelve a lanzar y yo salgo como puedo del medio. El hombre hace un placaje a Yusef y lo tira al suelo entre gruñidos.

Me pongo de pie, agarro la sartén de hierro fundido de mamá que hay colgada del techo e intento darle al hombre en la cabeza, pero apenas rebota. Vuelvo a golpear una y otra vez hasta que se oye un crujido detrás de nosotros y las puertas del armario del pasillo se abren de par en par.

—¡DEJAD A MI NIÑO EN PAZ!

La mujer mayor sale repentinamente del armario, con un chillido y agitando los brazos. Aturdida por la escena, me quedo helada, sin moverme del sitio, hasta que ella da un salto y me clava un par de dientes afilados en el hombro.

—¡Ahhh! —grito, y me sacudo a izquierda y a derecha en un intento por quitármela de encima. Pero ella se aferra a mi cuerpo como si fuera un mono, se retuerce, me muerde y me clava las uñas en el cuello. Le tiro del pelo y me quedo con los mechones en las manos—. ¡Ayudaaa! —chillo mientras le doy manotazos en la cabeza, en las manos, en cualquier parte a la que llegue.

Yusef esquiva al hombre, salta, lanza la pala y golpea a la mujer en la cara. Ella cae con fuerza en el suelo y suena a hueco; yo me quedo con el hombro lleno de babas y sangre.

—¡MA-MÁÁÁ! —grita el hombre.

¿Mamá?, pienso mientras él embiste contra nosotros, con la cara desencajada por la ira.

—¡Cuidado! —chilla Yusef y me empuja a un lado.

¡Fiuuu!

El hacha corta el aire y es como si el filo cantara. Agacho la cabeza y el hacha golpea y raja la encimera.

¡Fiuuu!

Ruedo para quitarme de en medio, el hombre está lanzando el hacha a izquierda y derecha, sin ton ni son.

—¡Atrás! —grita Yusef, que ha levantado una silla al aire para usarla a modo de escudo—. ¡Corre, Mari!

El hombre lo empuja con una sola mano y a Yusef le da un latigazo por el que se golpea la cabeza contra la pared y se queda sin fuerzas en el cuerpo.

—¡NO! —chillo, corriendo hacia él, pero me resbalo con el charco de sangre que ha dejado el hombre por los dedos que le faltan en la mano y me como el suelo.

¡Fiuuu!

El hacha se clava en el suelo de madera, a unos centímetros de mi cabeza. Jadeando y sollozando, rápidamente ruedo y voy a gatas hasta detrás del sofá. El hombre me acecha, la casa tiembla con cada paso que da. Echa el sofá a un lado, como si estuviera hecho de cartón, y agarra el hacha por encima de mí, listo para hacerme pedazos.

Ya está. Me voy a morir.

Pienso en Sammy y en mamá al cerrar los ojos, preparándome para el impacto.

¡Pum!, ¡pum!

Oímos disparos y nos volvemos rápidamente para abrir la puerta principal.

El señor Brown está en el jardín y tiene una pistola, apuntada hacia el aire, que echa humo. Mira fijamente dentro de la casa, perplejo ante la escena.

—¿Señora… Suga? —dice de manera entrecortada, con los ojos como platos.

La mujer tose y se deja caer como una muñeca de trapo.

En la encimera, Yusef gime y yo me abalanzo hacia él.

—¡Dispárale! ¡Dispara al hombre! —grito y me lanzo sobre Yusef. Pero cuando levanto la mirada, ahí no hay nadie. La puerta trasera está abierta.

El hombre se ha ido.

VEINTICUATRO

La señora Suga está sentada en una silla colocada en medio de la sala de estar, rodeada por los servicios de emergencia y la policía. Está mirando fijamente la puerta, absorta, con los ojos inertes y la baba cayéndole por la comisura de los labios. La Bruja no es tan terrorífica como me había imaginado. A la luz, no es más que una señora mayor que da pena. Dado que pesa como una pluma, no la esposan. Pero ellos no han visto la manera en que ha salido de ese armario.

—Sin duda, vas a necesitar puntos —me dice la de los servicios de emergencia—. Y la vacuna contra el tétanos.

En el comedor, me curan la mordedura del hombro mientras otra persona de los servicios de emergencia le echa un vistazo a Yusef, que se está sujetando un paquete de hielo en la cabeza.

—¿Lo has reconocido? —Oigo que le pregunta el agente al señor Brown en el porche.

—No —responde el señor Brown—. Pero, a juzgar por su tamaño… tiene que ser Jon Jon, el hijo más pequeño.

—¿El que decían que tocaba a los niños?

—Mmm, sí —masculla.

Yusef y yo nos miramos de la misma manera.

—¿Has visto en qué dirección se ha marchado? —continúa el agente.

—No. Estaba… Joder. ¿De verdad es la señora Suga la que está ahí?

Me aplican presión en las vendas que tengo sobre la mordedura y me sobreviene el dolor.

La policía ha registrado todas las habitaciones de la casa. Han mirado en todos los armarios, debajo de todas las camas y en el sótano. Ni rastro de Piper. Y el hombre, o Jon Jon, se ha desvanecido delante de nuestros ojos. No era un fantasma. Igual que la señora Suga no es ningún fantasma. Son reales, y todo este tiempo han estado viviendo con nosotros.

—Es que… no me puedo creer que siga viva —susurra alguien en la cocina.

—Yo tampoco. Ahora debe tener… ¿qué? ¿Ochenta años?

Alec va de un lado a otro por el comedor, con las manos sobre las caderas.

—¿No podéis obligarla a que nos diga dónde está Piper y ya?

Mamá junta las manos, con lágrimas en los ojos.

—Lo siento, señor, sigue sin hablar. Pero tenemos varias unidades cubriendo el área. Encontraremos a su niña.

En el vestíbulo de la clínica veterinaria, Buddy consiguió, de algún modo, escupir el par de dedos que le arrancó a Jon Jon de la mano. Mamá les echó un vistazo y se fue corriendo al coche. Volvieron a toda prisa a casa y llegaron justo cuando el señor Brown lanzaba el disparo de advertencia.

—¡Alec!

El señor Sterling permanece en la entrada. Va vestido con otro traje negro intenso, parece como si durmiera con ellos puestos.

—¿Señor Sterling? —dice Alec.

—He venido en cuanto me he enterado —dice con una voz animada—. Gracias a Dios que estáis todos bien.

—Piper sigue sin aparecer —lo corrige mamá con un tono de crispación en la voz.

—Ay, Dios. Qué horror. Pero estoy seguro de que está bien. Tenemos al mejor cuerpo de policía del país. La encontrarán.

—El señor Sterling echa un vistazo por encima del hombro—. Menuda multitud más grande tenéis ahí, esperando.

Fuera, hay decenas de vecinos detrás de la cinta policial que miran la casa boquiabiertos. Hay un murmullo de voces nerviosas que llega dentro. Nuestra manzana, que en su día estaba aislada, parece ahora un concierto al aire libre.

—Y que sigan esperando —suelta mamá—. ¡Tenemos que encontrar a Piper!

—Si queréis, puedo ir a hablar con ellos —se ofrece él de manera casual—. Puedo contarles cuál es la situación y que se tranquilicen. Tal vez puedan ayudar con la búsqueda. Ellos conocen esta zona mejor que nosotros.

Un Alec afectado no hace más que asentir con lágrimas en los ojos.

—Eso estaría muy bien, gracias —dice mamá, que abraza a Alec.

El señor Sterling mete la cabeza en la cocina.

—Vaya, imagínate… Una mujer viviendo en el sótano… Todos estos años.

La señora Suga levanta la cabeza al oír la voz del señor Sterling. Con un chillido ronco, se pone en pie, a la carga, con los brazos apuntando hacia su cuello.

Entonces, todos esos policías que la están rodeando se enteran, por las malas, de que la señora Suga es más ágil de lo que parece.

La multitud se queda en silencio cuando los servicios de emergencias sacan a la señora Suga amarrada a una camilla. Se quedan mirando de puro asombro al ver cómo se llevan a la encarnación física de la leyenda urbana. La señora Suga frunce el ceño ante la multitud, pero luego levanta la vista hacia la casa y el enfado se desvanece de sus ojos; la expresión que tiene en el rostro se transforma en una tristeza profunda, y le tiembla la barbilla. Puede que esto sea lo más lejos que haya estado de su casa en más de treinta años.

A mi lado, Yusef me agarra de la mano y me da un suave apretón.

—Con calma —dice alguien—. No es más que una anciana.

Pero era mucho más que eso.

Un agente se acerca a mamá y a Alec, que están en el porche.

—La vamos a llevar al hospital para que le hagan una revisión y ver si conseguimos que hable. Con suerte, nos dirá dónde está vuestra hija.

La señora Suga no le quita ojo a la casa, incluso cuando se cierran las puertas de la ambulancia.

Yo levanto la mirada hacia la casa de al lado, hacia las enredaderas que susurran al viento.

—¿Cómo sobrevivieron al incendio?

Yusef me mira con las cejas enarcadas.

—¿Qué? —pregunta.

—Dijiste que prendieron fuego a la casa con ellos dentro, así que ¿cómo salieron sin que nadie se diera cuenta?

Yusef levanta la mirada hacia la casa y me rodea la cintura con un brazo. Yo me dejo abrazar en su embriagadora seguridad y ternura.

—Amigos, sé que tenéis miedo. Yo también —el señor Sterling se dirige a la multitud desde el porche como si fuera su púlpito—. Pero tenemos que ser racionales. Este hombre es muy peligroso. Ha secuestrado a una niña, a una niña blanca de corta edad llamada Piper, por lo que tenemos que dejar que las autoridades se hagan cargo de esto.

Hay un revuelo entre la multitud, que está embelesada. Aún no se habían enterado de lo de Piper, y las palabras utilizadas parecen escogidas a propósito para instigar: «secuestrada», «miedo», «peligroso»; «niña blanca de corta edad».

—¡Tenemos a un loco en las calles! —grita alguien.

—¿Os acordáis de cuando tocaba a los niños?

—Aquello fue un rumor, gente. ¿Os acordáis? —dice el señor Brown desde su camioneta, en un intento por calmar los ánimos.

—¿La policía lo ha encontrado ya? —pregunta una mujer con una voz chillona e histérica.

El señor Sterling se mete las manos en los bolsillos, parece afligido.

—Me temo que no —dice—. Y no os voy a mentir, no estoy seguro de que lo vayan a encontrar. Este hombre lleva décadas eludiéndonos.

La multitud suelta un grito ahogado y empiezan a hablar en susurros rápidos.

—¿Qué? ¿Por qué? ¿Cómo?

—¡Tienen que atraparlo antes de que venga a por nosotros!

—¿Qué vamos a hacer? —grita alguien.

La tensión se agudiza, el aire está cargado. Me acerco más a Yusef, que tensa los brazos.

—Bueno, la policía llega hasta donde llega —dice el señor Sterling—. Ahí es donde entráis vosotros. Al fin y al cabo, ¿quién puede mantener las calles a salvo mejor que la gente que vive en ellas?

—¿Qué diablos está haciendo? —masculla Yusef.

Desvío la mirada de nuevo a mamá y a Alec, que miran al señor Sterling con el mismo ceño confundido.

—Ah, y… no sé… —sopesa el señor Sterling, haciéndose el tímido y encogiéndose de hombros—, a lo mejor, para que sea más fácil encontrarlo, deberíamos hacer lo que hicimos por aquel entonces. —Una pausa—. Sacarlo a base de humo.

La multitud se muestra anonadada ante la sugerencia, pero poco a poco van asintiendo, mostrando su conformidad.

—Mierda —masculla Yusef.

—Eso es —grita el señor Stampley—. ¡Vamos a pegarle fuego!

Todos aclaman al unísono.

—¿Qué diablos estás haciendo? —grita Alec agarrando al señor Sterling por el brazo—. Mi hija está ahí fuera y tú estás incitando a una turba.

El señor Sterling sonríe y le da un golpecito a Alec en el hombro.

—Venga, Alec, yo no me preocuparía tanto por eso. Estoy seguro de que estará bien. La buena gente de Maplewood irá con cuidado. No permitirán que le ocurra nada a tu hija. Pero no podemos tener a un loco andando por las calles. Piensa en los niños.

—¡Eso hago! ¡Estoy pensando en MI niña!

El señor Sterling no dice nada, solo recorre con la mirada los diferentes rostros que hay en el porche. Luego, sonríe.

—Bueno. No parece que a mí me quede mucho que hacer por aquí. Supongo que… me iré a casa.

Alec arremete contra su cuello y a mamá le cuesta trabajo refrenarlo.

El señor Sterling me sonríe y vuelve caminando hacia su coche.

Nos la ha jugado.

Mientras tanto, la multitud se vuelve más intensa.

—Pero bueno, ¿qué hacéis aún aquí? —grita el señor Stampley—. ¡Vamos a por ese hijo de puta!

—Yo tengo gasolina en casa —ofrece alguien.

—No. Ay, no —masculla Yusef, que va corriendo hacia la gente, y yo lo sigo.

—¡Yo tengo fuegos artificiales!

—No puede estar en las calles, así como así. ¡No!

—¡Las niñas! ¡No van a estar a salvo! —advierte una mujer de modo febril—. ¡Tenéis que hacer algo! ¡Tenéis que encargaros de esto!

—¡Esperad! —dice Yusef, subiéndose a la parte trasera de su camioneta—. ¡No lo hagáis! Ya habéis visto lo que pueden hacer los incendios. ¡Pueden arrasar el vecindario entero!

—Pero ¿qué haces, hombre? —le grita el señor Brown al señor Stampley, agarrándolo por el cuello de la camisa—. ¿Y si se extiende el fuego? La gente de aquí apenas puede salir adelante ahora. No podemos ir pegándole fuego a todo, ¡no nos quedará nada!

—Sabes que no puede seguir con vida —dice el señor Stampley en voz baja, sacándose sus manos de encima—. Sabes que no. A no ser que quieras que tu padre termine en Big Ville.

Al señor Brown se le ponen los ojos como platos. Algo pasa entre ellos. Retrocede al mismo tiempo que la concurrencia se dispersa. La caza de Jon Jon ha empezado.

Mientras Yusef continúa suplicándole a todo el mundo, veo al señor Watson entre la gente, mirando fijamente a la ambulancia de la señora Suga, que se aleja. Voy corriendo y le bloqueo el campo visual.

—Tú lo sabías —siseo.

El señor Watson abre la boca, luego se quita el sombrero y lo deja en sus manos.

—No… No estaba seguro.

—¡Cómo! Había una familia entera viviendo en nuestro sótano ¿y no lo sabías?

—La fundación… nos dijeron que no fuéramos nunca al sótano. Nos obligaron a firmar unos documentos y nos dijeron que habían puesto cámaras. Y que, si bajábamos, nos demandarían y nos lo quitarían todo. Pero… había algo en todo eso que no me parecía bien.

—¿Por eso aparcabas en nuestra manzana por las noches?

El señor Watson clava la mirada en el suelo por la vergüenza que siente.

—Sí. Me preguntaba si vosotros veíais u olíais las mismas barbaridades que yo. No podía dormir por las noches pensando en ello. Si de verdad fuera un fantasma, pensaba que ya os habríais ido.

De repente, los agentes de policía que han entrado en tropel en nuestra casa están saliendo ahora de la misma manera que los obreros cuando finalizaban su jornada.

—¡Oye! —grita mamá—. ¿A dónde vais?

Un agente se detiene para dirigirse a ellos en el jardín.

—Nos han dicho que nos repleguemos y evacuemos el área.

—¿Qué? ¿Por qué os marcháis? ¡Está claro que aquí va a pasar algo!

El agente se encoge de hombros.

—Solo seguimos órdenes. Si yo fuera usted, también me marcharía. Este lugar está a punto de llenarse de humo. La manera en que esta gente se amotina... parecen animales.

—¿Esta gente? —grita Alec, que se une a mamá—. ¡Son los ciudadanos a los que se supone que servís y protegéis! ¡No podéis iros sin más!

El policía se vuelve a encoger de hombros.

—Como he dicho, les sugiero que salgan de aquí mientras puedan.

Alec sacude la cabeza, furioso.

—¡No sin mi hija!

—Allá usted. Están hablando de cortar las carreteras. Nadie va a poder entrar o salir de Maplewood esta noche.

En la calle solo quedan algunas personas. Yusef acude a mí corriendo.

—Vamos a ver si conseguimos que vengan los bomberos. No vendrán a no ser que insistamos y no los dejemos en paz.

—¿Y qué pasa con Piper? ¡Tenemos que encontrarla! —digo yo.

Yusef señala a mis padres.

—Deberíais dividiros para ir a buscarla —contesta—. Cali, no puedo dejar que arda mi ciudad. ¡Es todo cuanto tenemos!

Eso lo sé mejor de lo que piensa. El señor Brown se dirige hacia allá, con sudor en la frente.

—Yusef, ve en coche hacia la parte este. Yo iré hacia Midwood. Necesitamos toda la ayuda que podamos conseguir. —Se gira hacia lo que queda de la multitud—. El resto, ya sabéis lo que tenéis que hacer. Preparad vuestras cosas por si acaso os tenéis que marchar. Usad las mangueras.

La gente se dispersa y vuelve a paso ligero hacia sus hogares. Yusef me agarra de la mano y me abraza con fuerza.

—Te prometo que en cuanto consiga que vengan los bomberos —susurra—, volveré para ayudar a buscar a Piper. La vamos a encontrar.

Asiento y me aguanto las lágrimas que quiero soltar por los nervios. Después, dejo ir el único pedazo de seguridad que tengo y veo cómo va recorriendo la calle a toda velocidad.

—Marigold —grita mamá a mis espaldas, con las llaves en la mano, mientras van corriendo hacia el coche—. Alec y yo vamos a ir en coche a ver si encontramos a Piper. Quédate aquí por si acaso vuelve.

—No —vocifero y los sigo—. ¡Yo también voy a buscarla!

—No, Mari —insiste Alec, con los ojos inyectados en sangre—. No es seguro.

—¡Divide y vencerás! —contesto—. ¡Tenemos que trabajar juntos para encontrarla antes de que sea demasiado tarde!

Mamá me mira fijamente a los ojos y asiente, rindiéndose.

—Vale, está bien. No te vayas de Maple Street y llámame si te encuentras con algún problema.

—Por favor, Mari —ruega Alec—. Por favor, ve con cuidado.

Se meten en el coche y yo me quedo en la ventanilla del lado del conductor.

—Lo siento —suelto—. No debería haberla dejado sola.

—Escúchame —dice Alec, sujetándome las manos—. Esto no es culpa tuya. Vamos a encontrar a Piper. Y entonces vamos a salir de aquí por piernas. Juntos. ¿Vale?

Asiento y gesticulo «vale» con la boca. Luego, se alejan por la entrada para vehículos.

En cuanto los pierdo de vista, de repente me acuerdo de que mi teléfono sigue estando en casa de Yusef. Pero Piper podría estar en cualquiera de estas casas. Y quién sabe cuándo volverá la turba. Tengo que intentarlo.

Dentro de casa, el hacha del señor Stampley sigue estando en el suelo, donde Jon Jon la dejó. La agarro junto con una linterna y voy corriendo a toda velocidad hacia el jardín secreto. Tengo que revisar todas las esquinas de todas las casas que hay en esta manzana. Piper no puede haberse ido lejos.

La temperatura ha bajado, me sale vaho por la boca, y las casas de Maple Street parecen más *creepy* que nunca, si es que tal cosa es posible. Tal vez sea porque no sé quién más podría estar merodeando por ahí, como sombras que no podemos ver. Los pasos que doy hacen eco en este extraño y pulsante silencio. Voy saltando por las grietas que hay en la acera y, justo cuando estoy a punto de adentrarme entre los arbustos, me llama la atención algo que veo en la calle. Es un palé cubierto con una lona *beige* que está en la esquina de Sweetwater, como si fuera un regalo enorme de cumpleaños que alguien ha olvidado. El color desentona y sobresale entre los escombros y la basura que hay en la calle.

Me acerco más para investigarlo y levanto la lona. Parece que lo que hay son materiales cualesquiera: un montón de ladrillos, leña, astillas y una lata enorme de gasolina.

Oigo el chillido de un fuego artificial subiendo hacia el cielo, que lo ilumina de rojo.

Dos manzanas más allá, hay un palé similar debajo de una farola. Son todas las herramientas necesarias y nuevecitas para pegarle fuego a tu propia ciudad. Entonces me doy cuenta de algo: este era el plan de la fundación desde el principio. Ellos sabían que la señora Suga y Jon Jon seguían con vida. Sabían que la gente de Maplewood haría cualquier cosa con tal de mantenerse a salvo. Y dejar que sean ellos quienes quemen sus propias casas es una manera fácil de deshacerse de toda una comunidad, además de que les brindaría la oportunidad perfecta para construir una nueva Cedarville. Pero primero tenían que encontrar a alguien lo bastante ingenuo como para que se mudara a Maple Street y, así, poner la cosa en marcha. Alguien que no fuera de aquí y que necesitara una casa gratis de manera desesperada. Mi familia ha sido el anzuelo, hemos sido títeres en sus manos.

Fin de la farsa.

El aire de la noche huele a leña quemada. A la distancia, veo el resplandor de la primera casa que echa humo. Una multitud vitorea. La turba avanza rápido, demasiado rápido. Pronto volverán a esta manzana. Tengo que encontrar a Piper, y deprisa. Si Yusef no puede convencer a los bomberos para que vengan, puede que no salgamos de aquí con vida.

Dentro del jardín secreto, las macetas están vacías, y mis herramientas improvisadas, en una pila al lado de la puerta.

—Piper —la llamo—. Piper, ¿estás aquí?

Apunto con la linterna hacia abajo y me doy cuenta de que hay una serie de huellas en el polvo que se dirigen hacia la parte delantera de la casa.

Estas huellas no son mías.

Sigo los pasos y atravieso la cocina, el comedor y las escaleras; giro una esquina y me sorprendo al ver un conjunto de estanterías en lo que parece ser la sala, cuyas ventanas dan a Maple Street. Es igual que nuestra casa, excepto que una de las estanterías está torcida respecto a las otras. Y es el punto exacto en el que las huellas parecen detenerse. Golpeo la pared con el nudillo y luego con el pie. Está hueca.

Utilizo el cabezal del hacha para empujar a un lado la estantería, que, sorprendentemente, es muy ligera, y me encuentro con una alcantarilla y una escalera de metal.

—¿Piper? —la llamo, y mi voz me devuelve el eco.

Mierda.

Me trago el miedo, me meto la linterna en la camisa y bajo la escalera. Un paso, dos pasos y llego a una catacumba individual. El túnel es alto y estrecho, y las paredes están hechas de varios materiales: rocas, cemento, fragmentos de ladrillos, cristal y miles de chapas de botellas. Apunto la linterna a lo largo del túnel, pero solo llega a unos metros de distancia. Después de eso, está completamente a oscuras.

—¿Hola?

En algún lugar cercano hay agua goteando y haciendo eco. Agarro con fuerza el hacha y empiezo a caminar. El túnel se va ensanchando a medida que voy avanzando. Llego a un claro con dos entradas separadas, una bifurcación en el camino. ¿En cuál estará Piper?

—Mierda —mascullo y oigo el eco de mi voz.

Hay algo que se mueve frente a mí en la oscuridad y me giro rápidamente en esa dirección.

—¿Hola? —grito—. ¿Piper?

Pierdo el valor y estoy a punto de salir corriendo, pero entonces veo un ligero resplandor de luz a lo lejos. Voy corriendo hacia ella, con la linterna balanceándose; el túnel se va estrechando y mi respiración se vuelve entrecortada.

Por favor, que esté ahí. Por favor.

Al final hay un tramo corto de escaleras y una puerta hecha de madera fina y combada. Solo está abierta por una rendija, y por ahí se escapa la luz. Me quedo mirando fijamente la puerta con el corazón acelerando y la mano en alto, petrificada.

¿Has atravesado un túnel oscuro a pie que no lleva a ninguna parte y te da miedo un cacho de madera?

—No es más que madera, no es más que madera —canturreo suavemente, tragándome todos los datos sobre las chinches que amenazan con aparecer.

Empujo la puerta con el hombro y me doy de bruces con... un sótano. Pero no es cualquier sótano... ¡Es el sótano de nuestra maldita casa! Las camas improvisadas están exactamente donde las vi antes, la vela consumiéndose. Me doy la vuelta y fijo la mirada en las grandes estanterías que esconden el túnel secreto.

Detrás de mí siento ese apestoso olor, inconfundible y familiar, y me lloran los ojos. Las lágrimas me brotan al instante.

Ay, no.

Me doy la vuelta y ahí, encorvado en la esquina, camuflado con la oscuridad, está Jon Jon. Un gigante altísimo, a punto de matarme.

VEINTICINCO

Aquí es donde la cagué. Mira, yo creí que Jon Jon ya se habría ido hace tiempo, que habría huido de la turba que intentaba pegarle fuego a la ciudad. Es lo que yo haría. Ya sabes, algo racional.

Pero no estamos hablando de una persona que sea racional. Estamos hablando de un tipo que se ha pasado varias décadas escondido en nuestro sótano con su madre. Esto tiene toda la pinta de ser como *Psicosis*, de Alfred Hitchcock.

Jon Jon dirige sus ojos amarillos hacia el hacha que llevo en la mano y mueve mucho la mandíbula. En un instante, el sótano se encoge hasta el tamaño de un armario y se me contraen los pulmones. El hombre podría vencerme con facilidad, agarrar el hacha y hacerme pedazos. Pierdo todo el color del rostro al darme cuenta de que esta es la segunda vez que estoy a punto de morir hoy.

Pero no lo va a conseguir tan fácilmente. Levanto el hacha como si fuera un bate, cambio de postura y escupo entre dientes:

—¿Dónde está Piper?

Jon Jon hace una mueca y estira el cuello como para escuchar mejor.

—Por favor —le ruego—. ¡Dime dónde está!

Él parpadea varias veces y luego levanta los brazos. Se ha cubierto las manos ensangrentadas con un trozo de cortina. Yo agarro el hacha y retrocedo.

—No quiero hacerte daño. No quiero —digo, sacudiendo la cabeza, con la voz temblorosa—. Pero... por favor. Es solo una niña.

Jon Jon da un paso adelante y yo chillo mientras arqueo el hacha hacia atrás.

—Es-es-espera —suplica, estremeciéndose—. B-b-buscas a tu hermana, ¿no?

Me quedo con la boca abierta y me preparo para corregirlo. Pero tiene que saber lo importante que Piper es para mi familia... y para mí.

—Sí —jadeo—. Estoy buscando a mi hermana.

El cambio es bueno. El cambio es necesario. Necesitamos un cambio.

—P-p-puedo llevarte a donde está —dice, asintiendo con la cabeza, haciéndome señas con las manos para que me acerque.

Ojeo sus manos sucias y sus uñas largas y llenas de lodo, y agarro el hacha con más fuerza.

—¿Cómo sé que puedo fiarme de ti? —escupo mientras avanzo muy lentamente hacia los escalones, por si acaso tengo que intentar fugarme.

Un ruido fuera consigue que ambos giremos la cabeza hacia la puerta del sótano. Son voces gritando. Jon Jon sube las escaleras corriendo.

—¡Espera! ¿A dónde vas? —grito y lo sigo. Para ser un tipo tan grande, cuando quiere, puede moverse bastante rápido y ser silencioso.

Un cristal se rompe tan cerca que parece ocurrir dentro de la casa.

Jon Jon pasa volando por el pasillo y se mete a hurtadillas en la sala. Se abraza a la pared y mira a través de la persiana.

—Mira —susurra, llamándome.

Me mordisqueo el labio, pero luego sigo su señal; me mantengo cerca de la pared y miro por la ventana.

Fuera, una multitud se concentra alrededor de la casa del jardín secreto. Han encontrado el palé y están haciendo buen uso de él. Están lanzando ladrillos por las ventanas, que ya están rotas, y están encendiendo astillas empapadas en gasolina.

—Esa era la casa de mi hermana —dice Jon Jon de manera monótona y con un rostro indescifrable.

Dentro, el humo sale en forma de nubes, las llamas se hacen más grandes y el fuego se está comiendo las cortinas enmohecidas. Toco la ventana y veo cómo arde. «También era la mía», quiero decir. Mi jardín secreto, un lugar en el que planté mis sueños, por muy ridículos que fueran.

Jon Jon se separa de la pared.

—¡T-t-tenemos que darnos prisa!

Atraviesa corriendo el pasillo, ligero como una pluma, de vuelta al sótano, y yo voy corriendo tras él. Jon Jon abre la última estantería. Otro túnel.

—Ven. Ven —insiste, intentando meterme dentro—. Es por aquí.

—¡No! —vocifero—. ¡Dónde está Piper!

—Intento decírtelo —dice con palabras titubeantes—. Te digo que esperes. Ven. Te lo enseño.

Miro hacia dentro y luego señalo con la barbilla hacia la entrada.

—Tú primero. —No pienso dejar que lleve ventaja sobre mí.

Él asiente superrápido, se encorva y entra. Yo agarro el hacha con más fuerza y lo sigo. Este túnel es más estrecho que el otro, pero, de algún modo, está más cuidado y es más cálido. Hay una guirnalda de viejas luces navideñas que cuelga a lo largo de la pared de piedra y que ilumina el camino. Aun así, mantengo dos metros de distancia entre nosotros.

Jon Jon mira hacia atrás, hacia mí, con una sonrisa nerviosa, y avanza arrastrando los pies.

—Este mejor, ¿no? ¿Mejor?

¿De verdad está buscando aprobación ahora mismo? Tengo un hacha apuntada hacia su cabeza.

—Sí —mascullo—. Mejor.

—Papi construyó los túneles hace mucho mucho tiempo.

—¿Por qué? —suelto, incapaz de controlar mi curiosidad.

—Papi odiaba el frío. Hizo los túneles para que pudiéramos ir de un sitio a otro en invierno. Le llevó casi dos años.

De repente, se detiene y se da la vuelta con el ceño fruncido. Me estremezco, retrocedo y agarro con más fuerza el hacha.

—¿A dónde se llevan a mami?

Tranquila, Mari.

Tengo que ser estratégica. Cualquier mención a su madre podría volver a convertirlo en Hulk y no hay suficiente espacio como para luchar contra él.

—Mmm… a un hospital.

—Ah. ¿Volverá?

Trago saliva.

—N… no lo sé.

Jon Jon se frota las manos juntas, pensando mucho.

—Mami… ya no es la que era. Le dije que dejara a la niña en paz, pero no podía. Sigue enfadada. Pero no era su intención.

—Estuviste en mi habitación —digo con los ojos entrecerrados.

—¿Sí? —Parpadea varias veces—. Ah. Ehhh… Mami dice que a veces soy sonámbulo. Esa… era mi habitación, cuando era pequeño.

—¿Por qué lleváis todo este tiempo intentando darnos un susto así de grande? ¿Qué diablos era todo eso?

Jon Jon se mete las manos en los bolsillos llenos de agujeros y no me mira a los ojos.

—El hombre dijo que, si os echábamos, no nos tendríamos que ir nosotros. Que nos podríamos quedar.

—¿Qué hombre? —pregunto.

—No sé. Me lo dijo mami. Dijo que el hombre tenía muchas casas.

El señor Sterling… tiene que ser él. Quizá por eso la señora Suga intentó atacarlo.

—Pero… ¿cómo sabía que seguíais con vida?

Se encoge de hombros y dice:

—No sé. Lo sabía… y ya. Llevaba mucho tiempo sabiéndolo.

Todavía escéptica, doy otro paso atrás.

—¿Y por qué me estás ayudando ahora?

Jon Jon se retuerce y mueve nerviosamente el hombro.

—Mami… fue demasiado lejos. Le hizo daño a ese niño pequeño. Nosotros no hacemos daño a los niños. Pero… es mi mami.

Aparta los ojos rápidamente, con la boca temblando. A la luz, me doy cuenta de que el poco pelo que le queda es todo cano. Luego me acuerdo de que acusaron a Jon Jon de tocar a niños en el vecindario. De que todo el mundo se volvió contra él y al final resultó ser una mentira. ¡Era tan joven cuando ocurrió aquello! Respiro hondo y bajo el hacha mientras me recuerdo a mí misma que, aquí, él no es el verdadero monstruo. Los monstruos de verdad lo hicieron ser así.

—Lo sé —digo en un murmullo.

Jon Jon se muerde el labio y avanza rápidamente arrastrando los pies. Noto que el camino se está inclinando y agarro el hacha bajo el brazo. Al final del túnel, Jon Jon empuja una pared pintada para que parezcan rocas. Cruje, se abre completamente y nos adentramos en la oscuridad.

—Cuidado —advierte—. La madera no es muy buena.

Mientras la vista se me va ajustando, asimilo lo que me rodea. Estamos en otra casa. Es diferente, pero tiene una configuración parecida. Da la sensación de que estemos dentro de una enorme chimenea de ladrillos. Las paredes están ennegrecidas, los muebles están chamuscados y la madera, podrida. La poca luz que hay brilla a través de las rendijas de las ventanas tapiadas, llenas de enredaderas trepando.

Estamos en la casa de al lado.

Doy un paso y Jon Jon lanza las manos para detenerme. Señala hacia el techo, hacia el enorme agujero que han dejado la segunda planta, la tercera y el tejado al ceder, de modo que lo que había dentro de la casa ha caído al vestíbulo. El aire, denso y enmohecido, sigue conteniendo algo de humo, incluso después de todos estos años.

Levanto la mirada hacia las estrellas, pero rápidamente la vuelvo a bajar hacia el túnel. O sea que así sobrevivieron a los incendios. Se escaparon y no los volvieron a ver.

Las ventanas tapiadas amortiguan las voces de fuera, pero la turba está cerca, y esta debe ser la siguiente casa que tengan en la lista. Tenemos que darnos prisa.

—¿Dónde está Piper? —pregunto rápidamente.

Jon Jon está nervioso, buscando algo en la habitación.

—Mami la ha traído aquí, pero… No sé dónde la ha dejado.

—¿Piper? —grito, y suena eco.

Pum. Pum.

Al oír esos ruidos, ambos levantamos la cabeza rápidamente. Yo me encojo y se me paralizan los brazos.

Son los mismos golpes que en el sueño que tuve.

—¿Hay… alguien… ahí? —digo en un murmullo, con la espalda tensa.

Jon Jon sacude la cabeza.

—No. Solo mami y yo —contesta.

Cierto. No queda nadie de su familia. Durante todos estos años han estado solos… hasta que nosotros nos mudamos a Maple Street.

Fuera, las voces suenan más alto.

—¡AQUÍ ES DONDE EMPEZÓ TODO!

Jon Jon agacha la cabeza como si pudieran verlo a través de las paredes.

—No no no no —gimotea. Se cubre las orejas y se hace un ovillo en el suelo.

Quizá debería decirles que estamos aquí dentro. Tal vez podrían ayudarnos a encontrar a Piper. Pero luego echo un vistazo a Jon Jon y me doy cuenta de que no van a escuchar nada de lo que les diga. Están actuando desde el miedo; están sedientos de sangre.

Pum. Pum. Pum.

Doy vueltas alrededor de Jon Jon. Pese al agujero, el resto de la planta parece ser relativamente estable y de madera maciza. Pero la escalera principal es un montón rebosante en medio del vestíbulo, por lo que tiene que haber otra manera de subir.

—Jon Jon, ¿cómo voy a la planta de arriba? —susurro.

—No no no no —gimotea él mientras se mece adelante y atrás.

A nuestro alrededor oímos el eco de un chillido estridente y luego, un estruendo. Por encima de nosotros lanzan fuegos artificiales y la habitación se ilumina de rojo. Jon Jon se cubre la cabeza como si hubieran lanzado una bomba. Está balbuceando demasiado alto. Nos van a descubrir, y yo necesito a Jon Jon para encontrar a Piper.

La luz de las antorchas de la turba se cuela por las rendijas que hay en las ventanas tapiadas.

—Jon Jon, por favor. Tenemos que movernos.

Él cierra los ojos y sacude la cabeza. Las voces, el fuego, el humo… Está aterrorizado, reviviendo su peor pesadilla otra vez. Me inclino frente a él.

—Jon Jon, te lo juro: no voy a dejar que te hagan daño. Te voy a sacar de aquí. Pero ¡tenemos que encontrar a Piper!

Él sacude la cabeza, con fuerza.

—No, no, no… Me lo merezco. Me lo merezco.

—Tú no te mereces nada de esto. No te mereces hacerte daño después del daño que te han hecho ellos.

Jon Jon llora.

—No, no, no. Nosotros matamos a ese niño. Solo queríamos que nos devolvieran nuestra casa. Y lo matamos.

—¿A quién? ¿A Sammy? ¡Sammy está vivo! ¡No lo habéis matado!

Jon Jon deja de balancearse el tiempo suficiente como para mirarme.

—Está vivo, te lo juro —le repito—. No le habéis hecho daño a nadie. Pero si no salimos de aquí, Piper podría morir. Yo podría morir. ¿Es eso lo que quieres?

Jon Jon se detiene para pensarlo. Por fin se pone en pie, se limpia la cara y señala hacia la parte de atrás.

—P-p-p-por aquí —tartamudea, y recorre el pasillo arrastrando los pies.

A nuestras espaldas, los ladrillos se nos precipitan. Nos adentramos aún más en la casa, corriendo, y nos escondemos detrás de una pared.

En la cocina hay un tramo de escaleras que conduce a la segunda planta. Subimos a paso ligero. Me asomo al agujero para mirar hacia la primera planta. Han arrancado dos de los tablones del salón. Oímos un cristal rompiéndose y la habitación estalla en llamas.

Ay, no…

—Tenemos que irnos —suelta Jon Jon.

—¡No! No sin Piper. ¿Dónde la dejaría tu mami?

Jon Jon mira alrededor, abrumado.

—¡Piper! —la llamo.

Pum, pum. Pum, pum.

Piper tiene que oírnos. Nos estamos acercando.

—¿Qué hay ahí? —pregunto señalando una puerta que hay a la derecha del agujero.

—El estudio de papi.

Nos abrazamos a la pared y caminamos por la cuerda floja sobre lo que queda del suelo. Las llamas, que cada vez son más grandes, amenazan con lamernos los tobillos.

Lanzan otros dos cócteles Molotov, y el fuego es abrasador. La casa se llena de humo negro. Jon Jon mira fijamente las llamas, sollozando. Está aterrorizado. No debería haberlo obligado a hacer esto.

—Jon Jon, puedes irte —le digo—. Yo la encontraré, ¡no te preocupes!

Él sacude la cabeza y sigue moviéndose. Tiene la cara cubierta en sudor, el calor es sofocante.

—¡Está aquí! —dice Jon Jon, y entra de golpe en la habitación. Pero el despacho está oscuro y vacío. Hay una ventana rota y un gran escritorio de caoba cubierto de plumas de pájaro. Doy un paso atrás hacia el pasillo y escucho.

—¡Vamos a separarnos! —grito—. Tú ve a mirar ahí abajo y yo comprobaré esta habitación.

Jon Jon asiente y consigue rodear el agujero. Yo abro la puerta de al lado y me doy de bruces contra una cama de matrimonio de cuatro postes, encima de cuyo colchón lleno de polvo hay latas de sopa. Echo un vistazo al suelo. Hay huellas.

—¿Piper?

Pum, pum.

—¡Espera! ¡Está aquí! —grito hacia el pasillo.

El sonido… viene de detrás de la cama, que está bloqueando una puerta tras ella.

—Piper, ¡aguanta! Voy a…

Y en cuanto agarro el colchón, las veo. Son chinches. Esta vez, de verdad. Hay toda una familia reunida en la esquina, las manchas de sangre parecen pintura negra esparcida.

—Ayyy… Ayyyy, Dios —gimoteo; suelto el colchón y me estampo contra la pared. Me agarro la muñeca, tengo la mano agarrotada. Me la miro fijamente. Tengo la piel cubierta de huevos invisibles. Intento mover la boca para pedir ayuda. ¿Dónde está Jon Jon? ¿Se ha ido? ¿Ha huido? Ni siquiera lo culpo.

Pum, pum, pum, pum.

Corre, corre, corre, sal de aquí, ahora van a por ti, necesitas lejía, un secador de pelo, quemar la ropa, no puedo respirar, necesito aire, no, necesito agua caliente, corre, corre, corre…

Pero Piper… No puedo dejarla.

Con un sollozo, aguanto la respiración, agarro el colchón y lo empujo fuera del somier. Luego, utilizando todo mi peso corporal, echo a un lado el bastidor de la cama con el hombro. Chillo, me muero de ganas de que termine esta pesadilla. *¡Despierta! ¡Despierta!*

Jon Jon entra corriendo, se pone detrás de mí y aparta el bastidor a un lado con facilidad, por lo que libera el camino hacia la puerta.

—Piper, estoy aquí —digo con dificultad, tosiendo por el humo y meneando el mango. Está cerrado con llave—. Piper, ¡échate para atrás!

Arqueo el hacha hacia arriba y la bajo para golpear el mango. Lo hago otra vez y el mango se desprende. Jon Jon mete los dedos en ese hueco, los menea y abre la puerta de golpe. Y en la esquina del armario... está Piper, atada por las muñecas y los tobillos, y con la boca amordazada. Tiene los ojos desorbitados y grita a través del trozo de tela sucio. Nos afanamos para liberarla, y luego salta a mis brazos, sollozando.

—Lo siento, lo siento —llora y tose, y entonces nos ponemos todos a toser.

La casa tapiada se está llenando de humo, que está subiendo y nos asfixia cuando nos dirigimos hacia el pasillo.

Nos acercamos a la parte delantera de la casa. Puedo ver el cielo de la noche, los fuegos artificiales echando chispas azules sobre nosotros, el humo negro arremolinándose.

—Por aquí —dice Jon Jon mientras abre otra puerta que baja al pasillo, por donde nos hace pasar, y la cierra de golpe. La habitación está completamente a oscuras. No puedo ver la mano a un palmo de mí. Piper se aferra a mi cintura.

—¿Cómo vamos a salir de aquí? —se lamenta Piper.

No tengo ni idea. El fuego es enorme, demasiado. Puede que ardamos intentando volver al túnel.

¡Buuuum!

Piper chilla y se aferra con más fuerza.

—¿Qué ha sido eso? —pregunta.

Oímos otro ¡buuum! y el sonido de la madera astillándose.

—¿Jon Jon?

¡Buuuum! Jon Jon estampa su hombro contra una ventana tapiada. La tabla vuela en la noche y el aire dulce se cuela dentro.

—Venga —le digo a Piper, agarrándola de la mano, y ¡crac! El suelo de madera se rompe bajo mis pies y se traga una pierna. Me caigo por ahí, pero consigo agarrarme a los lados. Las llamas me abrasan las piernas y no hay nada debajo de mí.

—¡Ahhh!

—¡Mari! —grita Piper, agarrándome los brazos—. ¡Noooo! ¡Ayuda!

Jon Jon se acerca de un salto y, con una sola mano, me levanta. Tengo los *leggings* salpicados de chispas, que apago con la mano mientras pataleo con furia; y el tobillo lleno de sangre en la zona en la que me he cortado con la madera. Jon Jon se arranca un trozo de la camisa y me la coloca alrededor de la herida. El dolor es cegador. Me muerdo el brazo cuando la aprieta en un intento por detener la hemorragia. Una grieta parte la habitación en dos, como si estuviéramos encima de un lago cubierto por una fina capa de hielo. El fuego chisporrotea debajo de nosotros. Toda la planta va a ceder en cualquier momento. Aparto las manos de Jon Jon.

—¡No hay tiempo! ¡Tenemos que salir de aquí!

Jon Jon asiente y me ayuda a ponerme en pie. Chillo apretando entre dientes, la sangre cae sobre la zapatilla y atravieso la habitación cojeando. Piper tose y yo la empujo para que se acerque a la ventana. Es una caída de dos pisos, y la parte trasera de la casa es una jungla de enredaderas y árboles.

—Cuidado, pequeña —le dice Jon Jon a Piper con una sonrisa llena de orgullo mientras la sube al alféizar. Tira de una rama que está cerca—. Agárrate a esto.

Siguiendo la idea que ha tenido, me subo a una de las ramas bajas; mi tobillo se queja al acercarme y abrazar el tronco del árbol con compasión. No puedo bajarlo, así no. Piper consigue llegar hasta donde estoy yo y nos sentamos una al lado de la otra.

—Aguanta —jadeo y la rodeo con un brazo—. No te sueltes.

Con la cara brillante por el sudor, Piper vuelve a mirar hacia la ventana.

—Venga, Jon Jon —dice Piper, alargando el brazo hacia él.

Pero Jon Jon sacude la cabeza. No lo hace porque esté petrificado, sino que parece más bien resuelto.

—¿Qué haces? ¡Venga!

Él vuelve a sacudir la cabeza. Sé lo que está pensando.

—No —vocifero—. ¡Tú vienes con nosotras! Lo entenderán. ¡Te ayudaremos!

De repente, una luz blanca y brillante ilumina el rostro de Piper, y ella se estremece con un grito; casi se cae.

—¡Esperad! —grito, agarrándola del brazo mientras la linterna va de una a la otra.

—¡Oye! —grita un hombre desde el suelo—. ¡Oye, gente! ¡Hay unas niñas por aquí!

Jon Jon se aleja de la ventana y se queda escondido. No va a venir. Si salimos juntos, lo atraparán. Y con lo locos que están estos de la turba, puede que no lo entreguen a la policía.

—¡Escóndete! —susurro mientras agarro a Piper—. ¡Tienes que esconderte!

Jon Jon alterna su mirada entre Piper y yo, y luego se va corriendo hacia las llamaradas, rodeando el borde del enorme agujero, y vuelve a bajar por las escaleras.

—¡Saltad, chicas! —grita el hombre que tenemos debajo, que ahora tiene a la multitud con él—. ¡Saltad! ¡Os agarraremos! ¡Saltad ya!

Echo un último vistazo a través de la ventana y veo un destello de Jon Jon, que está corriendo hacia el túnel… y tiene la ropa en llamas.

Veintiséis

El abuelo de Yusef es quien abre la puerta a la que desesperadamente llamamos. Nos mira a través de las lentes trifocales, impasible. Piper se coloca detrás de mí y esconde la cara.

Apestamos a humo y tenemos la ropa cubierta de ceniza negra. La mordedura que tengo en el hombro está sangrando y tengo el tobillo hecho un desastre y lleno de sangre. Al final de la calle, la turba está pegándole fuego a otra casa y vitorea al verla arder. Rodeo con el brazo a Piper, que está temblando, y levanto la barbilla.

—¿Podemos pasar? Por favor.

El abuelo masculla algo y abre más la puerta.

Rápidamente, meto a Piper dentro y voy cojeando directamente al baño. Ya, a nuestra casa no le habían dado fuego (aún), pero no me sentía segura quedándome ahí sola. El abuelo de Yusef arrastra los pies hasta el salón, arañando el suelo con las zapatillas. La televisión está puesta con las noticias locales.

—No debería dejar entrar a desconocidas a estas horas de la noche —refunfuña, dejándose caer en su sillón—. Es una locura lo que está ocurriendo ahí fuera ahora mismo. Un puñado de rufianes corriendo por las calles.

Me quito la zapatilla y el calcetín, me retiro el vendaje improvisado de Jon Jon y meto el tobillo en la bañera. Abro el grifo. Sorbo aire entre los dientes mientras la sangre brillante se arremolina alrededor del desagüe.

. Piper está sentada en el borde de la bañera. Me observa con el rostro pálido y los ojos vidriosos.

—Pensaba que era mi amiga —dice sorbiendo por la nariz.

—Ya —suspiro y agarro un montón de papel higiénico para secar a toquecitos el corte—. Lo sé.

Piper baja la mirada hacia las manos y dice con la voz rota:

—¿Por qué no le caigo bien a nadie?

Ver a Piper berreando me parte el corazón.

—Piper, a mí me caes bien —digo, y me siento a su lado.

—No es verdad. Tú me odias —se lamenta—. Debería haber muerto en ese incendio. Sammy y Buddy están heridos y es todo por mi culpa.

—No es tu culpa. Ella te engañó. ¿Por qué ibas a hacerte daño a ti misma por un… error?

Qué ciertas suenan esas palabras. Incluso para mí.

—Pero no tengo amigos. —Solloza y le entra el hipo.

—Bueno, yo soy algo más que tu amiga. Soy tu hermana. Somos hermanas. Y eso quiere decir que tenemos que cuidarnos la una a la otra. Ambas tenemos que esforzarnos más, porque ahora somos nosotras contra todo el mundo, ¿vale?

Piper asiente suavemente, se seca los ojos y me señala el tobillo.

—La abuela dice que tienes que curar las pupas para que no se ensucien o te pondrás malita.

Sonrío.

—Eso es cierto. ¿Me ayudas?

Hurgamos en el cajón del lavamanos y encontramos alcohol de limpieza. Me muerdo el puño mientras limpio la herida, y luego Piper me la envuelve con una toalla y me la amarra. No tiene sentido que intentemos ir al hospital. Me tomo tres paracetamoles y rezo para que por la mañana no se me haya caído el pie.

De vuelta en el salón, siento a Piper en el sofá con una mantita y voy a por dos vasos de agua en la cocina.

Agotada, con el tobillo a punto de estallar del dolor, me dejo caer en el sofá, vagamente consciente de las chinches que hay poniendo huevos sobre mis brazos, pero demasiado débil como para luchar contra ellas.

En las noticias, el Wood parece una zona de guerra, con casas envueltas en bolas de fuego. Hay un helicóptero que está dando vueltas sobre el terreno y hace *zoom* sobre la imagen de gente tirando ladrillos y vecinos intentando apagar el fuego de sus tejados con la manguera. No hay ni un solo camión de bomberos ni ningún coche policial a la vista. El titular dice: «Disturbios en Maplewood».

El presentador de noticias dice:

—La Noche del Diablo ha llegado antes de tiempo al área de Maplewood, en Cedarville…

Exactamente lo que la fundación quería.

—¿Papi está bien? —pregunta Piper, mirando la pantalla, agarrando la mantita.

Es una buena pregunta. Es imposible saber dónde están mamá y Alec con todo este desastre. Se suponía que iba a llamar cuando… ¡mierda!

El teléfono sigue estando en el suelo de la habitación de Yusef. No hay cobertura. Ni siquiera puedo enviar un mensaje de texto, y el último que recibí es de Tamara.

OYE. ¿Estás bien? ¡Maplewood está ardiendo!

—Mierda —refunfuño, frotándome las sienes, dejándome caer otra vez en el sofá. Me duele el hombro y me sangra el tobillo, que está empapando la toalla. No puedo volver a moverme, necesito mantener el pie elevado. Una cosa es segura: no me voy a ir corriendo a ninguna parte en mucho tiempo.

—¡Animales! —dice el abuelo de Yusef entre dientes, mirando fijamente la pantalla—. No creáis en el Señor.

Con la mirada que le dirijo podría freírle lo que le queda de pelo en la cabeza. *No son animales*, quiero vociferar; no solo a él, sino a cualquiera que escuche. ¡Es todo una farsa! ¿Por qué no lo ve nadie?

Tal vez sea eso. Tal vez no puedan ver lo que la fundación no deja que el mundo vea. ¿Cómo pueden ver más allá cuando están atrapados en ello? Pero esto se acaba hoy. Me voy a asegurar, aunque sea lo último que haga, de que todo el mundo sepa lo que ha ocurrido esta noche aquí y por qué. Le contaré a la gente la realidad de este lugar, la verdad que los medios de comunicación han dejado fuera; la gritaré a los cuatro vientos. Compartiré la investigación de Tamara, hasta publicaré mi propio libro si hace falta. Voy a salvar nuestro hogar, nuestra ciudad, de que nos lo arrebaten. Es una misión a prueba de fuego, y me siento bien.

El cambio es bueno. El cambio no siempre es necesario. Pero, desde luego, necesitamos el cambio correcto.

—¿Han atrapado al Jon Jon ese ya? —pregunta el abuelo sin mirarnos.

Piper se pone tensa, por lo que le doy un toque en la pierna y sacudo la cabeza con discreción.

—Nop —contesto—. Aún no.

—Bah —se queja él, y cambia de canal a Scott Clark.

—«Para que sometida a prueba vuestra fe, mucho más preciosa que el oro, el cual aunque perecedero se prueba con fuego». Primera de Pedro, capítulo uno, verso siete. Hijos de Dios, lo que plantéis con fe, no lo recojáis con duda. El Señor cuenta con vosotros para difundir el evangelio, la palabra justa. ¿Cómo esperáis que vuestras semillas crezcan si no hacéis una ofrenda al Señor...

Piper se inclina hacia mí y me susurra:

—¿Tú crees que está bien?

Se me saltan las lágrimas y asiento.

—Sí. —Y, si no, lo estará. Me aseguraré de ello.

Piper piensa por un momento, y luego dice:

—Deberíamos prepararle unos sándwiches antes de que se vaya a la cama. Para que no tenga hambre. Le gusta el atún.

Es un gesto tan pequeño y tierno… Y entonces me doy cuenta de que es algo que ha estado haciendo todo el rato: mantenerlos ocultos, mantenerlos a salvo.

—Sí —coincido, sonriendo, y la acerco más a mí—. Parece una buena idea.

—«Un profeta como tú levantaré de entre sus hermanos, y pondré mis palabras en su boca, y Él les hablará todo lo que yo le mande». Hijos de Dios, el Señor me ha pedido que os hable esta noche, para hacer su voluntad… pues el llanto puede perdurar en la noche, pero la alegría llegará por la mañana. Yo no os llevaré por el mal camino. Confiad en mí.

AGRADECIMIENTOS

Un par de cosas:

Esta ha sido mi primera incursión en el terror, un género del que llevo enamorada toda la vida, pero he podido seguir metida en el espacio del *thriller* psicológico. ¡Lo mejor de ambos mundos! Espero que te haya gustado.

El episodio veintidós de la primera temporada de mi serie de televisión favorita de todos los tiempos, *The Twilight Zone*, es la columna vertebral del libro. El relato final de «Los monstruos están listos en la calle Maple» describe el tema a la perfección:

Las herramientas de conquista no vienen necesariamente con bombas, explosiones y radiación. Hay armas que son, sencillamente, pensamientos, actitudes y prejuicios que se encuentran solo en las mentes de los hombres. Que conste que los prejuicios matan, que la sospecha destruye y que la búsqueda de un chivo expiatorio desde el miedo y la inconsciencia tiene efectos secundarios propios, tanto para los niños como para los que están aún por nacer. Y lo peor de todo es que estas cosas no se pueden confinar… a la dimensión desconocida.

Este libro, además de haberlo escrito durante la pandemia, ha supuesto mi primer bloqueo creativo de verdad. Me he quejado, he lloriqueado y he montado berrinches como si fuera una niña pequeña. Así que quiero felicitar enormemente a mi editor,

Ben Rosenthal, por ayudarme a lidiar con mis manías y dificultades.

A mi agente literaria, Natalie Lakosil, gracias por luchar siempre por mis necesidades, sin descanso, y por ser mi animadora. Te aprecio más de lo que se puede decir con palabras. A mi agente cinematográfica, Mary Pender, gracias por ver el potencial en mí y por pedir lo que valgo, más intereses.

Erin Fitzsimmons y Jeff Manning, gracias por la cubierta tan espectacular. ¡Es todo un icono clásico!

Especial mención al equipo de publicidad y *marketing* de HarperCollins. Sé que todos tuvisteis que dar un giro enorme mientras manejabais un millón de proyectos durante una pandemia global, y vuestros esfuerzos no pasan desapercibidos. Gracias por vuestro apoyo continuo en mi carrera.

Gracias a mis lectores cero y compañeros amantes del terror, Mark Oshiro y Lamar Giles, además de a Kwame Mbalia y Justin Reynolds por ser parte del consejo de escritores. Gracias a Dhonielle Clayton, Nic Stone y Ashley Woodfolk por animarme a no conformarme con menos de lo que merezco.

Gracias a todos los blogueros, reseñadores, *instagrammers* y *tiktokers* que han hablado de mis libros y por el apoyo continuo. Me alegráis enormemente.

Gracias a mis padres por cuidar de mi perro-hijo travieso mientras recuperaba mi garra en los retiros de escritura y por hacer publicidad del libro de manera incansable.

Aún más importante, a R. L. Stine. Es un honor para mí contar con tu nombre en la cubierta de este libro. No sería la escritora que soy hoy si no estuvieras tú para que me inspirara. Estoy intentando no llorar mientras escribo esto, así que solo diré que gracias por salvarme.